Petra Röder
School of Secrets
Verloren bis Mitternacht

Nachdruck oder Vervielfältigung nur mit Genehmigung der Autorin gestattet. Verwendung oder Verbreitung durch unautorisierte Dritte in allen gedruckten, audiovisuellen und akustischen Medien ist untersagt. Die Textrechte verbleiben beim Autor, dessen Einverständnis zur Veröffentlichung hier vorliegt. Ähnlichkeiten mit real existierenden Personen sind rein zufällig und nicht beabsichtigt. Für Satz- und Druckfehler keine Haftung.

Petra Röder
"School of Secrets" – Verloren bis Mitternacht
School of Secrets – Band 1
1. Auflage 2016
Copyright © 2016 Petra Röder
Alle Rechte vorbehalten
Satz: pdesign
Covergestaltung: Petra Röder
Umschlagmotive:
© edwardderule – 123rf.com
© creativehearts – 123rf.com

Lektorat: Diana Napolitano

PR Marketing
Dechsendorfer Str. 13
D-90431 Nürnberg

Druck: Create Space
ISBN-13: 978-1536974867
ISBN-10: 1536974862

www.petra-roeder.com

Petra Röder
School of Secrets
Verloren bis Mitternacht

Band 1

Prolog

Es war auf den Tag genau drei Monaten her, seit sich mein Leben grundlegend geändert hatte. Angefangen hatte alles mit einer Zusage vom *Woodland College*, einer privaten Universität, bei der ich mich gar nicht beworben hatte. Noch erstaunlicher war, dass man mir in dem Schreiben ein Stipendium angeboten hatte. Damals war ich mir sicher gewesen, dass es sich um eine Verwechslung handeln musste und rief sofort die für Rückfragen angegebene Telefonnummer an. Doch die freundliche Dame am Telefon hatte mir die Richtigkeit des Briefs bestätigt und mich zu einem Gespräch eingeladen. Kurz darauf erhielt ich per Kurier ein Flugticket nach Montana.

Ich hatte nicht vorgehabt, das Angebot anzunehmen und wollte schon absagen, doch da mischte sich plötzlich mein Dad ein und redete mir ins Gewissen.

»Du kannst es dir doch wenigstens einmal ansehen. Danach steht es dir immer noch frei, abzulehnen«, hatte er gesagt. »Ich würde dich ja begleiten, aber ich kann mir unmöglich freinehmen.«

Meine Familie lebte in einem Vorort von Miami, wo ich zu dem Zeitpunkt noch zur Schule ging. Ich hatte mich damals bereits bei einigen Universitäten beworben, aber noch keine Zusage erhalten. Ich wollte auf ein College, an dem ich Spaß haben und zugleich etwas für mein späteres Leben lernen würde.

Die Universitäten in Kalifornien und Florida boten diesbezüglich die perfekten Voraussetzungen. Dort war es warm, die Leute waren hip, und es herrschte eine Leichtigkeit, wie man sie nur in sonnigen Staaten erlebte. Ganz im Gegensatz zu Montana, einem der bevölkerungsärmsten Bundesstaaten der USA, der nur aus Bergen und Wäldern bestand. Die absolute Einöde oder wie ich gerne sagte: Am Arsch der Welt.

Als dann auch noch meine Mutter auf mich einredete, gab ich mich irgendwann geschlagen. Mir war selbstverständlich bewusst, warum meine Eltern so darauf erpicht waren, dass ich dieses College in Erwägung zog. Es lag an den Studiengebühren. Egal ob ich auf eine private oder auf eine staatliche Uni ging – Mom und Dad würden die Kosten übernehmen müssen. Wobei die staatlichen Universitäten in etwa nur die Hälfte an Gebühren verschlangen, was aber trotzdem noch eine ganze Menge Geld war. Und die konnten sich meine Eltern momentan einfach nicht leisten. Sicher gab es Zuschüsse, doch es dauerte unendlich lange, bis diese bewilligt wurden.

Mein Vater hatte erst vor Kurzem einen neuen Job als LKW-Fahrer angetreten und befand sich mitten in der Probezeit. Es war also noch nicht einmal sicher, ob er nach danach fest übernommen werden würde. Und meine Mutter hatte zu dem Zeitpunkt gerade ihren Job verloren, da das Restaurant, in dem sie als Kellnerin angestellt war, schließen musste. Außerdem hatte ich hin und wieder Gesprächsfetzen aufgeschnappt und wusste, dass meine Eltern ernsthafte finanzielle Probleme hatten. Schließlich gab es da noch eine Hypothek auf unser Haus, die abbezahlt werden musste. Die zusätzlichen Kosten meines Studiums würden sie also kaum stemmen können.

Schließlich willigte ich also ein, das Flugticket in Anspruch zu nehmen und mir diese Schule, von der ich noch nie etwas gehört hatte, anzusehen. Also war ich ein paar Tage später nach Montana geflogen.

Vor dem Flughafen in Helena wartete bei meiner Ankunft bereits ein schwarzer Van mit dem Schriftzug des Internats auf mich. Ein kleiner, untersetzter Mann hinterm Steuer nickte mir lächelnd zu, als ich zögernd die Tür öffnete und ihn fragend ansah.

»Ms Carter?«, erkundigte er sich freundlich. Nachdem ich seine Frage mit einem Nicken beantwortet hatte, wurde sein Lächeln breiter. »Steigen Sie ein! Ich bin hier, um sie zur School of Secrets zu bringen.«

Irritiert warf ich einen zweiten Blick auf den Schriftzug, der fast über die ganze Seite des Wagens verlief. Dort stand in großen Buchstaben *Woodland College.* Ich hatte mich also nicht getäuscht. Der Wagen gehörte zur Schule. Aber warum faselte der Mann etwas von einer *School of Secrets?*

»School of Secrets?«, echote ich deshalb unsicher.

Der Fahrer kicherte und machte mit der Hand eine wegwerfende Geste. »Ich meinte natürlich das Woodland College. Was es mit der Bezeichnung School of Secrets auf sich hat, wird Ihnen die Rektorin sicherlich noch erklären.«

Mit einem etwas mulmigen Gefühl stieg ich in den

Van und setzte mich auf einen der hinteren Plätze. Verblüfft stellte ich fest, dass es keine anderen Fahrgäste gab. War der Wagen nur meinetwegen hier? Kaum saß ich, startete der Fahrer den Motor und gab Gas.

Wir fuhren an einem riesigen Staudamm vorbei, überquerten ein weiteres Gewässer und befanden uns schließlich mitten im Nirgendwo. Überall um uns herum blickte ich auf Wald, der gar kein Ende mehr zu nehmen schien.

Jeder Flecken Erde, abgesehen von der Straße, auf der wir fuhren, bestand aus Bäumen, die hoch in den Himmel ragten. Ich war jedoch so in Gedanken versunken, dass ich keinen Blick für diese ruppig wirkende Landschaft hatte. Die ganze Fahrt über geisterten die Worte *School of Secrets* in meinem Kopf herum.

Weshalb hatte der Fahrer die Schule so genannt, und warum tat er so geheimnisvoll? War es vielleicht doch keine so gute Idee gewesen, hierherzukommen?

Gerade als ich dachte, mein Chauffeur hätte sich vielleicht verfahren, bog er in einen schmalen Waldweg ein.

Jetzt wurde ich wirklich unruhig, und ein unbehagliches Gefühl beschlich mich. Was, wenn dieser Typ gar kein Angestellter des *Woodland College* war, sondern ein durchgeknallter Serienmörder? Ich schluckte laut und sah mich nach einem möglichen Fluchtweg um. Vielleicht fuhr er mich gerade in sein Versteck, um mich dort in handliche Stücke zu zerteilen.

Während ich mir im Geiste die schlimmsten Szenarien ausmalte, fuhren wir plötzlich durch ein großes Eisentor.

Kurze Zeit später tauchte vor uns das mächtige Gebäude der Privatschule auf. Ich atmete erleichtert auf.

Nachdem ich ausgestiegen war, stand ich einige Sekunden sprachlos auf dem Kiesweg und bestaunte das imposante Bauwerk vor mir. Das College war ein grauer, aus grobem Stein gebauter Koloss, der optisch an eine Festung erinnerte. Es gab zwei Türme an beiden Seiten der Schule, die hoch in den Himmel ragten.

Die Fassade zierten große Fenster im gotischen Stil, die nach oben hin spitz zuliefen. Die farbenfrohen Bleiverglasungen spiegelten mythische Szenen wider und waren so detailliert gearbeitet, dass man den Blick kaum davon abwenden konnte. Ein paar Meter vor mir befand sich eine Treppe, die zu einer großen Eingangstür emporführte. Direkt daneben hing ein kupferfarbenes Schild mit der Aufschrift:

Woodland College
Private Universität der bildenden Künste

»Gehen sie einfach hinein, die Tür ist offen«, rief der Fahrer mir zu, stieg wieder in den Wagen und fuhr davon.

Ich war zu verdattert, um etwas zu sagen, und sah dem immer kleiner werdenden Fahrzeug hilflos hinterher.

Der Typ hatte sich doch tatsächlich aus dem Staub gemacht. Einen kurzen Moment zögerte ich noch und sah an der düster wirkenden Steinfassade entlang, ehe ich mir ein Herz fasste und die Stufen nach oben stieg.

Die Tür war, wie der Fahrer es prophezeit hatte, nicht verschlossen und machte ein knarzendes Geräusch, als ich sie öffnete. Ich trat in eine große Halle, deren Fußboden abwechselnd aus dunklen und hellen Steinplatten bestand, die an ein Schachbrett erinnerten. Auch die Wände im Inneren der Schule waren aus grauem Stein. In regelmäßigen Abständen konnte man überdimensionale Gemälde und prachtvoll verzierte Wandteppiche bewundern.

Ich machte ein paar vorsichtige Schritte in die Halle, bis ich ziemlich genau in der Mitte stand. Direkt vor mir lag eine breite Steintreppe, die in die oberen Stockwerte führte. Rechts und links erstreckten sich zwei Gänge mit unzähligen Türen. Ich warf einen unsicheren Blick auf meine Armbanduhr. Halb zwölf mittags. Stirnrunzelnd sah ich mich um. Sollte man in einem Internat nicht hin und wieder auf einen Schüler oder Lehrer treffen?

»Ms Carter?«

Ich wirbelte so erschrocken herum, dass meine Handtasche von meiner Schulter rutschte und zu Boden fiel. Eine große, schlanke Frau, die ich auf Mitte fünfzig schätzte, bückte sich, hob die Tasche auf und reichte sie mir lächelnd.

»Danke«, murmelte ich verlegen und schob mir den Riemen wieder über die Schulter.

Die Frau streckte mir die Hand entgegen. »Ich bin Martha Jackson, die Rektorin dieser Schule«, stellte sie sich vor.

Ich ergriff ihre Hand und schüttelte sie.

»Lucy Carter«, entgegnete ich und versuchte, ihr Lächeln zu erwidern.

»Es freut mich sehr, dass Sie unser Angebot angenommen haben und zu uns gekommen sind. Ich schlage vor, wir gehen in mein Büro. Hier wird gleich der Teufel los sein, denn es klingelt jeden Moment zur Mittagspause«, erklärte sie und bedeutete mir, ihr zu folgen.

Wir stiegen die Stufen nach oben und bogen dann rechts in einen weiteren Gang ab. Dort öffnete sie eine verzierte Holztür und forderte mich auf, einzutreten.

»Willkommen in meinem bescheidenen Reich.« Die Rektorin trat hinter einen wuchtigen Schreibtisch und ließ sich auf ihrem Bürosessel nieder. Sie zeigte auf einen bequem aussehenden, gepolsterten Stuhl auf der gegenüberliegenden Seite und bat mich, Platz zu nehmen.

Während ich mich setzte, sah ich mich interessiert um. An allen Wänden, ausgenommen der Fensterfront, blickte man auf deckenhohe, dunkle Regale, die mit Büchern vollgestopft waren. Dort, wo kein Platz mehr gewesen war, hatte man Exemplare lieblos oben auf die anderen Bücher gelegt. Nicht wenige davon sahen sehr alt und ungemein wertvoll aus.

Das Klappern von Porzellan riss mich aus meinen Betrachtungen. Auf einem kleinen Serviertisch neben ihr standen eine Kanne und diverse Tassen.

»Kaffee?«, fragte die Rektorin freundlich.

»Gerne«, antwortete ich.

Sie schenkte ein und reichte mir eine Tasse. Ich nippte daran und verbrannte mir prompt die Zunge, da der Kaffee noch viel zu heiß war. Also stellte ich ihn vor mir auf dem Schreibtisch ab. Ich hatte noch immer keine Ahnung, warum ich die Zusage erhalten hatte und wollte die Frage danach nicht länger aufschieben. Ich faltete die Hände im Schoß zusammen.

»Ich glaube, das alles hier ist ein großer Irrtum«, erklärte ich.

Mrs Jackson sah mich erstaunt an. »Und weshalb sind Sie dieser Meinung?«

Nervös knetete ich meine Hände. »Na ja, ich habe mich niemals an diesem College beworben, und deshalb glaube ich, dass der Brief mit dem Angebot für das Stipendium ein Versehen sein muss.«

Die Rektorin musterte mich lächelnd. Für einen kurzen Augenblick sah ich ihr direkt in die Augen und hatte das Gefühl, sie würde tief in mein Innerstes blicken.

»Liebe Ms Carter, ich kann Ihnen versichern, dass unser Schreiben keineswegs ein Versehen war. Sie haben den Brief von uns erhalten, weil sie auf der Liste stehen«, sagte sie sanft.

»Auf der Liste?« Was meinte sie denn jetzt damit?

»Ganz recht, Sie stehen auf der Liste der Begabten«, antwortete sie. Nun war ich völlig perplex.

Ich hatte in der Schule recht gute Noten, aber von begabt zu reden, war meiner Meinung nach doch reichlich übertrieben. Ganz abgesehen von meinen Leistungen in Mathematik. Wenn ich an den letzten Test zurückdachte, zog sich mir der Magen zusammen.

»Sehen Sie, das ist der Beweis, dass es sich doch um einen Irrtum handeln muss. Ich bin eine ganz durchschnittliche Schülerin«, warf ich ein.

Erneut umspielte ein wissendes Lächeln ihre Lippen. »Mit begabt meine ich nicht Ihre schulischen Leistungen«, entgegnete sie. Ich sah sie verwirrt an. So langsam aber sicher war mir das alles äußerst suspekt.

»Was denn dann?«, erkundigte ich mich verunsichert.

Mrs Jackson faltete die Hände vor dem Mund wie zum Gebet. Ich bemerkte ein kurzes Stirnrunzeln, das jedoch umgehend wieder verschwand.

»Wahrscheinlich halten Sie mich jetzt gleich für völlig verrückt«, begann die Rektorin.

Ich verzog keine Miene und sah sie nur abwartend an.

Sie holte tief Luft und seufzte. »Gut, dann will ich Ihnen erläutern, was es mit dem Wörtchen *begabt* bei uns auf sich hat. Wir sind kein herkömmliches College, sondern eine Schule für junge Menschen mit übernatürlichen Fähigkeiten.«

Ich starrte sie mit offenem Mund an. Hatte ich das eben richtig verstanden?

»Was meinen Sie mit übernatürlichen Fähigkeiten?« Sicher hatte ich mich verhört.

»Es handelt sich dabei um Begabungen, die nur sehr

selten auftreten, aber so alt sind wie die Menschheit selbst«, erklärte sie ruhig. »An unserem Institut befinden sich derzeit Hexen, Gestaltwandler, Pyrokinesen, Heiler und viele andere außergewöhnlich begabte junge Menschen.«

Mir fiel fast die Kinnlade auf die Brust. Auweia, wo war der Verstand dieser Frau denn falsch abgebogen? Ich warf einen raschen Blick zur Tür. Würde ich sie erreichen, bevor diese Verrückte mich zu fassen bekam?

Wieso nur hatte ich auf meine Eltern gehört und war hierhergekommen? Das hier war keine schulische Einrichtung, sondern eine Irrenanstalt.

Verunsichert sah ich zu Mrs Jackson, die mich neugierig musterte.

»Was soll ich dazu sagen?«, murmelte ich hilflos.

»Sie glauben mir nicht?« Die Rektorin schmunzelte.

Ach du liebe Zeit, jetzt nur keinen Fehler machen, dachte ich und biss mir auf die Unterlippe. Verrückten sollte man nicht widersprechen, wenn ich mich recht erinnerte.

»Doch, doch, ich glaube Ihnen«, antwortete ich, aber es klang wenig überzeugend. Gespielt erschrocken sah ich auf meine Armbanduhr und versuchte, das Zittern meiner Hände zu verbergen. »Ja, also … ich werde mir das Ganze in Ruhe überlegen und mich dann bei ihnen melden.« Jetzt nur keine hektischen Bewegungen machen. »Es war nett, Sie kennenzulernen«, erklärte ich und streckte ihr die Hand entgegen.

Mrs Jackson ergriff sie jedoch nicht. Unschlüssig sah

ich zur Tür. Sollte ich mich einfach umdrehen und gehen?

»Ich kann mir gut vorstellen, wie das in Ihren Ohren klingen muss«, sagte sie sanft. »Vielleicht verstehen Sie ja, was ich meine, wenn ich es Ihnen zeige.« Abwartend sah sie mich an.

Au Backe, die gute Frau war wirklich nicht ganz dicht.

»Es ... es mir zeigen?«, stammelte ich bestürzt. Meine Güte, was meinte sie denn damit? Sie wollte mir doch hoffentlich nichts antun?

»Genau, eine kleine Demonstration wird Sie sicherlich von der Richtigkeit meiner Aussage überzeugen«, erwiderte sie.

Ich hatte keine Ahnung, wie ich darauf reagieren sollte, und brachte nur ein recht dümmliches Grinsen zustande. »Klar, warum nicht?«, entgegnete ich mit kratziger Stimme und hielt ganz nebenbei nach etwas Ausschau, das ich als Waffe benutzen konnte. Nur für den Fall, dass diese Irre mir zu nahe kommen würde.

»Dann werde ich Ihnen zunächst eine Kostprobe der Telekinese geben, was bedeutet, dass ich Objekte allein mithilfe meines Geistes bewegen werde.«

Okay, da bin ich jetzt aber wirklich gespannt, dachte ich, während ich Mrs Jackson ein gequältes Lächeln schenkte und eifrig nickte.

»Bereit?«, erkundigte sie sich.

»Natürlich«, antwortete ich und überlegte, wie ich mich verhalten sollte, falls nichts geschah. Was ja eindeutig der Fall sein würde. Doch noch bevor ich den Gedanken zu Ende gedacht hatte, drehte sich

Mrs Jackson zu einem der vollgestopften Bücherregale und hob theatralisch die Arme, als wäre sie eine Dirigentin.

Ich beobachtete sie so fasziniert, dass ich erst Sekunden später wahrnahm, was um mich herum geschah. Mein Kopf schnellte herum, und ich kreischte laut auf, als ich die gut dreißig Bücher entdeckte, die sich ungefähr einen Meter über meinem Kopf sanft im Kreis drehten. Fasziniert und schockiert zugleich starrte ich auf das Spektakel, das sich zwischen mir und der Decke abspielte. Das war unmöglich! So etwas gab es nicht.

»Glauben Sie mir jetzt?«, hörte ich die Stimme der Rektorin, doch ich konnte den Blick nicht von den Büchern abwenden, die langsam aber zielsicher an ihren ursprünglichen Platz zurückschwebten und in den passenden Lücken verschwanden. Erst als alles wieder wie vorher war, drehte ich mich zu Mrs Jackson.

»Wie haben Sie das gemacht?«, wollte ich wissen. Es gelang mir nicht, den ehrfürchtigen Unterton, der in meiner Frage mitschwang, zu unterdrücken.

»Wie ich Ihnen schon erklärte, handelt es sich hierbei um Telekinese. Die Begabung, Gegenstände allein durch Gedanken zu bewegen.«

»Aber das ist ...« Ich brachte keinen vernünftigen Satz über die Lippen und sah immer wieder auf das Regal, in dem die Bücher verschwunden waren.

»Ich würde vorschlagen, Sie setzen sich, und ich weihe Sie in das Geheimnis unserer Schule ein«, sagte sie und deutete auf den Stuhl.

Da meine Knie sowieso gerade die Konsistenz von Pudding hatten, tat ich ihr den Gefallen. In den darauffolgenden zwei Stunden erklärte mir Martha Jackson alles, was ich ihrer Meinung nach wissen musste. Ich erfuhr, dass diese Einrichtung schon seit über zweihundert Jahren eine Schule für übernatürlich Begabte war, die dort erlernten, ihre Fähigkeiten zu kontrollieren.

»Sie sind bei Ihrer Anfahrt am Hauser-Staudamm vorbeigefahren, nicht wahr?«, erkundigte sich die Rektorin. Ich nickte.

»Am 14. April 1908 kam es zu einem Dammbruch. Glücklicherweise bemerkte ein Angestellter schon einige Zeit vorher, dass etwas nicht stimmte. Bei besagtem Mitarbeiter handelte es sich um eine der wenigen Personen, die von der wahren Bedeutung des Woodland College wussten. Er war selbst ein ehemaliger Schüler. Durch seine Begabung, mit anderen im Geist zu kommunizieren, war es uns möglich, innerhalb kürzester Zeit Hilfe zu schicken. Je nach Talent haben wir damals unsere Schüler eingesetzt, um die Menschen im Tal zu warnen und die Flut umzuleiten.« Mrs Jackson machte eine bedeutungsschwangere Pause und musterte mich. »Nur unseren Begabten war es zu verdanken, dass bei dieser Flutwelle kein einziger Mensch ums Leben gekommen ist.«

Ich schluckte laut. Wenn das wirklich stimmte, hatten die Schüler viele Menschen vor dem sicheren Tod bewahrt.

Ich holte tief Luft und schloss für einen kurzen

Moment die Augen, ehe ich meinen Blick wieder auf die Rektorin richtete.

Durch das Gespräch und die Demonstration hatte sie mich überzeugt, auch wenn es mir immer noch wie ein Traum vorkam. Doch welche Rolle spielte ich in dieser ganzen wirren Geschichte?

»Auch wenn ich Ihnen glaube, so ändert das nichts an der Tatsache, dass ich keine dieser Fähigkeiten besitze.« Erstaunt stellte ich fest, dass ich beinahe ein bisschen enttäuscht klang.

Wieder schenkte mir Mrs Jackson dieses gutmütige und wissende Lächeln. »Sie können mir glauben, dass auch Sie zu den wenigen Menschen gehören, die eine solche Begabung besitzen. Bei manchen Personen zeigt sie sich erst am Tag des achtzehnten Geburtstags. Wir haben seit Bestehen der Schule unterschiedliche Seher in unseren Diensten, die eigens dafür ausgebildet wurden, die von mir bereits erwähnten Listen zu erstellen. Und auf einer solchen Liste steht auch Ihr Name, meine Liebe.«

»Aber ein Hellseher kann sich täuschen«, widersprach ich.

»Nicht unsere Seher. Sie haben eine Trefferquote von hundert Prozent und sich noch niemals geirrt«, erklärte sie sichtlich stolz. »Wenn Sie sich entscheiden, zu uns zu kommen, dann verspreche ich Ihnen, dass wir alles tun werden, um Ihnen beizubringen, wie Sie Ihre Kräfte kontrollieren können. Außerdem wären Sie in Gesellschaft von Gleichgesinnten, die Ihnen jederzeit mit Rat und Tat zur Seite stehen könnten.«

»Kommen alle Menschen mit einer ... mit einer solchen Begabung hier in diese Schule?«

Mrs Jackson lachte herzhaft. »Himmel, nein, das Gebäude würde aus allen Nähten platzen.«

»Gibt es denn so viele von ... von ihnen … äh … von uns?«

Die Rektorin sah mich lange an. »Einige. Eine ganze Reihe von ihnen besucht eines unserer Institute, die auf der ganzen Welt verteilt sind, aber leider gibt es auch Begabte, die sich anders entscheiden«, erklärte sie, und ein dunkler Schatten legte sich auf ihre Züge.

»Und was machen die stattdessen?«, wollte ich wissen.

Die Schulleiterin sah mich traurig an. »Sie wechseln auf die dunkle Seite«, flüsterte sie so leise, als bereite es ihr unendliche Qualen, diese Worte auszusprechen.

»Es gibt eine dunkle Seite?« Das wurde ja alles immer absurder. Vor meinem geistigen Auge sah ich Bilder von düsteren, hoffnungslosen Orten und Monstern mit widerlichen Fratzen.

»Es gibt Menschen, deren Gier nach Macht unerschöpflich ist und die sich mithilfe unserer übernatürlichen Kräfte, noch mehr davon zu eigen machen wollen. Gerade viele junge Begabte fallen auf die Versprechungen dieser Scharlatane herein und sind damit einverstanden, sich und ihre Fähigkeiten in deren Dienste zu stellen. Ein weiterer Grund, dass Sie unsere Schule besuchen sollten, denn hier sind Sie vor diesen zwielichtigen Gestalten in Sicherheit.«

Sie zog ein kleines Holzkästchen aus der Schreibtischschublade und öffnete es. Ganz behutsam nahm sie die darin befindliche Kette und hob sie in die Höhe. An deren Ende baumelte ein Anhänger, der die Form eines Pentagramms hatte, das aus vielen kleinen ineinander verschlungenen Linien und Knoten bestand.

Kette und Anhänger waren goldfarben, doch das Material schien kein echtes Gold zu sein, sondern wirkte eher wie Messing. Mrs Jackson reichte mir die Kette. Verwirrt nahm ich das Schmuckstück entgegen.

»Ich würde mich sehr freuen, wenn Sie dieses Amulett tragen würden«, erklärte sie ernst.

Ich starrte auf den Anhänger, der vor mir in der Luft hin- und herschwang.

»Wieso?«, war alles, was ich herausbrachte.

»Es ist ein Schutzsymbol. Ich würde mich wohler fühlen, wenn ich wüsste, dass Sie den Anhänger tragen. Schließlich haben Sie sich noch nicht für uns entschieden und gehen ohne jeglichen Schutz wieder nach Hause.«

Ich zögerte einige Sekunden, dann hängte ich mir das Amulett um.

Schaden würde es sicher nicht, und außerdem könnte ich es jederzeit wieder abnehmen. Und wenn ich ganz ehrlich war, es gefiel mir außerordentlich gut. Wie sagte mein Dad immer: »Einem geschenkten Gaul schaut man nicht ins Maul.«

Die Rektorin beobachtete interessiert, wie mir die Kette um den Hals hing und nickte schließlich zufrieden. »Nun wissen Sie das Wichtigste über das

Woodland College. Ich hoffe sehr, dass Sie sich für uns entscheiden.«

Ich sah Mrs Jackson nachdenklich an, denn da gab es eine weitere Frage, die mir auf den Nägeln brannte. Als Mrs Jackson bemerkte, dass mir noch etwas auf der Seele lag, nickte sie mir aufmunternd zu.

»Sie haben noch eine Frage?«, erkundigte sie sich freundlich und verschränkte die Hände vor sich auf der Tischplatte.

Ich nickte.

»Der Fahrer, der mich vom Flughafen hierhergebracht hat, nannte diesen Ort School of Secrets«, sagte ich und sah erwartungsvoll zur Rektorin.

»Ich kann verstehen, dass dieser Name Sie verwirrt haben muss. Es ist die inoffizielle Bezeichnung für unsere Schule. Nach dem Unglück mit dem Staudamm haben die Bewohner des Tals unserer Schule diesen Namen gegeben. Wie Sie sich vorstellen können, blieb damals nicht verborgen, dass unsere Schüler etwas ganz Besonderes waren. Doch die Talbewohner waren so dankbar, dass sie nicht weiter nachfragten, sondern einfach akzeptierten, dass unsere Schüler Kräfte hatten, für die es keine logische Erklärung gibt. Wir sprachen mit ihnen und baten sie, unser Geheimnis zu wahren, um unsere Schüler zu schützen. Die Talbewohner stimmten zu. Seit diesem Tag nennen sie unser College School of Secrets.«

»Und seither hat niemand versucht, das Geheimnis der Schule zu verraten und öffentlich zu machen?«, fragte ich ungläubig.

Mrs Jackson lachte freudlos auf. »Oh doch, meine Liebe. Mehr als nur einmal.«

»Und was haben Sie dagegen unternommen?« Neugierig musterte ich die Rektorin.

Mrs Jackson holte tief Luft und seufzte. »Unter unseren Schülern gibt es einige, die Gedanken und Erinnerungen manipulieren können. Uns blieb nichts anderes übrig, als die Erinnerungen der betreffenden Personen, die unsere Schule verraten wollten, zu löschen.«

»Verstehe«, murmelte ich fasziniert. Die Vorstellung, dass jemand einen Teil meiner Erinnerungen löschen könnte, verursachte mir eine Gänsehaut.

Mrs Jackson schien mein Unbehagen zu spüren. »So etwas ist schon lange nicht mehr vorgekommen, also machen Sie sich keine Sorgen. Zu solchen Mitteln greifen wir tatsächlich nur dann, wenn unsere Schule ernsthaft in Gefahr ist. Wenn Sie sich entschließen, zu uns zu kommen, werden Sie alles über die Geschichte des Woodland College erfahren und verstehen, dass wir in einigen Situationen so handeln mussten.«

»Ich ... ich würde gerne eine Nacht darüber schlafen und in Ruhe über alles nachdenken.« In meinem Kopf herrschte nämlich ein heilloses Durcheinander, und ich hatte das eben Erfahrene noch nicht verdaut. Zuerst einmal musste ich meine Gedanken sortieren, bevor ich eine Entscheidung treffen konnte.

Mrs Jackson nickte. »Selbstverständlich. Nehmen Sie sich so viel Zeit, wie Sie benötigen.«

Zwei Tage später sagte ich zu.

Kapitel 1

Meine beste Freundin Mona ließ das alte, in Leder gebundene Buch so heftig auf den Boden fallen, dass eine mächtige Staubwolke emporstieg. Ich hustete und drehte mich zur Seite, während sich die feinen Staubkörner im ganzen Raum verteilten.

»Hey, pass doch auf«, brummte Sean und wedelte sich mit der Hand angewidert Luft zu. Dabei fiel ihm eine seiner strohblonden Locken in die Stirn und baumelte fröhlich vor seinem rechten Auge auf und ab. Er schob die Unterlippe nach vorn und blies sich die Strähne aus dem Gesicht.

Ich saß zusammen mit sieben anderen Mitschülern auf dem Dachboden unserer Woodland-Internatsschule. Alle sahen wir neugierig zu Mona, dem achten Mitglied unserer geheimen Runde, und warteten gespannt auf die von ihr angekündigten Neuigkeiten.

»Meine Güte, nun stell dich nicht so an«, sagte Mona kopfschüttelnd und verdrehte die Augen. »Man könnte fast meinen, du wärst ein gewöhnlicher Mensch.«

Ich zuckte bei ihren Worten zusammen, und Sean gab ein empörtes Schnauben von sich. Mona warf mir einen beschämten Blick zu.

»Tut mir leid, Lucy. Das war nicht so gemeint«, entschuldigte sie sich rasch.

Ich schenkte ihr ein gequältes Lächeln und versuchte, mir nicht anmerken zu lassen, wie tief mich ihre Bemerkung traf.

»Hast du mich gerade als gewöhnlich bezeichnet?«, erkundigte sich Sean mit einer erhobenen Augenbraue.

Mona richtete ihre Aufmerksamkeit wieder auf ihn und verzog das Gesicht zu einem angriffslustigen Grinsen. »Willst du etwa behaupten, du seist etwas Besonderes?«, fragte sie. Das Lächeln, welches dabei ihre Lippen umspielte, machte deutlich, dass ihr diese kleinen gegenseitigen Sticheleien gefielen.

Ich war froh, dass sie ihr Augenmerk jetzt wieder auf Sean gerichtet hatte, und sah neugierig zwischen den beiden hin und her. Mein Blick blieb an Sean hängen. Er war ein wenig größer als ich, vielleicht einen Meter siebzig, wirkte aber trotzdem irgendwie schlaksig. Seine Arme waren, im Verhältnis zu den anderen Gliedmaßen, etwas zu lang und hingen seitlich herab, als gehörten sie nicht zu ihm. Seans hellblonde Locken fielen ihm bis auf die Schultern, und seine grau-blauen Augen musterten Mona ein wenig zu interessiert. Er war nicht übermäßig gut aussehend, und doch hatte er etwas Besonderes an sich.

»Wenn ich ein gewöhnlicher Mensch wäre, könnte ich dann das hier?« Kaum hatte er die Frage ausgesprochen, flackerten unzählige Lichtblitze um ihn herum, die sich stetig vermehrten, bis von seiner eigentlichen Gestalt nichts mehr zu erkennen war. Genauso schnell, wie die Lichtpunkte aufgetaucht waren, erloschen sie auch wieder.

Sean war verschwunden. Dort, wo er eben noch gesessen hatte, lag nun eine kleine, weiße Katze und sah Mona aus ihren großen, gelben Augen treuherzig an.

»Oh, wie süß«, säuselte meine beste Freundin und hob das Tier auf. Sie drückte den Stubentiger fest an sich und streichelte sanft über den zierlichen Kopf. Das Kätzchen begann, laut zu schnurren und rieb sich behaglich an ihrer Brust.

Ein wenig zu intensiv, wie ich fand. Als das Tier wohlig mit den Pfoten zu treteln begann, schien Mona sich plötzlich zu erinnern, dass es sich um Sean handelte, der sich da genüsslich an ihr rieb. Sie packte die Katze im Nacken, hielt sie am ausgestreckten Arm von sich und funkelte das kleine Wesen finster an.

»Du notgeiler Idiot lässt keine Gelegenheit aus, was?«, fauchte sie.

Für den Bruchteil einer Sekunde war mir, als würde das Kätzchen meine beste Freundin feist angrinsen. Im nächsten Augenblick erschienen erneut die Lichtblitze und hüllten das Tier vollständig ein.

Ein lautes Poltern war zu hören, gefolgt von einem entsetzten Grunzen. Dann lag Sean auf Mona und grinste.

»Hallo, Schönheit«, neckte er sie und warf ihr einen vielsagenden Blick zu.

»Runter von mir!«, zischte meine Freundin und stieß Sean von sich.

»Spaßbremse«, meinte er lächelnd, während Mona sich demonstrativ den Staub von der Kleidung klopfte.

Ich fragte mich, wann sich die beiden endlich eingestehen würden, dass sie mehr füreinander empfanden, als nur Freundschaft.

Der Dachboden der Woodland-Privatschule war irgendwann zu einer Art Abstellkammer umfunktioniert worden. Dort lagerte alles, was nicht mehr gebraucht wurde. Unzählige Bücherkisten stapelten sich an den Wänden, und aus einer Ecke des Raums beobachtete uns ein menschliches Skelett, dem ein komplettes Bein fehlte. Nach allem, was ich mittlerweile über unsere Internatsschule wusste, war es durchaus möglich, dass es sich bei dem anatomischen Modell um ein echtes Skelett handelte. In diesem abgelegenen Raum, ganz oben im Dach des Westflügels, trafen wir uns immer, wenn es um etwas Geheimes oder Verbotenes ging. Dort waren wir ungestört und konnten sicher sein, dass uns niemand belauschte.

Mein Blick schweifte über die sieben Schüler und Schülerinnen, die außer mir noch anwesend waren. Alle anderen waren schon über achtzehn Jahre und besaßen eine übernatürliche Begabung. Nur ich war noch nicht volljährig, aber das würde sich in wenigen Tagen ändern, denn dann hatte ich endlich Geburtstag.

Bisher hatte sich bei mir allerdings noch keine paranormale Fähigkeit bemerkbar gemacht. Ich ließ die Schultern hängen und konnte ein lautes Seufzen nicht unterdrücken.

»Nun mach dir mal keine Sorgen«, versuchte Tim, mich zu beruhigen. Er hatte meine Reaktion auf

Monas Worte mitbekommen und legte mir sanft eine Hand auf den Arm.

»Spätestens in ein paar Tagen, wenn du Geburtstag hast, wirst du wissen, welche Gabe du besitzt.«

Ich sah hoch, und unsere Blicke trafen sich. Tims schokobraune Augen spiegelten das Lächeln wider, das auf seinen Lippen lag. Sein braunes, kurzes Haar war wild zerzaust, weil er sich laufend mit der Hand hindurchfuhr. Ich nickte, obwohl ich nicht ganz so zuversichtlich war wie er. Außerdem hatte er gut reden, denn er besaß ja bereits seine Fähigkeit, um die ich ihn wirklich beneidete. Tims Begabung war die Pyrokinese. Er konnte Feuer herbeirufen und beherrschen. Na ja, zumindest war er gerade dabei, es zu lernen. Das war auch der Grund, warum wir alle in der Woodland-Privatschule lebten. Hier lehrte man uns, mit unseren außergewöhnlichen Kräften umzugehen und sie zu kontrollieren.

»Ich habe es gefunden«, rief Mona aufgeregt und riss mich damit aus meinen Gedanken. Sie hatte das dicke, in Leder gebundene Buch aufgeschlagen und starrte fasziniert auf die Seite vor sich.

Plötzlich verstummten sämtliche Gespräche, und alle Augen waren nur noch auf Mona und die uralte Schrift gerichtet.

»Was hast du gefunden?«, erkundigte sich Wilson stirnrunzelnd. Seine roten Haare leuchteten wie Feuer, und die Sommersprossen, die sein ganzes Gesicht bedeckten, wirkten im fahlen Licht der Deckenlampe wie Millionen kleiner Schatten.

Sein Zwillingsbruder Benjamin, der optisch das

genaue Gegenteil war, räusperte sich. Er war gut zehn Zentimeter größer als Wilson, hatte braune, schulterlange Haare und dunkle Augen. Die Brüder waren zweieiige Zwillinge, was ihr unterschiedliches Äußeres erklärte.

»Der Grund, warum du so geheimnisvoll getan hast und wolltest, dass wir uns hier treffen, ist ein blödes Buch? Das ist doch wohl ein schlechter Scherz? Was ist das überhaupt für ein alter Schinken?« Benjamin deutete auf das Buch, das Mona jetzt mitten in den Kreis geschoben hatte, damit jeder einen Blick darauf werfen konnte.

»Das Buch der Angst«, flüsterte Mona ehrfürchtig und strich dabei sanft über die aufgeschlagene Seite.

Meine Mitschülerin Sarah, deren besondere Begabung die Heilkunst war, sprang entsetzt auf. »Hast du noch alle Tassen im Schrank?« Sie machte einige Schritte rückwärts und blieb dann in angemessenem Abstand zu dem Buch stehen. Mit einem zitternden Zeigefinger deutete sie auf das Buch. »Das Ding ist gefährlich und sollte eigentlich gar nicht mehr existieren«, sagte sie leise und wich noch ein Stück zurück.

»Jetzt mach mal halblang«, blaffte Mona sie an. »Solange wir uns das Buch nur ansehen, passiert rein gar nichts. Es wird erst gefährlich, wenn wir einen der darin niedergeschriebenen Sprüche benutzen.«

Sarah biss sich nachdenklich auf die Unterlippe und schien sich nicht sicher zu sein, ob sie Mona glauben sollte. Schließlich holte sie tief Luft, nickte kaum merklich und setzte sich wieder auf ihren Platz.

»Was hat es mit diesem Buch auf sich?«, erkundigte ich mich neugierig.

Meine Freundin sah zu mir und lächelte. Dann wandte sie sich zu den anderen Anwesenden und sah jeden von ihnen einen kurzen Augenblick an, um sich zu versichern, dass sie deren volle Aufmerksamkeit hatte.

»Dieses Buch wurde vor vielen Jahrhunderten von einem dunklen Hexer geschrieben. Es galt als eine Art Mutprobe für uns Begabte.«

»Was für eine Mutprobe?«, fragte Christian neugierig. Unterdessen wanderten seine stechend blauen Augen hektisch zwischen dem Buch und Mona hin und her .

Während ich ihn verstohlen aus dem Augenwinkel beobachtete, lief es mir eiskalt den Rücken hinunter. Christian war mindestens einen Meter fünfundachtzig groß und für meinen Geschmack viel zu muskulös.

Insgeheim nannte ich ihn immer den Hulk. Allein sein Nacken erinnerte mich an den eines Stiers. Chris, wie die meisten ihn nannten, war der Einzige, mit dem ich kaum Kontakt hatte und der mir irgendwie suspekt war.

Das lag sicherlich auch an seiner Fähigkeit, Illusionen zu erzeugen und somit die Wahrnehmung anderer zu manipulieren. Diese Begabung machte mir Angst, und ich war nicht scharf darauf, dass er sie an mir ausprobierte. Außerdem war er arrogant und wollte in allem immer der Beste sein.

»Der Spruch in dem Buch führt die Benutzer in ein

Haus mit verschiedenen Räumen. Hinter jeder Tür verbirgt sich eine andere Welt mit ganz eigenen Wesen«, erklärte Mona und machte eine bedeutungsvolle Pause.

»Und weiter?«, forderte Tim sie auf und machte dabei eine ungeduldige Geste mit der Hand.

Mona lächelte, als hätte sie nur darauf gewartet, dass jemand sie endlich aufforderte, mehr zu erzählen. Sie holte tief Luft.

»In einem der Zimmer ist etwas versteckt, was man benötigt, um das Haus wieder verlassen zu können.«

»Und was ist das?«, wollte Wilson wissen.

»Keine Ahnung, das steht nirgendwo«, entgegnete sie schulterzuckend.

»Das soll wohl ein Scherz sein! Du glaubst allen Ernstes, wir gehen in diese Bruchbude, wo wir nach etwas suchen müssen, das uns wieder aus dem Haus herausbringt, und das, obwohl wir keine Ahnung haben, worum es sich dabei handelt?«, sagte Wilson spöttisch.

Mona warf dem rothaarigen Zwilling einen vernichtenden Blick zu. »Ich habe noch nicht alle Bücher zu diesem Thema durch. Sicher werde ich bald noch einige Antworten finden!«, fauchte sie ihn an.

Wilson verdrehte die Augen. »Wenn du das sagst«, murmelte er. »Wie viele Zimmer gibt es denn in dem Haus?«

Erneut zuckte Mona die Achseln. »Das weiß ich nicht.«

Jetzt verlor Wilson ein wenig die Beherrschung und funkelte sie böse an.

»Hast du überhaupt von irgendetwas eine Ahnung?«

»Ja, habe ich«, sagte sie trotzig. »Ich weiß, dass man das Haus erst wieder verlassen kann, wenn man einen ganz besonderen Schlüsselgegenstand findet.«

Für einen Moment schwiegen alle und ließen Monas Worte auf sich wirken. Sarah, deren glatte schwarze Haare ihr bis weit über die Schultern fielen, schlang die Arme um sich, als wäre ihr kalt.

»Wo hast du das Buch her?«, fragte sie fast flüsternd.

Mona blickte sie an. »Bei meinem freiwilligen Bibliotheksdienst habe ich es in einem der Archive im Keller gefunden«, antwortete sie.

Sarah schauderte. »Du solltest es dorthin zurückbringen«, mahnte sie.

Chris runzelte argwöhnisch die Stirn. »Wieso das denn? Ich hätte echt Bock darauf, dieses Haus der Angst mal unter die Lupe zu nehmen.« Dabei hatten seine blauen Augen wieder dieses gefährliche Funkeln.

»Du spinnst wohl«, fuhr Sarah ihn an. »Weißt du nicht, was das letzte Mal passiert ist, als Schüler dieses Buch gefunden und benutzt haben?«

Chris sah sie ausdruckslos an. »Was ist denn geschehen?«, fragte er sichtlich gelangweilt.

Sarah warf einen ängstlichen Blick zu Mona und richtete dann ihre Aufmerksamkeit erneut auf Chris. »Zehn Schüler haben das Haus betreten, aber nur einer von ihnen hat es lebend verlassen.«

Die Stille, die daraufhin folgte, kam mir wie eine

Ewigkeit vor. Ich sah in entsetzte und teilweise ängstliche Gesichter.

Sarah war mit einem Mal kreidebleich, was bei ihr schon etwas heißen wollte, denn sie war ein eher dunkler Hauttyp, da ihre Familie aus Südamerika stammte. Jetzt war sie so blass, als hätte sie in ihrem Leben noch niemals die Sonne gesehen.

»Ganz schön bescheuert, sich in Lebensgefahr zu bringen, nur wegen des Nervenkitzels«, stellte Tim kopfschüttelnd fest.

»Sie haben es nicht nur wegen des Nervenkitzels gemacht«, erklärte Mona.

»Weshalb denn dann?«, erkundigte sich Benjamin neugierig.

Mona holte tief Luft, zog das Buch zu sich und las vor:

»Nur der, der die Prüfung erfolgreich besteht,
den Ausgang findet und unbeschadet geht,
nur der, der die Gefahren im Haus überwindet,
gestärkte Kräfte an sich bindet.«

Die Stimme meiner Freundin klang fast andächtig, als sie die Passage aus dem Buch wiedergab. Eine gefühlte Ewigkeit sagte niemand etwas. Alle hingen ihren eigenen Gedanken nach und ließen die Verse auf sich wirken.

Schließlich meldete sich Sean nachdenklich zu Wort.

»Soll das heißen, dass sich unsere eigenen übernatürlichen Kräfte verstärken, wenn wir die uns gestellte

Aufgabe gelöst und das Haus wieder unbeschadet verlassen haben?«

Mona nickte zustimmend, und ihre Augen leuchteten wie die eines Kindes an Weihnachten. »Ganz genau. Wer das Haus besiegt, dessen Kräfte verstärken sich um ein Vielfaches.«

»Das erklärt auch, warum sich immer wieder Schüler auf diese tödliche Mission begeben«, sinnierte Sean leise vor sich hin.

»Hallo?« Sarah sah sich kopfschüttelnd um. »Habt ihr vergessen, dass bei diesen Ausflügen etliche Schüler ums Leben gekommen sind? Also ich für meinen Teil bin mit meinen Kräften sehr zufrieden und werde ganz sicher nicht mein Leben aufs Spiel setzen, nur um etwas stärker zu werden.« Trotzig verschränkte sie die Arme vor der Brust.

Mona zog die Augenbrauen nach oben und sah die Heilerin an.

»Du bist mit deinen Kräften zufrieden, weil du nicht weißt, wie es ist, noch stärker zu sein. Momentan kannst du vielleicht ein gebrochenes Bein kurieren, aber stell dir doch nur einmal vor, du könntest plötzlich Krebs heilen. Wäre das nicht Grund genug, sich auf ein solches Abenteuer einzulassen?«

Sarah sah Mona mit großen Augen an. Man konnte förmlich erkennen, wie es in ihrem Kopf arbeitete.

»Hört mal ...«, begann Chris und wartete, bis alle ihn ansahen. »Diese zehn Luschen, die damals in das Haus gegangen sind, waren garantiert nicht so begabt und schlau wie wir. Zusammen werden wir den Ausgang finden, da bin ich mir absolut sicher. Ihr werdet euch doch dieses Abenteuer nicht entgehen lassen, nur weil einige unfähige Schüler es das letzte Mal nicht geschafft haben? Endlich können wir unsere Begabung einmal unter Beweis stellen. Wenn wir die Aufgabe lösen und somit das Haus besiegen, kann uns auch in der realen Welt niemand mehr etwas anhaben.« Er sah Beifall heischend in die Runde, doch die Mitschüler wichen seinem Blick aus.

»Wir sollen unser Leben riskieren, nur weil du auf den Nervenkitzel stehst?«, fragte Wilson.

Ein dunkler Schatten legte sich auf Christians Gesicht. Er funkelte die Brüder finster an.

»Wenn ihr im Leben nichts riskiert, werdet ihr es auch niemals zu etwas bringen. Feiglinge gibt es schon zu Genüge«, brummte er.

»Wen nennst du hier einen Feigling?«, schrie Benjamin und sprang auf.

Er hatte die eine Hand zur Faust geballt, während um die andere kleine blaue Blitze zuckten. Benjamins Fähigkeit war Elektromagnetismus. Er konnte Elektrizität erzeugen und diese gezielt gegen seinen Gegner einsetzen.

Wütend sah er auf Chris hinab, während die blauen Blitze immer heftiger wurden. Wilson packte die Hand seines Bruders und zog ihn wieder neben sich auf den Boden.

»Ganz ruhig, Bruderherz. Das ist doch genau das, was er will. Dich reizen und zu einer unüberlegten Handlung zwingen. Bleib ruhig und lass dich nicht provozieren.«

Benjamin gab ein genervtes Schnauben von sich

und nickte schließlich zustimmend. So unterschiedlich das Aussehen der Zwillinge war, so ungleich waren auch ihre Fähigkeiten. Wilson war Meister der Telekinese. Allein mit seiner Willenskraft konnte er Gegenstände bewegen oder verformen, ohne sie zu berühren. Und wenn ich Meister sage, meine ich genau so. Im Gegensatz zu den anderen, die noch lernten, mit ihren Fähigkeiten umzugehen, war er schon nahezu perfekt. Benjamin warf Christian einen letzten, vernichtenden Blick zu.

»Ich finde auch, wir sollten es einfach probieren«, meldete sich Tim plötzlich zu Wort.

Verblüfft starrte ich ihn an. Tim war normalerweise ein sehr besonnener Schüler, der immer erst das Für und Wider abwog, ehe er sich auf etwas einließ. Dass er jetzt so begeistert von dieser Idee war, überraschte mich.

»Der Meinung bin ich auch«, stimmte Mona ihm zu. »Wenn wir alle zusammenhalten, kann uns doch gar nichts passieren. Außerdem wird das Ganze sicher ein Heidenspaß«, flötete sie unbeschwert in die Runde.

»Ein Heidenspaß?«, wiederholte Sarah ungläubig. »Bist du auf Drogen?«

Ein Raunen erfüllte den Raum. Mona hob mahnend die Hand und sofort kehrte Ruhe ein.

»Keiner wird gezwungen, uns zu begleiten«, meinte sie schließlich beschwichtigend. »Diese Entscheidung bleibt jedem selbst überlassen. Da ich nicht weiß, wie lange dieser Ausflug dauert, schlage ich vor, wir treffen uns am Samstagabend.«

Sie warf einen raschen Blick zu Christian und Tim, die zustimmend nickten. Lächelnd fuhr sie fort. »Also gut, jeder der mitkommen will, findet sich am Samstag um achtzehn Uhr hier ein. Bis dahin werde ich versuchen, so viel wie möglich über das Haus der Angst herauszufinden. Von allen, die nicht dabei sind, erwarte ich absolutes Stillschweigen.«

Christian stand auf und warf einen drohenden Blick auf die Anwesenden. »Sollte einer nicht dicht halten und etwas verraten, dann kann er was erleben. Und was das bedeutet, muss ich euch ja nicht erklären.«

Mona klatschte abschließend in die Hände und grinste. »Gut, dann sehen wir uns am Samstag«, zwitscherte sie vergnügt, nahm das Buch und erhob sich.

Ich tat es ihr gleich. Nach und nach standen auch die anderen auf und verließen den Raum. Mona und ich waren die Letzten.

Nebeneinander schlenderten wir den Flur entlang auf dem Weg zu unserem gemeinsamen Zimmer.

»Ich wünschte, es wäre schon Samstag«, seufzte sie theatralisch. »Das wird der Wahnsinn. Bist du auch so aufgeregt wie ich?«

Ich sah sie verwirrt an, und erst ein paar Sekunden später verstand ich, was sie damit meinte. Mona glaubte allen Ernstes, dass ich sie in dieses Haus der Angst begleiten würde.

»Ich werde nicht mitkommen«, erklärte ich resolut.

Meine Freundin blieb ruckartig stehen. Ich bemerkte es erst, als ich mich schon ein paar Schritte von ihr entfernt hatte.

Ich hielt inne und drehte mich zu ihr. Sie starrte

mich ungläubig aus ihren großen, blauen Augen an.

»Wie meinst du das?«

»Genauso wie ich es gesagt habe. Ich werde euch nicht begleiten.«

»Aber wieso denn nicht?«, wollte sie wissen.

Ich schloss für einen Augenblick die Augen und atmete tief durch. »Weil ich noch keine Fähigkeit besitze. Momentan bin ich ein ganz gewöhnlicher Mensch. Was, wenn ich in diesem Haus von irgendetwas angegriffen werde und mich nicht verteidigen kann? Ich fühle mich noch etwas zu jung zum Sterben.«

»Aber ich bin doch bei dir, und die anderen werden dich auch nicht aus den Augen lassen«, versicherte sie und sah mich mit dem Welpenblick an, den sie immer dann einsetzte, wenn sie etwas wollte.

»Ich glaube nicht, dass ...«, begann ich, doch Mona hob die Hand, und ich verstummte.

»Ich schwöre hoch und heilig, dass ich auf dich aufpasse. Außerdem bekommst du doch am Wochenende deine eigene Gabe.«

Ich seufzte. »Falls ich überhaupt eine besitze«, murmelte ich resigniert. Bei allen Begabten zeigte sich das jeweilige Talent spätestens am achtzehnten Geburtstag.

In der Nacht von Samstag auf Sonntag, genau um Mitternacht, würde also auch ich endlich erfahren, ob ich eine Gabe besaß und falls ja, welche Fähigkeit ich mein Eigen nennen durfte. Sollte jedoch nichts passieren, dann hatte man sich bei mir getäuscht, und ich würde ein ganz gewöhnlicher Mensch bleiben. So wie meine Eltern. Wie ich im Laufe der Zeit herausgefunden hatte, waren Begabungen zwar vererblich, übersprangen aber meist einige Generationen.

Mona legte ihre Hände auf meine Schultern und sah mich mit vorgeschobener Unterlippe an. »Bitte komm doch mit«, flehte sie mich an.

Ich blies die Backen auf und stieß die Luft lautstark wieder aus. »Mal sehen«, gab ich grummelnd von mir.

Mona nickte schweigend. Sie hatte aufgegeben, jedenfalls für den Moment.

Nachdem wir in unserem Zimmer angekommen waren und uns in die Betten gelegt hatten, redete sie erneut auf mich ein. Sie versuchte mit allen Mitteln, mir das Versprechen abzuringen, sie am Samstag zu begleiten. Aber den Gefallen tat ich ihr nicht. Selbst als sie mir anbot, einen Zauber zu sprechen, mit dessen Hilfe sich meine Klausuren ganz von allein schreiben würden, stimmte ich nicht zu. Sichtlich am Ende mit ihrem Latein, versuchte sie es anschließend mit Erpressung und lautstarken Drohungen, doch ich ignorierte sie. Es folgte ein ellenlanger Monolog über Freundschaft und gegenseitiges Vertrauen, den ich mit einem lauten Gähnen quittierte. Zu guter Letzt drohte sie mir, mich mit einem Zauberspruch einfach zu zwingen, sie zu begleiten, doch auch darauf reagierte ich nicht. Irgendwann wurde auch sie schließlich müde und gab sich geschlagen. Ich atmete erleichtert auf. Lange hätte ich das nicht mehr ausgehalten. Mona konnte reden wie ein Wasserfall und schien dabei kein einziges Mal Luft holen zu müssen.

Kapitel 2

Nur mit Mühe konnte ich die Augen aufhalten, während Dr. Flossy, unser Geschichtsprofessor, wieder einmal eine seiner monotonen Erklärungen zu einem historischen Ereignis zum Besten gab.

Diesmal ging es um einen Aufstand der Gestaltwandler im 15. Jahrhundert oder so ähnlich. Ich hatte nicht richtig zugehört. Ich hielt mir die Hand vor den Mund und gähnte herzhaft.

Himmel, war ich müde. In der letzten Nacht hatte ich kaum ein Auge zugetan. Zuerst war es Mona gewesen, die mich mit ihren Übererdungstiraden vom Schlafen abgehalten hatte. Sie wollte unbedingt, dass ich sie ins Haus der Angst begleitete und ließ nicht locker. Als sie schließlich doch aufgegeben hatte, fand ich dennoch keinen Schlaf.

Tausend Gedanken waren mir durch den Kopf geschwirrt und hatten mich daran gehindert, Ruhe zu finden. Als ich nun zum wiederholten Mal lautstark gähnte, verstummte Dr. Flossy schlagartig und musterte mich mit zusammengekniffenen Augen.

»Ich möchte mich an dieser Stelle bei Ms Carter entschuldigen, die meinen Vortrag über die Rebellion der Gestaltwandler bei London sehr zu langweilen scheint«, erklärte er in seiner gewohnt trockenen Art.

Ich sah erschrocken auf. Alle meine Mitschüler drehten sich zu mir um. Einige von ihnen kicherten, andere schmunzelten belustigt, und mir stieg die Röte ins Gesicht.

»Sorry, kommt nicht wieder vor«, murmelte ich. Dr. Flossy strich sich über seine Halbglatze und seufzte, während er etwas Unverständliches brummte. Bevor er seine Ausführungen fortsetzen konnte, klingelte die Schulglocke, und ich atmete erleichtert auf.

Endlich Schluss für heute, dachte ich und schob mein Buch in den Rucksack. Alles, was ich wollte, war auf mein Zimmer zu gehen, mich in mein Bett fallen zu lassen und zu schlafen.

»Ich freue mich auf eine leckere Lasagne«, hörte ich Mona sagen, die wie aus dem Nichts neben mir aufgetaucht war. »Worauf hast du Lust?«

Ich schlang mir den Riemen des Rucksacks über die Schulter und sah sie an. »Eigentlich wollte ich mich ins Bett legen«, meinte ich, doch im selben Moment gab mein Magen ein lautes Knurren von sich.

»So wie sich das anhört, solltest du vorher lieber etwas essen«, riet sie mir und deutete auf meinen Bauch. »Außerdem hat Mrs Bennett heute Küchendienst«, fügte sie strahlend hinzu.

Ich überlegte kurz und nickte schließlich. »Wenn das so ist, komme ich mit.«

In der schuleigenen Cafeteria suchte man vergeblich nach einer Köchin. Stattdessen arbeiteten hier drei Hexen, die abwechselnd Dienst hatten.

Genau genommen gab es noch nicht einmal eine Küche, sondern nur den Gastraum, der ungefähr hundert Personen Platz bot, was der Anzahl der Bewohner des *Woodland College* entsprach. Es gab auch keine Speisekarte oder so etwas wie ein Tagesangebot, wie man es aus anderen Schulkantinen kannte.

Jeder konnte bestellen, worauf er gerade Lust hatte, sofern die diensthabende Hexe eine dementsprechende Auswahl an Zaubersprüchen beherrschte.

Und Mrs Bennett war mit Abstand die Begabteste. Es gab nichts, was sie einem nicht auf den Teller zaubern konnte.

Als wir in die Cafeteria traten, war diese schon gut gefüllt. Mona steuerte geradewegs auf den Tisch zu, an dem auch Sean saß, der sich angeregt mit Tim unterhielt. Ich ließ meinen Blick über die anderen Schüler schweifen. Als ich Naomi erblickte, bereute ich, nicht doch auf mein Zimmer gegangen zu sein.

Sie saß am Kopfende und warf gerade lachend den Kopf in den Nacken. Ihre lange, blonde Mähne flog dabei durch die Luft, wie in einem Werbespot für gesundes Haar. Ich musterte sie unauffällig.

Naomi war ein Vampir und sah atemberaubend gut aus. Sie besaß perfekte Gesichtszüge, volle Lippen und strahlend blaue Augen. Ganz zu schweigen von ihrer Figur. Jedes Model würde sie um diese Maße beneiden. Ich sah kurz an mir herab und verzog das Gesicht. Ich selbst war zwar auch schlank und konnte mich nicht über fehlende Rundungen beschweren, aber mein Körper bestand zu zwei Dritteln aus Beinen.

Mit meinen knapp ein Meter siebzig sah ich aus wie ein Storch. Zumindest empfand ich es so. Immer wenn ich Mona gegenüber auf dieses Thema zu sprechen kam, schüttelte sie ungläubig den Kopf und erklärte, dass sie mich um meine langen Beine beneide und ich angeblich eine völlig verzerrte Wahrnehmung hätte. Zu guter Letzt riet sie mir immer, ich solle doch mal etwas genauer in den Spiegel sehen oder mir eine Brille anschaffen.

Neben Naomi saß der Neue. Er war erst vor ein paar Tagen zu uns ans Internat gekommen, und ich hatte ihn bisher nur zweimal gesehen.

Er wirkte gelangweilt, hatte die Arme vor der Brust verschränkt und die Beine weit von sich gestreckt. Sein schwarzes Haar fiel ihm in leichten Wellen bis auf die Schultern und erinnerte mich vom Farbton her an einen Raben.

Als wir den Tisch erreicht hatten, sah er auf, und unsere Blicke trafen sich. Auch seine Augen waren grün, doch während meine die dunkle Farbe von Tannen besaßen, leuchteten seine wie frisches Moos. Ich kramte in meiner Erinnerung nach seinem Namen. Mona hatte ihn erwähnt, als sie mir von ihm erzählt hatte, aber er wollte mir partout nicht einfallen. Meine Freundin ließ sich auf den Stuhl neben Sean fallen. Ich hängte meinen Rucksack über die Stuhllehne ihr gegenüber und nahm ebenfalls Platz.

Naomi zog die Augenbrauen nach oben, als sie mich erblickte. »Eigentlich ist das ein Tisch für Begabte«, sagte sie auffallend laut und sah mich herausfordernd an. »Hast du denn eine besondere Fähigkeit, Lucy?«

Einige am Tisch kicherten belustigt. Der Neue

lachte nicht, sondern sah weiterhin gelangweilt aus. Jetzt fiel mir auch sein Name wieder ein: David. Aber die meisten nannten ihn nur Dave. Ich konzentrierte mich auf Naomi und hielt ihrem Blick stand.

»Genau genommen ist das hier eine Schule für Leute mit Verstand. Hast du auch etwas davon abgekriegt, Naomi, oder wurde dein komplettes Hirn vom Wasserstoffperoxid weggeätzt, das du dir immer auf den Kopf schmierst, um so nuttig blond auszusehen?« Kaum war das letzte Wort über meine Lippen gekommen, da begann schon der ganze Tisch zu grölen. Ich selbst hätte mir am liebsten mit der Hand vor den Mund geschlagen.

Meine Güte, was hatte ich denn da von mir gegeben? War ich schon so übermüdet, dass ich nicht mehr nachdachte, bevor ich etwas sagte?

Tim schlug sich auf die Oberschenkel, und Sean wischte sich die Tränen aus den Augen. Mona starrte mich erstaunt an. Naomis Blick hingegen war so feindselig, dass es mir kalt den Rücken hinunterlief. David lümmelte immer noch in derselben Haltung auf seinem Stuhl, doch jetzt zuckten seine Mundwinkel belustigt. Er trug ausgewaschene Jeans, dazu Bikerstiefel und ein schwarzes, enges Shirt, durch das sein durchtrainierter Oberkörper gut zur Geltung kam. Ich musste zugeben, dass er verdammt gut aussah.

»Pass gut auf, wie du mit mir redest«, zischte Naomi und funkelte mich eisig an.

»Oder was?«, erkundigte ich mich gelassen. Normalerweise fühlte ich mich in ihrer Gegenwart immer eingeschüchtert, aber heute war das anders, und ich hatte keine Ahnung, weshalb. Ob das an dem Neuen lag?

»Ein paar Liter Blut können einem schneller abhandenkommen, als man denkt«, fauchte sie und grinste, damit ich einen Blick auf ihre beiden Reißzähne werfen konnte.

Ich zuckte gelangweilt die Schultern. »Hunde, die bellen, beißen nicht«, gab ich zurück und drehte mich zu meiner Freundin Mona, die mich immer noch fassungslos anstarrte.

»Was ist denn heute in dich gefahren? Nimmst du irgendwelche Pillen, oder spielt dein Blutzucker gerade verrückt?«

»Ich hab einfach keine Lust mehr, mich von dieser arroganten Ziege permanent dumm anmachen zu lassen«, erwiderte ich.

Sean hob mir die Hand entgegen. »High Five«, sagte er grinsend.

Ich verdrehte die Augen und schüttelte den Kopf.

»Das ist so was von uncool und out«, erklärte Mona, woraufhin Sean peinlich berührt die Hand sinken ließ.

»Klasse war es trotzdem, wie du ihr Kontra gegeben hast. Das traut sich nicht jeder. Schließlich ist sie ein Vampir«, sagte Sean.

Ich runzelte die Stirn. »Und? Was will sie tun? Mich leersaugen?«

»Da muss sie erst mal an mir vorbei«, warf Mona ein.

Ich grinste. Solange ich in ihrer Nähe war, musste

ich mir wirklich keine Sorgen machen, denn sie war eine wirklich begabte Hexe. Oft hatte ich Mona dabei beobachtet, wie sie Siegelmagie benutzte oder mit Zaubersprüchen und Tränken herumexperimentierte. Zugegeben, nicht immer waren diese Versuche von Erfolg gekrönt gewesen, und oft ging gehörig etwas daneben, aber Mona wurde mit jedem Tag besser.

»Lucy, du kommst doch am Samstag mit, oder?«, erkundigte sich Tim, dessen Haar schon wieder so zerzaust war, als wäre er in einen Hurrikan gekommen.

»Ich habe mich noch nicht entschieden«, antwortete ich und entfernte einen blauen Strich Tinte von meinem Finger.

»Klar kommt sie mit«, erklärte Mona und lächelte mich an.

»Mal sehen«, brummte ich. Als ich zu David sah, stellte ich fest, dass er mich beobachtete und dabei die Stirn in tiefe Falten gelegt hatte. Auch Naomi unterhielt sich nicht mehr, sondern lauschte unserem Gespräch.

Schnell wechselte Sean das Thema. »Habt ihr gestern das Spiel der 49ers gesehen?«

Mona wandte sich schnaubend ab, als Tim und Sean begannen, lautstark über Football zu philosophieren. »Komm, holen wir uns was zu essen«, schlug sie vor, streckte mir die Hand hin und zog mich hoch.

Als wir weit genug von den anderen entfernt waren, beugte ich mich zu Mona und flüsterte: »Welche Begabung hat eigentlich der Neue?«

Sie zog die Augenbrauen nach oben und sah mich

erstaunt an. Dann runzelte sie nachdenklich die Stirn. »Jetzt, wo du mich fragst ... ich habe keine Ahnung.«

»Na ja, egal«, entgegnete ich mit einer wegwerfenden Geste.

Mona kniff die Augen zusammen und musterte mich aufmerksam. »Weshalb willst du das wissen?« Plötzlich hellte sich ihr Gesicht auf und sie öffnete erstaunt den Mund. »Du findest David süß.«

Ich blieb abrupt stehen. »Quatsch, ich war einfach nur neugierig.«

»Ja, klar. Ich kenne dich jetzt mittlerweile gut genug. Außerdem leuchtet dein Gesicht wie ein Streichholzkopf. Das muss dir nicht peinlich sein, David ist ein richtiger Schnuckel, auch wenn er etwas seltsam wirkt.«

»Da hast du wohl recht«, seufzte ich und sah sofort erschrocken auf. »Ich meine, dass er seltsam ist«, fügte ich rasch hinzu.

Mona warf ihren Kopf in den Nacken und lachte herzhaft. »Ja, schon klar.«

Als wir an der Essensausgabe ankamen, bestellte ich mir bei Mrs Bennett einen Bacon-Chili-Burger. Fasziniert sah ich zu, wie die Hexe fremd klingende Worte murmelte und dabei mit den Händen in der Luft vor sich hin wedelte.

Schon oft hatte ich sie dabei beobachtet, wie sie Essen zauberte, aber ich war jedes Mal wieder aufs Neue beeindruckt. Zuerst materialisierte sich ein Burger-Brötchen auf dem Teller. Kurz darauf erschienen Salat, Tomaten und Gurken, die wie von Geisterhand langsam auf das Brot fielen.

Das Fleisch tauchte mit einem leisen Knall auf und platschte etwas unsanft auf den Salat, gefolgt von einer Scheibe Käse, die noch während des Fallens zerlief. Dann wurden etwa dreißig Zentimeter über dem Teller zwei Baconscheiben sichtbar und taumelten nach unten. Zuletzt regneten einige Jalapeños auf den Burger.

»Bitte sehr, ein Bacon-Chili-Burger.«

Zurück an meinem Platz, verschlang ich hungrig mein Mittagessen und spülte das Ganze mit einem halben Liter Coke hinunter. Dabei sah ich immer wieder verstohlen zu David hinüber und ertappte ihn mehr als nur einmal dabei, wie er mich interessiert musterte.

Naomi hatte ihren Stuhl demonstrativ näher an seinen gerückt und schlang nun die Arme um seinen Hals. Sie hing an ihm wie eine Klette, während David ihre Umarmung weder erwiderte noch sie von sich wegschob.

Ms Phillips, die Hexenkunst unterrichtete und zu den jüngeren Lehrkräften zählte, kam an unseren Tisch und lächelte mich an. »Schön, dass ich Sie so schnell gefunden habe. Mrs Jackson hat mich gebeten, Ihnen auszurichten, dass Sie bitte in ihr Büro kommen sollen.«

Der Bissen, den ich gerade hinunterschlucken wollte, blieb mir im Hals stecken. Ich hustete und Mona klopfte mir beherzt auf den Rücken.

»Ich?«, fragte ich ungläubig und überlegte, ob ich etwas getan hatte, was ich vielleicht nicht hätte tun sollen. Hatte Dr. Flossy mich verpetzt und ihr erzählt, dass ich im Unterricht fast eingeschlafen wäre? Ich nickte Ms Phillips zu, schob meinen Stuhl zurück und erhob mich.

»Wir sehen uns später«, sagte ich zu Mona, packte meinen Rucksack und machte mich auf den Weg zum Büro der Rektorin. Mit gemischten Gefühlen lief ich die Stufen nach oben in den ersten Stock, wo das Büro der Schulleiterin lag. Währenddessen zerbrach ich mir den Kopf darüber, warum Mrs Jackson mich wohl zu sich gerufen hatte. Gedankenverloren marschierte ich durch den langen Gang, in dem sich ihr Arbeitszimmer befand.

»Hey, pass gefälligst auf«, blaffte mich ein großer blonder Schüler an.

Ich hatte ihn versehentlich angerempelt, weil ich zu sehr mit meinen eigenen Gedanken beschäftigt gewesen war.

»Tut mir leid«, murmelte ich, rieb mir die schmerzende Schulter und setzte meinen Weg fort. Vor der Tür der Rektorin blieb ich stehen und holte tief Luft, anschließend klopfte ich.

»Herein!«, hörte ich sie rufen. Ich öffnete die Tür und trat ein. Mrs Jackson saß hinter ihrem Schreibtisch und sah auf.

»Hallo, Lucy, schön, dass Sie es so schnell einrichten konnten«, begrüßte sie mich lächelnd. »Nehmen Sie doch bitte Platz.« Sie wies auf den Stuhl, auf dem ich schon gesessen hatte, als ich zum ersten Mal hier gewesen war.

»Hallo, Mrs Jackson.« Ich setzte mich. »Worum geht es denn?«

Die Rektorin verschränkte die Arme und sah mich einige Zeit an. Mir wurde immer unbehaglicher zumute, und ich fragte mich erneut, was sie von mir wollte.

»Sie haben am Sonntag Geburtstag«, stellte sie fest.

Ich nickte.

»Dann wissen Sie auch, was das bedeutet?«

Wieder nickte ich. »Dann werde ich endlich erfahren, ob ich eine Fähigkeit habe und welche es sein wird.« Bei dem Gedanken daran schnürte sich mir der Magen zusammen.

Ich hatte nämlich noch immer den Verdacht, dass ich gar keine Begabung besaß. Wenn dem wirklich so war, dann würde das zwangsläufig bedeuten, dass ich das College verlassen müsste, und diese Vorstellung gefiel mir gar nicht.

Mittlerweile hatte ich mich gut eingelebt und Freunde gefunden. Wieder zurück nach Miami zu gehen und die Schule zu wechseln, war für mich unvorstellbar.

»Ich habe Sie hergebeten, weil ich Sie bitten möchte, die ersten Stunden Ihres Geburtstages hier bei mir zu verbringen«, erklärte die Schulleiterin.

Ich sah sie erstaunt an.

»Sie meinen, mitten in der Nacht?«

»Genau. Wenn Sie damit einverstanden sind, dann treffen wir uns am Samstag kurz vor Mitternacht hier in meinem Büro.«

Ich musste sehr verstört gewirkt haben, denn Mrs Jackson machte eine beschwichtigende Handbewegung. »Keine Angst, Lucy, es ist ganz normal, dass wir Schülern, die ihre Begabung erst an ihrem achtzehnten Geburtstag erhalten, zur Seite stehen, wenn die neue Fähigkeit sich zum ersten Mal zeigt.«

»Und ... und wenn gar nichts passiert?« Meine Stimme überschlug sich fast.

»Das wird nicht der Fall sein«, beruhigte mich die Rektorin. »Wie ich Ihnen schon bei unserem ersten Gespräch erklärte, haben sich unsere Seher noch nie geirrt, was das betrifft.«

Ihre Worte dämpften meine Angst, konnten sie mir aber nicht gänzlich nehmen. Ich würde also die ersten Stunden meines Geburtstags mit meiner Schulleiterin verbringen.

Wie verrückt war das denn? Immerhin konnte ich Mona jetzt eine plausible Entschuldigung liefern, falls sie wieder versuchen sollte, mich zu überreden, mit ins Haus der Angst zu gehen.

Schließlich sollte dieser magische Ausflug bereits am Samstagabend stattfinden, nur ein paar Stunden vor meinem Geburtstag.

Ich verabschiedete mich von Mrs Jackson, doch als ich schon fast auf dem Flur war, rief sie noch einmal meinen Namen. Ich drehte mich um und sah die Schulleiterin fragend an.

»Seien Sie doch bitte so nett und tragen Sie das Amulett, das ich Ihnen gegeben habe«, bat sie mich.

Ich fühlte mich ertappt. Automatisch wanderte meine Hand zu der Stelle an meinem Brustbein, wo ich eigentlich den Anhänger spüren sollte. Ich fühlte gar nichts, weil ich das Amulett schon lange nicht mehr getragen hatte.

»Ja klar«, murmelte ich und lief feuerrot an. Mrs Jackson wurde mir mit jedem Tag unheimlicher. Dieser Frau schien rein gar nichts zu entgehen.

Anschließend machte ich mich auf den Weg in mein Zimmer, um mich endlich ins Bett zu legen und ein wenig Schlaf nachzuholen.

Kapitel 3

Wie ich es vorhergesehen hatte, nervte mich Mona den kompletten Samstagvormittag. Obwohl ich ihr mitgeteilt hatte, dass ich mich um Mitternacht bei Mrs Jackson einfinden sollte, ließ meine Freundin nicht locker.

»Bis dahin sind wir doch längst wieder zurück«, versicherte sie mir.

»Woher willst du das denn wissen?«

»Hab ich gelesen«, antwortete sie knapp, während sie einen Kaugummi auspackte und das Papier achtlos auf den Boden warf. Wir waren auf dem Weg in die Cafeteria, um Mittag zu essen.

»Was hast du gelesen?«, hakte ich nach, öffnete die Glastür und musterte Mona, als sie an mir vorbeiging.

»Dass die Zeit in den Zimmern nicht mit der wirklichen Dauer des Aufenthalts übereinstimmt«, erklärte sie.

Ich schüttelte verwirrt den Kopf. »Und das bedeutet was?«

Mona verdrehte die Augen und strich sich die blonden Haare ihres kinnlangen Pagenkopfes hinter die Ohren. »In den Zimmern kann es dir vorkommen, als ob ein kompletter Tag vergeht, aber in Wirklichkeit warst du nur zwanzig Minuten in dem Raum.«

Ich schnaubte. »Na, vielen Dank. Die Vorstellung,

dass mir der ganze Ausflug vorkommt, als wäre ich tagelang unterwegs, macht ihn nicht gerade schmackhafter.«

Wir steuerten direkt auf die Essensausgabe zu. Ich seufzte, als ich sah, dass nicht Mrs Bennett Küchendienst hatte, sondern Mrs Wyat, die wohl mit Abstand unbegabteste Küchenhexe. Mein Blick glitt über ihr Oberteil, das komplett mit roten Flecken übersät war. Sogar ihre Ärmel waren bekleckert. Mrs Wyat sah aus, als hätte sie sich die Pulsadern aufgeschnitten. Wahrscheinlich hatte sie wieder versucht, Spaghetti Bolognese zu zaubern, was jedes Mal in einem Chaos endete. Im Gegensatz zu Mrs Bennett, deren gezauberte Mahlzeiten sanft auf die Teller schwebten, platschte bei Mrs Wyat das Essen lautstark nach unten und verteilte sich meist auch noch großflächig um sie selbst herum.

»Einen normalen Burger, bitte«, bat ich sie, weil dies das einzige Gericht war, das noch halbwegs genießbar war.

»Für mich auch«, flötete Mona und zupfte sich ihr Shirt zurecht. Ein Blick auf die Tische der Cafeteria verriet mir, dass nicht nur ich dieser Meinung war. Fast alle hatten einen Burger vor sich, bis auf ein paar ganz waghalsige Neulinge, die sich an den Eintopf gewagt hatten.

Mit unserem Essen gingen wir an den Tisch, an dem schon die anderen saßen. Ich fluchte leise, als ich sah, dass auch Naomi wieder dort Platz genommen hatte. Diese Ziege wurde langsam anhänglich wie eine rollige Katze. Und direkt neben ihr saß dieser David und starrte mich aus seinen hellgrünen Augen finster an. Sean rückte Mona freudestrahlend den Stuhl zurecht.

Ich kicherte. Fehlte nur noch, dass er sich vor ihr verbeugte und ihr einen Handkuss gab. Es war unübersehbar, dass der Typ über beide Ohren in sie verliebt war.

»Hi Lucy«, begrüße mich Tim und schenkte mir ein verschmitztes Lächeln. »Schon aufgeregt wegen heute Abend?«

Ich nahm Platz und schüttete erst einmal reichlich Ketchup auf meinen Burger, weil ich nicht wusste, was ich antworten sollte. Meinte Tim jetzt den Ausflug oder meinen Geburtstag?

»Heute Abend?«

Tim beugte sich über den Tisch zu mir. »Das Haus der Angst«, flüsterte er verschwörerisch.

Ich klappte meinen Burger zu und beobachtete, wie das Ketchup zu den Seiten herausquoll. »Ich kann leider nicht mitkommen«, erklärte ich und biss herzhaft in mein Mittagessen, das wieder einmal sehr grenzwertig schmeckte.

Als Tim sich erkundigte, warum ich nicht mitkommen könne, sprang Mona ein und erzählte von meinem Treffen mit Mrs Jackson.

»Bis dahin sind wir sicher wieder zurück«, sagte Tim.

»Das hab ich ihr auch gesagt«, stimmte Mona ihm zu.

»Wahrscheinlich kommt diese Ausrede unserer kleinen Lucy ganz recht. Wäre ich ein gewöhnlicher

Mensch ohne Begabung, hätte ich auch die Hosen gestrichen voll«, bemerkte Naomi.

Ich funkelte sie böse an, sagte aber nichts.

»Igitt, das ist ja widerlich«, hörte ich Mona kreischen. Sie saß mir gegenüber und spuckte gerade ein Stück Burger zurück auf den Teller. Anschließend schob ihn so weit wie möglich von sich. »Schafft mir dieses ekelhafte Ding aus den Augen!«

Ich sah zu Naomi. »Du hast es gehört, Naomi, verschwinde!«

Während alle lachten, kniff sie die Augen zusammen und starrte mich wütend an. »Ich habe dich schon einmal gewarnt, rede nicht so mit mir, sonst wirst du es bitter bereuen«, knurrte sie.

»Ich erbebe vor Angst«, entgegnete ich mit vollem Mund.

Naomi sprang so schnell auf, dass ich mich fast verschluckt hätte. Doch bevor sie auch nur einen Schritt auf mich zu machen konnte, war David an ihrer Seite und legte ihr die Hand auf die Schulter. »Lass es gut sein, Naomi. Das ist es nicht wert. Schon gar nicht bei ihr«, flüsterte er leise, aber doch so laut, dass ich ihn verstehen konnte. Dabei warf er mir einen kurzen kühlen Blick zu. Er legte Naomi den Arm um die Schultern und dirigierte sie nach draußen.

Mir fehlten die Worte, und um ein Haar wäre mir mein Essen aus dem Mund gefallen. Das ist es nicht wert? Schon gar nicht bei ihr? Was bildete dieser Arsch sich eigentlich ein? Naomis Sticheleien ärgerten mich zwar, aber sie taten mir nicht weh, ganz im Gegenteil zu dem, was dieser David gerade gesagt hatte. Was hatte ich ihm denn getan? Er kannte mich doch überhaupt nicht. Ich legte die Reste meines Burgers auf den Teller, denn mir war der Appetit vergangen, und sah den beiden fassungslos nach. Da blieb Naomi plötzlich stehen und drehte sich wieder zu uns um. »Besser, du gehst mir heute aus dem Weg. Ich habe nämlich noch nichts getrunken«, warnte sie mich.

Mir klappte die Kinnlade nach unten. »Tickt die noch ganz richtig?«, zischte ich durch zusammengebissenen Zähne in Monas Richtung.

Meine Freundin zuckte die Schultern. »Ignorier die dumme Kuh doch einfach. Wenn du dich auf ihre Spielchen einlässt, ziehst du den Kürzeren.«

»Das wollen wir erst mal sehen«, erwiderte ich.

Naomi war stehen geblieben. Durch ihr extrem gutes Gehör verstand sie alles, was ich sagte. Dave zog an ihrem Arm, doch sie rührte sich nicht.

»Ich behalte dich im Auge«, fauchte sie laut und deutete mit dem Finger auf mich.

»Von mir aus kannst du dir auch dein Auge ausstechen, du blutsaugendes Miststück. Interessiert mich nicht die Bohne«, murmelte ich leise. Ich würde mir doch von dieser Kuh nicht vorschreiben lassen, was ich tun durfte und was nicht. Mit vorgerecktem Kinn beobachtete ich, wie Naomi sich umdrehte und mit Dave die Cafeteria verließ. Ich war stinksauer, wobei sich der größte Teil meiner Wut gegen mich selbst richtete. Warum hatte ich nicht einfach den Mund halten können? Seitdem diese Ziege vor einem Monat an unsere Schule gekommen war, hatte sie mich auf dem Kicker. Jedes Mal nahm ich mir vor, nicht auf ihre Sticheleien zu reagieren, aber dann tat ich genau das Gegenteil.

Langsam reizte mich der Gedanke, mit den anderen in das Haus der Angst zu gehen, nur damit ich dieser Zicke nicht mehr begegnen musste.

»Ich hab noch einiges zu tun bis heute Abend, deshalb verziehe ich mich jetzt auf mein Zimmer«, gab Mona bekannt.

»Noch einiges zu tun?«, wiederholte Sean fragend.

Mona stemmte die Fäuste in die Hüften und verdrehte die Augen. »Willst du etwa völlig unvorbereitet ins Haus der Angst gehen? Ich werde noch etwas recherchieren und zusehen, dass ich so viel wie möglich über diesen Zauber herausfinde. Schließlich wollen wir doch wissen, was genau uns erwartet, oder?«

»Kann ich irgendwie helfen?«, erkundigte sich Sean sichtlich geknickt.

»Nein, du würdest nur stören«, antwortete Mona knapp.

Sean ließ den Kopf hängen und seufzte. Irgendwie tat er mir leid. Es war so offensichtlich, dass auch Mona etwas für ihn empfand, aber immer dann, wenn ich dachte, sie würden sich annähern, blockte sie ab.

»Aber du könntest mir helfen, oder hast du etwas anderes vor?«, sagte Mona und drehte sich zu mir um.

»Nein, hab ich nicht«, antwortete ich lahm.

»Dann lass uns gehen. Es gibt noch eine Menge zu tun, und vielleicht kann ich dich ja doch noch dazu überreden, uns zu begleiten.«

»Keine Chance«, entgegnete ich kopfschüttelnd.

»Wir werden ja sehen«, zwitscherte meine Freundin fröhlich und zwinkerte mir verschwörerisch zu.

Zusammen verließen wir die Cafeteria und gingen nach oben in unser Zimmer, wo Mona etliche alte Bücher auf dem Boden ausbreitete.

»Was ist das?«, wollte ich wissen und deutete auf das Chaos auf dem Fußboden.

»Bücher«, antwortete sie, während sie stirnrunzelnd eine Seite nach der anderen umblätterte.

Ich schnaubte. »Ach was?«

Mona sah auf. »Das sind alles sehr alte Schriften aus einem Teil der Bibliothek, zu dem wir normalerweise keinen Zutritt haben. Ich hoffe, in einem dieser Bücher etwas über das Haus der Angst zu erfahren. Irgendjemand muss doch die Vorfälle dokumentiert haben. In den letzten dreihundert Jahren wurde das Haus dreimal herbeigerufen. Und jedes Mal kamen dabei Schüler ums Leben, aber immer haben auch einer oder mehrere überlebt. Dementsprechend muss es auch Aufzeichnungen von ihren Schilderungen geben.«

Ich sah auf die Uhr an der Wand. Es war zwei Uhr nachmittags. »Viel Zeit bleibt dir aber nicht«, stellte ich mit einem Blick auf den nicht unerheblichen Lesestoff am Boden fest. »Soll ich mir auch eines der Bücher vornehmen?«

Mona schüttelte lächelnd den Kopf. »Nichts für

ungut, doch du wüsstest gar nicht, wonach du suchen musst. Aber du könntest unsere Rucksäcke packen.«

»Rucksäcke?«

Mona zog einen Zettel aus ihrer Hosentasche und reichte ihn mir. »Sieh zu, dass du alles auftreibst, was auf der Liste steht.«

Neugierig versuchte ich, die Handschrift meiner Freundin zu entziffern, was bei ihrer Sauklaue wirklich nicht leicht war. Gerade als ich sie fragen wollte, ob auf dem Zettel wirklich das Wort „Wolldecke" stand oder ob ich mich verlesen hatte, juchzte sie erfreut auf.

»Was ist denn los?«, wollte ich wissen.

Mona sah von dem Buch, in dem sie gerade gelesen hatte, auf und strahlte. »Ich hab es gefunden«, sagte sie grinsend.

»Was hast du gefunden?«

»Ich weiß jetzt, um welchen Gegenstand es sich beim letzten Ausflug ins Haus der Angst gehandelt hat.«

Als ich Mona verwirrt ansah, weil ich nicht sofort kapierte, was sie damit meinte, verdrehte sie die Augen. »Der Gegenstand, den man finden muss, um das Haus wieder zu verlassen. Es waren Zahlen. Sie mussten eine Zahlenkombination zusammensetzen, um die Tür zu öffnen«, flüsterte sie fast ehrfürchtig.

»Und das ist jedes Mal so?«

Mona verzog ihr hübsches, herzförmiges Gesicht. »Nein, leider nicht.«

»Und wie soll uns das dann weiterhelfen?«

Meine Freundin warf mir einen vorwurfsvollen

Blick zu. »Wenigstens wissen wir jetzt, in welche Richtung die Aufgabe tendieren könnte«, erklärte sie.

Ich zuckte die Achseln und verkniff mir eine weitere Bemerkung. Da ich sowieso nicht mitkommen würde, konnte es mir ja egal sein. Während Mona die Bücher beiseiteschob, kramte ich meinen Koffer unter dem Bett hervor. Ich öffnete ihn und nahm eine kleine Schachtel heraus, in der ich die Kette mit dem Pentagramm-Anhänger aufbewahrte, den Mrs Jackson mir bei meinem ersten Besuch überreicht hatte. Ich hatte ihn lange getragen und erst an dem Tag abgenommen, als ich hier im Internat eingezogen war. Jetzt nahm ich ihn vorsichtig aus der Schachtel und ließ die Kette durch meine Finger gleiten.

Ich betrachtete die filigrane Arbeit, legte mir schließlich das Schmuckstück um den Hals und ließ es unter meinem Oberteil verschwinden.

Kaum hatte das Pentagramm meine Haut berührt, fühlte ich mich irgendwie sicherer als zuvor. Ich hatte schon völlig vergessen, wie gut sich das anfühlte. Von nun an würde ich es wieder öfter tragen, beschloss ich.

Punkt halb sechs ließ ich zwei vollgepackte Rucksäcke neben Mona auf den Boden fallen. Ich war in der ganzen Schule herumgeirrt, um all das zu finden, was meine Freundin aufgeschrieben hatte.

»Ich hoffe, dass du diesen Mist auch wirklich brauchst. Ich habe mir nämlich Blasen gelaufen, um alles zusammenzusuchen. Und wieso bereitest du eigentlich zwei Rucksäcke vor?«, erkundigte ich mich schlecht gelaunt.

»Wir müssen auf alles vorbereitet sein«, antwortete Mona lächelnd und wies auf den Platz neben sich am Boden. »Setz dich, damit ich anfangen kann.«

»Wieso müssen *wir* auf alles vorbereitet sein? Ich habe mich doch klar ausgedrückt, als ich sagte, dass ich nicht mitkomme, oder?« Ich sah meine Freundin argwöhnisch an.

»Papperlapapp.« Mona machte eine wegwerfende Handbewegung. »Natürlich kommst du mit. Und jetzt lass uns endlich anfangen.«

»Anfangen? Womit?«

»Ich möchte ein paar Schutzzauber auf dich legen. Schließlich hast du noch keine Fähigkeit und bist von uns allen am verletzlichsten.«

Ich winkte hektisch mit den Armen vor Monas Gesicht herum. »Erde an Mona! Was genau an dem Satz *Ich komme nicht mit* hast du nicht verstanden?«

»Du bist meine beste Freundin, und ich kenne dich mittlerweile gut genug, um zu wissen, dass du mich niemals allein gehen lassen würdest«, erklärte sie ernst.

Ich schluckte, denn Mona hatte recht. Die ganze letzte Stunde hatte ich mit meinem inneren Schweinehund gerungen, da ich kein gutes Gefühl dabei hatte, sie allein aufbrechen zu lassen.

»Aber ich ...«, setzte ich an, doch Mona hob warnend die Hand.

»Nun stell dich nicht so an, Lucy. Wir alle passen auf dich auf. Niemand wird zulassen, dass dir etwas geschieht. Und denk an die Belohnung, die auf uns wartet, wenn wir wieder zurück sind.«

»Belohnung?«

Mona gab ein genervtes Seufzen von sich. »Unsere Kräfte werden verstärkt, wenn wir das Haus wieder heil verlassen, schon vergessen?«

»Ach ja, stimmt«, murmelte ich und musste zugeben, dass die Aussicht darauf sogar mich reizte, obwohl ich noch nicht einmal wusste, welche Fähigkeit ich mein Eigen nennen würde.

»Uns läuft die Zeit davon, also lass mich jetzt endlich ein paar Schutzzauber auf dich legen«, forderte sie mich leicht gereizt auf.

Ich zögerte kurz, gab aber schließlich nach. »Na gut«, brummte ich. Zwar fühlte ich mich noch immer nicht wohl bei dem Gedanken, meine Freunde in das Haus der Angst zu begleiten, aber meine Entscheidung war gefallen. Ich würde mit ihnen gehen. Hoffentlich hatte Mona recht und wir würden rechtzeitig vor Mitternacht zurück sein. Sonst hätte ich ein echtes Problem.

Mona strahlte.

Schon einige Male hatte ich beobachtet, wie meine beste Freundin solche Zauber gewirkt hatte. Dabei handelte es sich um diverse Siegel, die sie auf Gegenstände oder in die Luft zeichnete. Jedes Mal, wenn eines der Siegel vervollständigt war, zischte es kurz und leuchtete golden auf, bevor es wieder verschwand.

»Tut das weh?«, erkundigte ich mich zögernd.

»Quatsch, du merkst kaum etwas davon. Eventuell

wird es ein bisschen warm, aber das ist schon alles«, bemerkte sie, während sie begann, das erste Zeichen über mich in die Luft zu zeichnen. Ich verrenkte mir fast den Hals, um sie dabei zu beobachten. Als das Siegel fertig war, leuchtete es in grellem Gold auf, zischte, als würde man Wasser auf eine heiße Herdplatte schütten, und erlosch genauso schnell, wie es aufgetaucht war. Ich zuckte erschrocken zusammen, als eine sonderbare Hitze durch meinen Körper schoss, die aber sofort wieder verschwand. Meine Freundin beachtete mich gar nicht und begann ein zweites Zeichen. Diesmal malte sie es direkt auf meine Schulter.

»Wie viele davon benötige ich denn?«, wollte ich wissen.

»Drei sollten fürs Erste genügen«, verriet sie, als das zweite Siegel auf meiner Schulter ebenfalls gefährlich zischte. Das dritte und letzte Zeichen platzierte sie auf meiner Stirn. Als die Hitzewelle direkt in meinen Kopf fuhr, quiekte ich erschrocken auf.

»Fertig!«, sagte sie stolz.

»Danke«, entgegnete ich und rieb mir behutsam über die Stirn.

»Keine Angst, du kannst es nicht wegwischen«, sagte sie kichernd, als sie meine Vorsicht bemerkte.

»Und was bewirken diese Zauber?«

»Sie schützen dich vor übernatürlichen Kräften. Aber diese Siegel verlieren mit der Zeit ihre Wirkung. Besonders dann, wenn sie einen Angriff auf dich abwehren müssen.«

Angriff auf mich? Das hörte sich ja an, als zöge ich

in eine Schlacht. Als Mona meinen entsetzten Gesichtsausdruck bemerkte, lachte sie.

»Keine Angst, Lucy, dir wird nichts passieren. Wir sind alle in deiner Nähe und passen auf dich auf. Die Schutzzauber sind eine reine Vorsichtsmaßnahme und wirken nur bei denen, die dir Böses wollen.«

»Okay«, sagte ich halbherzig und ignorierte den Knoten, der sich in meinem Magen gebildet hatte.

»Wir müssen los«, verkündete Mona nach einem raschen Blick auf ihre Armbanduhr und schulterte ihren Rucksack. Ich nickte und nahm den zweiten an mich.

»Das wird total spannend, du wirst schon sehen«, versprach sie aufgeregt und zog mich in eine stürmische Umarmung. »Ich bin so froh, dass du mitkommst.«

Kapitel 4

Als wir die Tür zum Dachboden öffneten, erstarben plötzlich die Gespräche, und alle sahen auf.

»Da seid ihr ja endlich!«, rief Sean erfreut und grinste über das ganze Gesicht.

Wie immer hatte er nur Augen für Mona. Ich existierte für ihn gar nicht. Selbst wenn ich blutüberströmt ins Zimmer getaumelt wäre, er hätte mich keines Blickes gewürdigt. Ich sah mich neugierig um. Alle anderen waren bereits anwesend.

Tim nickte mir aufmunternd zu. »Toll, dass du auch mitkommst.«

»Ich wurde gezwungen«, gab ich mürrisch zurück, weil ich nach wie vor meine Zweifel hatte. Noch könnte ich umkehren und mich in mein sicheres Zimmer flüchten. Ich ging auf die Gruppe zu, in deren Mitte jetzt Mona stand und eifrig berichtete, was sie herausgefunden hatte.

An der Wand lehnten schon etliche Rucksäcke und so stellte ich meinen ebenfalls ab. Wie es schien, hatte Mona ihre Liste auch an die anderen weitergegeben, und alle hatten das eingepackt, was sie ihnen aufgeschrieben hatte. Jedenfalls nahm ich das an, denn die Rucksäcke quollen genauso aus den Nähten wie mein eigener.

»Wir müssen also eine Zahlenkombination oder etwas Ähnliches finden, um das Haus wieder verlassen zu können?«, fragte Benjamin und sah zu seinem Bruder.

Obwohl er und Wilson zweieiige Zwillinge waren, kleideten sie sich fast immer identisch. Heute trugen sie Jeans und blaue Shirts.

»Das war die Aufgabe der letzten Gruppe. Vielleicht ist es bei uns ein Wort oder etwas anderes«, antwortete Mona.

»Ich bin fast ein wenig enttäuscht, dass es so leicht sein soll«, sagte Christian, der eine Cargohose in Tarnfarben und ein Camouflage-T-Shirt angezogen hatte. Was hatte der denn vor? In den Krieg ziehen?

Tim trat an meine Seite, ohne dass ich ihn bemerkte. Als er mir die Hand auf den Arm legte, zuckte ich erschrocken zusammen. »Wenn du jetzt schon so schreckhaft bist, wie wird das erst im Haus?« Er lächelte.

»Daran mag ich gar nicht denken«, gab ich leise zurück und schauderte. Vielleicht sollte ich einfach den Mut besitzen und erklären, dass ich es mir doch anders überlegt hätte, und wieder zurück in mein Zimmer gehen?

Ich hatte ein wirklich ungutes Gefühl bei der ganzen Sache. Mein Blick fiel auf Mona, die sich wild gestikulierend mit den Zwillingen und Sean unterhielt. Ihre Wangen waren vor Aufregung gerötet, und sie hatte diesen erwartungsvollen Glanz in den Augen.

»Alles klar bei dir?«, erkundigte sich Tim, dem mein Unbehagen nicht entgangen war.

Ich sah zu ihm. »Ja, alles so weit in Ordnung. Ich

bin nur ein klein wenig aufgeregt«, erklärte ich und zwang mir ein Lächeln auf die Lippen.

»Keine Angst, meine Schöne, ich werde auf dich achtgeben und nicht von deiner Seite weichen«, versprach er mit einem Augenzwinkern. Während er sich wieder auf Mona konzentrierte, die allen letzte Anweisungen gab, musterte ich ihn verstohlen. Er trug eine ausgewaschene Jeans und ein weißes Shirt, das eng an seinem Oberkörper lag. Sein Haar war wie immer zerzaust, aber es passte zu ihm und sah sogar irgendwie gut aus. Er drehte den Kopf zu mir und sah mich mit seinen schokobraunen Augen fragend an.

»Was ist?«, erkundigte er sich.

Ich wurde rot. »Nichts ... gar nichts«, stammelte ich und tat, als würde ich den anderen konzentriert zuhören.

»Du hast mich abgecheckt«, erkannte er. Obwohl ich ihn nicht sah, wusste ich, dass er lächelte.

»Hab ich nicht«, entgegnete ich empört.

»Ich weiß, was ich gesehen habe«, erklärte er schmunzelnd.

Ich verdrehte die Augen. Das fehlte mir noch, dass Tim glaubte, ich hätte Interesse an ihm. Er war wirklich süß, aber momentan hatte ich andere Sorgen, als mit ihm zu flirten.

Als Mona das Buch auf den Boden legte, wurde es plötzlich ganz still. Ich atmete erleichtert auf. Jetzt musste ich wenigstens nicht weiter auf Tims Anspielungen eingehen.

Sie zog ein Stück weißer Kreide aus ihrer Jeans und

zeichnete ein großes Pentagramm auf den Holzboden. Dann zog sie ein Bündel farbiger Kerzen aus ihrem Rucksack und begann, eine nach der anderen anzuzünden.

Von jeder einzelnen Kerze gab sie ein paar Tropfen Wachs in die Sternzacken des Pentagramms und stellte die Kerzen schließlich ins flüssige Wachs, um sie zu fixieren.

»Gehört das zum Ritual?«, erkundigte sich Sean.

»Die Kerzen habe ich in das Ritual eingefügt. Um ins Haus der Angst zu gelangen, braucht man sie eigentlich nicht«, erklärte sie, ohne ihre Arbeit zu unterbrechen.

»Und weshalb benutzt du sie dann?«, wollte Tim wissen.

»Weil sie uns damit Kraft geben will«, erwiderte Sarah ehrfürchtig.

Mona sah auf und lächelte ihr zu. »Genau so ist es.«

»Kraft geben?«, echote Sean fragend.

Mona stellte die letzte Kerze, eine schwarze, in den einzigen noch freien Sternzacken, begutachtete ihr Werk und nickte zufrieden. Anschließend erhob sie sich und wischte sich die Hände an ihrer Hose ab.

»Da wir fast nichts über das Haus der Angst wissen, kann es nicht schaden, so viel magischen Schutz auf uns zu legen wie möglich. Jede Farbe hat eine wichtige Bedeutung und soll uns helfen, das Haus unbeschadet zu betreten und wieder zu verlassen.« Sie deutete auf die rote Kerze direkt vor ihren Füßen. »Rot steht für Energie, Kraft und Mut.« Ihre Hand wanderte zur orangefarbenen Kerze. »Die hier soll unsere Ausdauer stärken, damit wir niemals in Versuchung kommen, aufzugeben. Schwarz ist ein Zeichen für Loslassen und Erneuerung. Es soll unserem Unterbewusstsein helfen, die richtigen Entscheidungen zu treffen und uns voll und ganz auf diese fremde Welt einzulassen. Weiß bedeutet Reinheit und Schutz, den wir sicher nötig haben werden.« Ihr Finger zeigte schließlich auf die letzte Kerze, die goldfarben war. »Die hier steht für Gesundheit. Schließlich will ich, dass wir alle wieder heil aus dem Haus herauskommen.«

Betretenes Schweigen folgte. Wurde den anderen jetzt zum ersten Mal bewusst, dass es sich bei der ganzen Sache nicht um einen lustigen Ausflug handelte, sondern um ein wirklich gefährliches Unterfangen? Im nächsten Augenblick flog die Tür zum Dachboden auf, und David und Naomi stürmten in den Raum.

»Kommen die etwa auch mit?«, flüsterte ich Tim fragend zu.

»Falls ja, hat mir niemand etwas davon gesagt«, antwortete er und betrachtete die beiden stirnrunzelnd.

»Verschwindet, wir haben hier zu tun!«, meinte Mona. »Ihr habt hier nichts zu suchen.«

Davids Blick wanderte zum Pentagramm, und seine Züge verhärteten sich. »Ihr wollt ins Haus der Angst«, stellte er mit einem Kopfnicken auf die Kreidezeichnung am Boden fest.

»Das geht euch einen Scheiß an«, blaffte Christian die beiden an.

David sah zu mir, und ein nachdenklicher Ausdruck trat auf sein Gesicht. Seine leuchtend grünen Augen durchbohrten mich förmlich und eine kleine Hitzewelle, ähnlich wie die, als Mona die Schutzzauber auf mich gelegt hatte, durchfuhr mich.

Mit seiner dunklen Kleidung, den schwarzen Haaren und den strahlend grünen Augen sah er düster und geheimnisvoll aus.

Weshalb nur schlug mein Herz immer schneller, wenn ich in seiner Nähe war?

Ich fand den Kerl arrogant und extrem unsympathisch. Außerdem schien er mit Naomi zusammen zu sein, was ihm weitere Minuspunkte einbrachte.

Als er schließlich den Blick von mir löste, presste er die Lippen fest aufeinander und wirkte plötzlich sehr entschlossen. »Wir kommen mit«, teilte er resolut mit.

»Den Teufel werdet ihr«, widersprach Tim wütend.

Naomi trat einen Schritt auf uns zu. »Entweder wir kommen mit, oder niemand von euch geht. Ich bin in ein paar Sekunden im Büro der Rektorin.« Stille breitete sich im Raum aus.

Mona brach schließlich das Schweigen. »Keine Alleingänge im Haus der Angst, und wir alle haben ein Auge auf Lucy«, erklärte sie streng. David und Naomi nickten, wenn auch widerwillig. Christian murmelte etwas Unverständliches, und Tim schnaubte angewidert. »Setzt euch bitte an den Rand des Pentagramms, aber berührt es nicht«, wies Mona uns alle an.

Während sich alle setzten, schlug Mona eine Seite mitten im Buch auf. Schließlich zog sie etwas aus dem

Rucksack, das wie ein langes, verziertes Messer aussah.

»Hey, was willst du mit dem Messer?«, fragte Naomi argwöhnisch.

Mona verdrehte die Augen. »Das ist kein Messer, sondern ein Athame, ein magischer Dolch«, korrigierte sie die Vampirin.

»Ein Dolch ist aber doch ein Messer!«, beharrte Naomi besserwisserisch.

Sarah, die neben ihr saß, wandte sich zu Naomi. »Ein Athame ist ein Ritualwerkzeug, das die Magie verstärkt, die man herbeiruft«, sagte sie in belehrendem Tonfall.

»Wie kommt es eigentlich, dass du so viel von dieser Hexerei verstehst?«, wollte Tim wissen.

Sarah faltete die Hände im Schoß zusammen und biss sich peinlich berührt auf die Unterlippe. Plötzlich wirkte sie noch zerbrechlicher, als sie es ohnehin schon war. »Meine Mutter war eine Hexe«, sagte sie leise und senkte den Blick.

»War?« Naomi sah sie neugierig an.

»Sie ist bei einem ihrer Rituale ums Leben gekommen.«

»Dann war sie wohl keine besonders gute Hexe«, schnaubte Naomi verächtlich.

Sarah riss die Augen auf und sah sie bestürzt an. Tränen sammelten sich in ihren Augen.

»Halt endlich den Mund, du gefühlloser Blutsauger«, zischte Mona und funkelte Naomi böse an. »Sonst probiere ich an dir meinen neuen Krötenzauber aus!«

»Pfff«, machte die Vampirin und sah sie verächtlich an, schwieg dann aber.

Anscheinend hatte sie doch Respekt vor Monas Zauberkünsten und wollte nicht riskieren, den Rest ihres Lebens als hässliche Kröte zu verbringen. David legte ihr beruhigend eine Hand auf die Schulter, und sie schenkte ihm ein zuckersüßes Lächeln. Dann sah er zu mir, und unsere Blicke trafen sich. Ich spürte sofort wieder die Hitze und das Kribbeln in meinem Körper. Rasch unterbrach ich unseren Blickkontakt und sah zu Boden, da mich dieses Gefühl verwirrte und ich nicht wusste, wie ich es deuten sollte.

Meine Freundin hob die Hand, und plötzlich wurde es wieder ganz still auf dem Dachboden. »Bevor ich das Ritual beginne, sollte ich noch einige Dinge klarstellen. Es handelt sich hierbei um sehr starke und dunkle Magie.« Sarah keuchte entsetzt auf. Mona schenkte ihr ein beruhigendes Lächeln. »Du musst dir keine Sorgen machen, die Kerzen sorgen für ein Gleichgewicht zwischen Gut und Böse«, versicherte sie der Heilerin. »Um ins Haus der Angst zu gelangen, werde ich Dämonenmagie anwenden. Das bedeutet, ich rufe einen der mächtigsten Dämonen an und bitte ihn, das Portal für uns zu öffnen. Während ich das tue, müsst ihr euch alle an den Händen halten und dürft diesen Kontakt unter keinen Umständen unterbrechen. Habt ihr das alle verstanden?«

Lautes Gemurmel setzte ein, alle nickten zustimmend.

»Wann dürfen wir loslassen?«, erkundigte sich Wilson.

»Sobald wir im Haus der Angst sind, könnt ihr den Körperkontakt zu euren Nachbarn wieder unterbrechen. Wenn ich den Dämon rufe, werdet ihr seine Macht mit großer Wahrscheinlichkeit spüren können. Sehen könnt ihr ihn aber nicht. Unterbrecht mich nicht, während ich ihn anrufe, und sprecht erst wieder, wenn ich euch sage, dass ich fertig bin.« Erneut nickten alle zustimmend. »Ich habe keine Ahnung, wie es im Haus der Angst aussieht, aber wir müssen unbedingt alle zusammenbleiben. Niemand unternimmt irgendeinen Alleingang, bevor wir nicht gemeinsam besprochen haben, wie wir vorgehen.«

»Können wir dann endlich mal anfangen?«, erkundigte sich Christian gelangweilt.

Mona antwortete nicht, sondern zeichnete in die Mitte des Pentagramms ein kompliziert aussehendes rundes Siegel.

Als sie fertig war, nahm sie den Ritualdolch in die Hand und richtete die Klinge erst nach Osten, dann nach Süden, Westen und schließlich nach Norden. Dabei murmelte sie etwas in einer unverständlichen Sprache.

Mein Blick schweifte über die anderen Schüler. Benjamin und Wilson starrten Mona mit weit offenem Mund an.

Sarahs Augen waren vor Angst geweitet, während Naomi eher gelangweilt wirkte.

Sean und Tim betrachteten Mona neugierig. Christians Augen funkelten in freudiger Erwartung. Dann sah ich zu David und zuckte erschrocken zusammen, als ich begriff, dass er mich anstarrte. Seine grünen

Augen schienen mich wie ein Messer zu durchbohren. Schnell sah ich wieder weg und fragte mich, was mit diesem Kerl nicht stimmte. Ich konzentrierte mich auf Mona, deren Stimme jetzt kräftiger und lauter wurde.

Sie richtete den magischen Dolch mit der Spitze auf das Dämonensiegel.

»Vassago, Prinz der Dämonen, ich rufe dich und deine sechsundzwanzig Legionen. Zeige uns, was bisher im Verborgenen lag. Führe uns in das Haus der Angst.«

Als ein eisiger Windstoß durch das Dachgeschoss wehte, wäre ich um ein Haar erschrocken aufgesprungen und hätte damit den Kontakt zu den anderen unterbrochen.

Doch Tim, der meine Hand wie einen Schraubstock umklammerte, hielt mich davon ab. Dann war der Wind mit einem Mal wieder verschwunden. Stattdessen loderten jetzt die Flammen der Kerzen auf und tauchten den ganzen Raum in ein helles, goldgelbes Licht.

Entsetzt beobachtete ich, wie Nebelschwaden aus den Holzdielen emporstiegen und schließlich jeden einzelnen meiner Mitschüler umhüllten, bis ich nichts mehr außer dick waberndem Weiß vor Augen hatte. Tim drückte meine Hand, anscheinend um mich zu beruhigen.

Langsam lichtete sich der Nebel und gab den Blick auf meine Mitschüler frei. Alle sahen sich erstaunt um.

Erst jetzt fiel mir auf, dass wir uns nicht mehr auf

dem Dachboden befanden, sondern in einem langen Flur.

»Ihr könnt die Hände eurer Nachbarn nun loslassen«, hörte ich Mona sagen. Ich tat, was sie sagte, und wischte mir unauffällig die Handflächen an meiner Hose ab.

»Das war krass.« Sean sah sich neugierig um.

»Echt abgefahren«, stimmten Wilson und Benjamin unisono zu.

»Befinden wir uns tatsächlich im Haus der Angst?«, erkundigte sich Sarah mit ängstlicher Stimme.

Mona ließ den Blick durch den Flur schweifen. Nur eine verstaubte Deckenlampe spendete ein wenig Licht.

Gerade genug, um etwas erkennen zu können.

»Ja, ich denke schon«, antwortete sie.

»Hey, Hexe!«, rief Naomi. »Hol deinen Zauberstab raus, sag *Lumos* und mach endlich Licht.«

Mona sah sie wütend an und für einen kurzen Blick glaubte ich, sie würde tatsächlich gleich ihren Krötenzauber anwenden. »Wir sind hier nicht bei Harry Potter, und ich heiße nicht Hermine, du Kuh. Außerdem geht es auch einfacher.« Sie zog den Reißverschluss ihres Rucksackes auf, kramte darin herum und zog etwas kleines Schwarzes heraus. Ein kurzes Klicken ertönte. Als Mona schließlich den Strahl der Taschenlampe direkt auf Naomis Gesicht richtete, hielt diese sich schützend die Hand vor die Augen.

»Lumos!«, rief meine Freundin grinsend. Alle lachten, nur die Vampirin nicht, die sich mit säuerlichem Gesicht wegdrehte.

Ich erhob mich und durchquerte den Gang. Die eine Seite bestand aus einer grauen Steinwand, auf der anderen gab es insgesamt vier Türen.

»Führen die zu den Zimmern?«, erkundigte ich mich bei Mona.

»Ja, aber ich habe keine Ahnung, was sich genau dahinter verbirgt«, gestand sie.

»Und was ist das für eine Tür?«, erkundigte ich mich und zeigte auf eine, am Ende des Ganges. Im Gegensatz zu den anderen Türen, die aus braunem, unscheinbarem Holz zu bestehen schienen, leuchtete diese grellrot.

»Der Ausgang«, antwortete sie knapp. Ich machte einige Schritte darauf zu, um sie etwas genauer unter die Lupe zu nehmen, doch als ich etwa einen Meter davon entfernt stand, erschien plötzlich eine leuchtend rote Schrift.

Der Weg hinaus nur dem gelingt,
der Schlüssel und Tür zusammenbringt.

Mona sah die Schrift wenige Sekunden nach mir und klatschte erfreut in die Hände.

»Es ist also ein Schlüssel«, frohlockte sie.

»Was ist ein Schlüssel?«, erkundigte sich Sean, der hinter meine Freundin getreten war.

»Wir müssen einen Schlüssel finden, um hier wieder herauszukommen«, erklärte sie.

»Und das ist eine gute Nachricht?«

»Na klar, die letzte Gruppe musste eine lange Zahlenkombination zusammensuchen, was meiner

Meinung nach wesentlich schwieriger ist.«

»Ich sehe weder ein Schloss noch eine Türklinke. Es gibt nichts, wo man einen Schlüssel hineinstecken kann«, überlegte ich laut.

Mona trat neben mich.

»Ich bin sicher, dass beides erscheint, sobald wir den Schlüssel haben.« In ihrer Stimme schwang allerdings ein gewisser Zweifel mit.

Ich beschloss, mir darüber erst den Kopf zu zerbrechen, wenn es so weit war. Im Moment konnten wir sowieso nichts daran ändern. Wir gingen zurück zu den anderen, die sich vor der ersten Tür versammelt hatten.

»Es ist doch egal, welche Tür wir zuerst öffnen, oder?«, wollte Sean wissen.

»Ich habe jedenfalls nichts Gegenteiliges in den Büchern gefunden«, antwortete Mona. »Fakt ist, dass in einem der Zimmer ein Schlüssel ist, und genau den müssen wir finden, um hier wieder herauszukommen.«

»Dann lasst uns jetzt endlich beginnen«, entschied Christian, die Hand schon auf der Türklinke.

»Warte«, schrie Mona aufgeregt, machte einen Satz auf Chris zu und packte ihn am Arm, bevor er die Klinke nach unten drücken konnte.

»Was ist denn noch?«, meinte er genervt.

»Egal was sich hinter dieser Tür verbirgt, wir bleiben auf alle Fälle zusammen. Jeder von uns hat eine besondere Fähigkeit. Wenn wir uns nicht trennen, kann uns wenig passieren. Euch muss klar sein, dass in diesem Zimmer alles Mögliche auf uns lauern könnte. Vielleicht sind es blutrünstige Kreaturen, die uns töten wollen. Ihr müsst mir versprechen, dass niemand sich von der Gruppe entfernt«, ermahnte sie uns.

Alle nickten. Nur Christian und Naomi verdrehten die Augen, als kämen ihnen Monas Predigten bereits zu den Ohren heraus.

»Und bitte habt ein besonderes Auge auf Lucy. Da sie noch keine Gabe hat, ist sie am verletzlichsten«, erklärte Mona. Ich lief rot an. Schön, dass sie mich wieder daran erinnerte, dass ich völlig talentfrei war.

»Ein echter Klotz am Bein«, murmelte Naomi. Bevor sie noch etwas hinzufügen konnte, drückte Christian die Klinke nach unten und öffnete die Tür.

Kapitel 5

Nachdem wir alle eingetreten waren, sahen wir uns staunend um. Es handelte sich um einen dunklen, leerer Raum, der nicht größer war als unsere Zimmer im Internat.

Doch in dem Moment, als Christian die Tür wieder schloss, änderte sich alles. Dichter, blauer Nebel stieg aus dem Nichts auf und füllte den ganzen Raum aus, bis ich nicht einmal mehr die Hand vor Augen erkennen konnte. Sarah schrie erschrocken auf, jemand stöhnte und dann war der Nebel mit einem Mal wieder verschwand.

»Leck mich doch am Arsch«, entfuhr es Sean.

»Das gibt's nicht«, rief Tim überwältigt und drehte sich ungläubig um die eigene Achse.

»Das glaubt mir niemand«, keuchte Sarah.

»Wie geil ist das denn?« Christian klang sichtlich entzückt.

Ich selbst war sprachlos und stand wie angewurzelt da, nicht fähig, mich auch nur einen Millimeter zu bewegen. Meine Augen huschten umher, doch begreifen konnte ich nicht, was ich sah. Das Zimmer, in dem wir uns noch eben befunden hatten, war verschwunden. Stattdessen standen wir alle auf einem Hügel und blickten auf ein Tal, das sich bis zum Horizont erstreckte. Einige Meter entfernt lagen unsere Taschen und Rucksäcke auf dem Boden.

Direkt vor uns erkannte ich einen Wald, der bis hinunter in die Talzunge reichte. Dahinter erhoben sich drei weitere Berge. Der Himmel war strahlend blau, und ich spürte die Sonne auf meiner Haut.

Ich hielt mir die Hand schützend über die Augen und blickte zu dem rechten Berg, auf dem ich eine Burg zu erkennen meinte. Ein weiteres Bauwerk befand sich auch auf dem linken Berg.

Stirnrunzelnd wanderte mein Blick zwischen den beiden Gemäuern hin und her. Sie waren absolut identisch. Lediglich auf dem Gipfel des mittleren Hügels, der etwas niedriger als seine beiden Brüder war, stand kein Gebäude.

»Wo sind wir?«, flüsterte ich.

»Ist doch scheißegal. Auf ins Abenteuer«, rief Chris grinsend und setzte sich in Bewegung.

»Hey, wo willst du hin?«, wollte Sean wissen.

Chris blieb stehen und sah über seine Schulter. »Müssen wir nicht einen Schlüssel finden? Wenn wir nur dumm rumstehen, wird uns das kaum gelingen.«

Ich blickte zu Mona. Als wir uns ansahen, wusste ich, dass wir genau dasselbe dachten: Wie sollen wir *hier* einen Schlüssel finden? Das war kein Zimmer, das wir akribisch durchsuchen konnten, sondern ein weitläufiges Tal.

Falls in dieser Landschaft wirklich ein Schlüssel versteckt war, könnte es Monate oder gar Jahre dauern, bis wir ihn finden würden. Wir würden das Zimmer so schnell wie möglich wieder verlassen müssen und darauf hoffen, dass sich hinter einer der anderen drei Türen ein ganz normaler Raum verbarg, in dem eine reelle Chance bestand, einen Schlüssel zu finden. Fast gleichzeitig drehten wir uns zur Tür und erstarrten. Sie war nicht mehr da.

»Scheiße«, fluchte ich. In diesem Moment bemerkten auch die anderen, was geschehen war.

»Wo ist die beschissene Tür?«, keifte Naomi und sah sich hektisch um.

»Scheint so, als müssten wir einen anderen Ausgang finden«, sagte Mona leise.

»Na klasse, jetzt sitzen wir hier im Auenland fest«, entgegnete Tim resigniert. Sarah begann zu weinen, woraufhin Wilson sie beruhigend in den Arm nahm.

»Wenigstens sehe ich hier keine blutrünstigen Ungeheuer«, bemerkte Benjamin und sah sich aufmerksam um.

»Zumindest *noch* nicht«, fügte Chris lächelnd hinzu und ließ dabei die Gelenke seiner Finger knacken, so als könne er es kaum erwarten, auf irgendein Monster zu treffen.

»Du scheinst es ja sehr eilig zu haben, von irgendwelchen Kreaturen angegriffen und womöglich getötet zu werden«, zischte Naomi.

»Hört auf damit«, rief Mona, die sich wieder gefasst hatte. »Ich bin mir sicher, dass der Schlüssel in einer der Burgen ist.«, spekulierte sie und deutete zu den beiden Hügeln.

»Falls er überhaupt hier ist«, kommentierte Sean ihre Vermutung.

»Dann lasst es uns einfach herausfinden«, schlug Mona vor.

Chris kratzte sich nachdenklich am Kinn, während

er die Berge vor sich eingehend beäugte. »Vielleicht sollten wir unseren ursprünglichen Plan über Bord werfen und uns doch trennen? Wenn wir uns in zwei Gruppen aufteilen, könnten wir viel Zeit sparen. Sonst dauert das Ganze ewig.«

»Auf gar keinen Fall«, schrie Sarah hysterisch und drückte sich fester an Wilson, der immer noch beschützend den Arm um sie gelegt hatte.

»Wir dürfen uns nicht trennen, denn dann sind wir verwundbar«, stimmte Mona ihr zu.

Chris kniff die Augen zu zwei Schlitzen zusammen und musterte meine Freundin. »Wenn wir es nicht tun, werden wir ewig in dieser Einöde festsitzen. Wir wollten uns nicht aufteilen, weil wir dachten, es handle sich um ein normales Zimmer, aber das hier ist ein riesiges Gelände. Wir sollten zwei gleichstarke Gruppen bilden, von denen sich jede eine Burg vornimmt. Ich habe nämlich nicht vor, den Rest meines Lebens hier zu verbringen.«

»Chris hat recht. Wenn wir uns aufteilen, dürfte unsere Chance größer sein, den Schlüssel bald zu finden.«, stimmte David ihm zu. Seine samtige Stimme löste wieder dieses wohlige Gefühl in mir aus. Ich musterte ihn verstohlen.

Sein schwarzes, schulterlanges Haar kringelte sich an den Spitzen zu kleinen Locken.

Er sah wirklich verdammt gut aus. Besonders seine hohen Wangenknochen sowie das kantige Kinn verliehen ihm etwas sehr männliches. Um ein Haar hätte ich vor Entzücken laut geseufzt, konnte mich aber gerade noch zusammenreißen.

»Lasst uns nicht lange rumreden, sondern handeln. Bilden wir zwei Mannschaften, und dann nehmen wir uns die Burgen vor«, entschied Sean.

Nach einigem Hin und Her waren sich schließlich alle einig.

Während sich die anderen lautstark in zwei Gruppen aufteilen, ließ ich mich auf der saftigen Wiese in den Schneidersitz fallen und beobachtete das Chaos schweigend.

Mona bestand darauf, dass man uns beide nicht in verschiedene Gruppen steckte, da sie mich nicht allein lassen wollte.

Sean, der ein Auge auf meine Freundin geworfen hatte, beharrte darauf, mit Mona zu gehen, ebenso wie Tim, der mir laufend verstohlene Blicke zuwarf. Nach einer gefühlten Ewigkeit hatten sich alle auf eine akzeptable Einteilung geeinigt.

Chris, der das Kommando unterdessen an sich gerissen hatte, trat vor. »Okay, dann haben wir es jetzt.

Die erste Gruppe besteht aus mir, Benjamin, Wilson, Naomi und Sarah. In der zweiten Mannschaft sind Sean, Mona, Tim, David und Lucy.« Ich sah verwundert auf. David war in meiner Gruppe?

»Ich gehe mit David«, ertönte Naomis glockenhelle Stimme. »Dafür kann ja Tim zu den anderen«, schlug sie vor.

»Auf gar keinen Fall«, rief Tim und verschränkte trotzig die Arme vor der Brust. »Ich bleibe hier bei Lucy.«

»Dann soll Sean mit mir tauschen«, forderte Naomi.

Doch noch bevor sie den Satz beendet hatte, schüttelte der vehement den Kopf.

»Keine Chance.« Jetzt klang die Stimme der Vampirin regelrecht panisch.

»Dave, sag doch auch mal was«, flehte sie ihn an. Er zuckte gelangweilt die Achseln.

»Wir sind doch nicht lange getrennt, und ich schaffe das schon allein«, versicherte er ihr. Verwirrt sah ich zu ihm. Was sollte das denn heißen?

»Wie du meinst«, antwortete Naomi beleidigt und warf ihm einen vernichtenden Blick zu. »Auf deine Verantwortung.«

Auf deine Verantwortung? Hatte ich irgendetwas nicht mitbekommen? Und weshalb wollte David unbedingt in meiner Gruppe bleiben? Die beiden waren doch anscheinend zusammen, also weshalb wollte er nicht bei seiner Freundin bleiben? Verwirrt sah ich zu ihm und bemerkte, dass er mich feindselig anstarrte.

Ein eiskalter Schauer lief mir über den Rücken. Was hatte der Typ nur für ein Problem? Bevor ich mich jedoch in wilde Spekulationen verlieren konnte, rissen mich Christians Worte aus meinen trüben Gedanken.

»Dann sollten wir jetzt nicht noch mehr Zeit vergeuden. Bis ins Tal können wir zusammenbleiben, danach trennen sich unsere Wege.« Dann gab er das Zeichen zum Aufbruch. Ich erhob mich, schulterte meinen Rucksack und stellte mich neben Mona.

»Bereit?«, wollte sie wissen und schenkte mir ein aufmunterndes Lächeln.

Ich seufzte und verzog das Gesicht zu einer Grimasse. »Es bleibt mir wohl nichts anderes übrig«, murrte ich und setzte mich in Bewegung.

Es kam mir vor, als seien wir stundenlang durch den Wald marschiert, aber als ich auf meine Armbanduhr sah, waren lediglich zehn Minuten vergangen, seit Mona das Ritual auf dem Dachboden durchgeführt hatte. Konnte das möglich sein? Ich blieb stehen, hielt die Uhr prüfend an mein Ohr und lauschte.

»Deine Uhr ist nicht kaputt«, hörte ich eine tiefe Stimme sagen. Ich zuckte erschrocken zusammen. David stand nur einen Meter von mir entfernt.

»Woher willst du das wissen?«, fuhr ich ihn an.

»Erinnerst du dich, was deine Freundin erzählt hat?«

»Worauf willst du hinaus?«, entgegnete ich ungeduldig.

»Im Haus der Angst können Tage vergehen, aber in Wirklichkeit sind es nur Minuten oder Stunden.«

Ich erinnerte mich vage an Monas Ausführungen dazu. Schließlich zuckte ich gleichgültig mit den Schultern und stapfte los, ohne David weiter zu beachten. Seine permanenten Stimmungsschwankungen gingen mir erheblich auf die Nerven.

In einem Moment war er nett und zuvorkommen und den Bruchteil einer Sekunde später benahm er sich wie der letzte Arsch.

Lange dauerte es nicht, da hatte er mich eingeholt und lief schweigend neben mir her. Ich musterte ihn misstrauisch, sagte aber nichts. Mona, die einige Meter vor uns ging und sich angeregt mit Sean unterhielt, warf einen Blick über ihre Schulter. Als sie Dave an meiner Seite erblickte, grinste sie und zwinkerte mir unauffällig zu. Ich verdrehte die Augen.

»Hast du gar keine Angst?«

Davids unvermittelte Frage brachte mich völlig aus dem Konzept.

»Was stimmt mit dir nicht?«, blaffte ich ihn an.

Er hob erstaunt eine Augenbraue. »Wieso sollte etwas mit mir nicht stimmen?«, erkundigte er sich verwirrt.

Ich blieb stehen, stemmte die Fäuste in die Hüften und funkelte ihn finster an. »Die ganze Zeit behandelst du mich wie Luft oder beleidigst mich, und jetzt tust du so, als wären wir gute Kumpel. Bist du schizophren?«

Er schüttelte verächtlich den Kopf. »Dann eben nicht«, knurrte er und machte einige schnelle Schritte, bis er zu Tim und Sean aufgeschlossen hatte.

»Blödes Arschloch«, murmelte ich und hätte ihm am liebsten einen festen Tritt in seinen knackigen Hintern gegeben.

Kaum hatte ich es gesagt, sah Dave zu mir und formte mit den Lippen lautlos die Worte: »Du mich auch.«

Ich schnappte empört nach Luft. Kopfschüttelnd setzte ich meinen Weg fort und verbot mir, auch nur einen weiteren Gedanken an diesen arroganten Idioten zu verschwenden. Stattdessen konzentrierte ich mich auf meine Umgebung. Viel war nicht zu sehen, da wir uns immer noch mitten in dem dichten Wald befanden, aber hin und wieder entdeckte ich ein Eichhörnchen oder sah einen singenden Vogel, der hoch über uns in den Ästen saß.

Die Landschaft war wunderschön und so friedlich, dass man fast vergessen konnte, wo man eigentlich war: im Haus der Angst, wo etliche Menschen ihr Leben verloren hatten.

»Hier trennen wir uns!« Christians Stimme riss mich aus meinen Gedanken. Ich sah nach vorn und stellte zu meinem Erstaunen fest, dass wir bereits die Talzunge erreicht hatten. Wenige Meter vor uns endete der Wald, und ein kleiner Bach zog fröhlich plätschernd an uns vorbei.

»Wir machen eine kurze Rast, und dann gehen wir weiter«, sagte Mona, die das Kommando für unsere Gruppe wieder an sich gerissen hatte.

Ich suchte mir einen hohen Felsen am Wasser, auf dem ich mich seufzend niederließ. Meine Füße schmerzten höllisch von dem langen Marsch. Ich zog meine Wasserflasche aus dem Rucksack und nahm einen kräftigen Schluck.

Als ich sie zurück in den Rucksack stopfte, fiel mein Blick auf die Wolldecke und ich verzog das Gesicht. Die würde ich hier ganz bestimmt nicht benötigen, so warm, wie es war.

»Die wirst du noch brauchen«, sagte David und setzte sich einige Meter neben mir auf einen Felsen.

»Was willst du schon wieder? Verschwinde!«

»Verbietest du mir etwa, mich an den Bach zu setzen?« Er fuhr mit einer Hand durchs Wasser und benetzte dann seinen Nacken. Ich beobachtete ihn argwöhnisch. Natürlich konnte ich ihm nicht verbieten, hier Rast zu machen, aber ich hatte auch keine Lust, mich mit ihm zu unterhalten.

»Ich wollte sowieso gerade gehen«, teilte ich ihm kühl mit, stand auf und ging zu den anderen, die es sich im Schatten der Bäume am Waldrand bequem gemacht hatten.

»Ärger im Paradies?«, flüsterte Mona fragend, als ich mich neben sie setzte.

»Ich werde aus dem Kerl einfach nicht schlau. Einmal ist er abweisend und beleidigt mich aufs Übelste, und dann kommt er plötzlich an und tut so, als wären wir gute Freunde«, erklärte ich.

»Vielleicht musst du ihn besser kennenlernen. Womöglich ist er schüchtern und überspielt seine Unsicherheit mit Arroganz.«

Ich lachte auf. »Der und schüchtern? Das glaubst du doch selbst nicht!«

»Wer weiß«, entgegnete sie grinsend und erhob sich. »Wir brechen auf«, verkündete sie lautstark.

Ich rappelte mich auf, warf mir den schweren Rucksack über die Schulter und sah hinauf zur Burg. Oje, den ganzen Berg mussten wir hinauf? Sofort bereute ich, dass ich mitgekommen war.

Hätte mir jemand gesagt, dass es sich bei dem Haus der Angst um einen beschwerlichen Wanderausflug handeln würde, wäre ich schreiend davongelaufen. Ich hasste wandern wie die Pest. Wir überquerten den kleinen Bach und tauchten in den Wald ein, der am anderen Ufer begann und sich fast bis zum Gipfel erstreckte. Bergab zu laufen war schon anstrengend gewesen und hatte weiß Gott keinen Spaß gemacht, aber jetzt wieder steil nach oben klettern zu müssen, war extrem deprimierend.

Es dauerte nicht lange, bis die Muskeln in meinen Oberschenkeln brannten und ich parallel dazu Wadenkrämpfe bekam. Ich verfluchte alles und jeden und ganz besonders dieses bescheuerte Haus der Angst. Plötzlich wurde es schlagartig dunkel, so als hätte jemand das Licht ausgeschaltet.

»Was soll das denn?«, hörte ich Sean fragen. Ich sah nach oben und stöhnte entsetzt auf.

Der strahlend blaue Himmel und die Sonne waren verschwunden. Stattdessen erkannte ich Sterne am Nachthimmel und einen sichelförmigen Mond. Das konnte doch nicht möglich sein. Eben war noch hell-lichter Tag gewesen, und jetzt war innerhalb weniger Sekunden die Nacht hereingebrochen?

»Irgendetwas stimmt hier nicht«, flüsterte Mona gerade so laut, dass wir alle sie verstehen konnten. »Bleibt zusammen und haltet Augen und Ohren offen.«

Jemand stellte sich dicht an meine Seite. Ich erkannte Tim, der aufmerksam die Gegend absuchte. Als mein Blick auf seine Hand fiel, sah ich den Feuerball, der nur wenige Zentimeter darüber in der Luft kreiste.

Tim hatte seine Fähigkeit aufgerufen und war bereit, uns zu verteidigen, falls dies nötig werden würde. Auch Sean war gewappnet.

Um seinen Körper flackerten unzählige Lichtpunkte

auf, so wie ich es schon einmal beobachtet hatte, als er sich in eine Katze verwandelt hatte.

Unweigerlich fragte ich mich, in welches Tier oder Wesen er sich transformieren würde, falls man uns tatsächlich angreifen sollte. Vielleicht in einen Bären oder eine Raubkatze?

Doch momentan spähte er nur abwartend in den dunklen Wald um uns herum. Ich kramte hektisch in meiner Hosentasche und zog ein Taschenmesser heraus, das ich aufklappte und schützend vor mich in die Höhe hielt. Ich hatte zwar noch keine Fähigkeit, aber so war ich wenigstens nicht ganz hilflos.

»Das wird dir im Ernstfall nicht viel helfen«, bemerkte eine melodische Stimme. Ich drehte den Kopf zur Seite und sah David, der sich hinter mir positioniert hatte.

»Du schon wieder«, fauchte ich und konzentrierte mich wieder auf das Geschehen vor mir. Vielleicht hatte ich mit dem lächerlichen Messer keine Chance gegen übernatürliche Wesen und deren Kräfte, aber es gab mir auf jeden Fall ein gutes Gefühl.

»Wir hätten uns niemals trennen sollen«, stellte Sean tonlos fest.

»Dafür ist es leider zu spät«, entgegnete Mona.

»Und was machen wir nun?«, wollte er wissen und sah meine Freundin abwartend an. Die Lichtblitze um ihn herum flackerten hektischer als je zuvor. Mona antwortete nicht. Stattdessen begann sie, mit dem Zeigefinger ein Siegel vor sich in die Luft zu malen. Gebannt beobachteten wir sie dabei. Als sie die letzte Verbindungslinie geschlossen hatte, leuchtete das

Zeichen golden auf. Genauso wie es die Schutzzauber getan hatten, die Mona auf mich gelegt hatte. Noch bevor es erlosch, hob sie beide Hände und stieß das Gebilde kraftvoll von sich. Während es sich langsam schwebend von unserer Gruppe entfernte, teilte es sich. Die beiden neuen Siegel halbierten sich erneut, und es entstanden wiederum neue Zeichen daraus. So lange, bis die Luft um uns herum von zartgoldenen Zaubern erfüllt war.

Für einen Augenblick schwebten die unzähligen Siegel reglos in der Luft, dann verteilten sie sich in alle Himmelsrichtungen und verschwanden zwischen den Bäumen.

»Was ist das für ein Zauber?«, erkundigte sich Tim fasziniert. Durch eine Geste gebot Mona ihm, zu schweigen. Sie drehte den Kopf zur Seite und lauschte. Dabei hatte sie die Augen konzentriert zusammengekniffen. Nach einiger Zeit entspannte sich ihr Körper, und ein Lächeln umspielte ihre Lippen.

»Momentan sind wir nicht in Gefahr«, erklärte sie. Als sie zu mir sah und meinen fragenden Blick erkannte, fügte sie hinzu: »Die Siegel haben den Wald um uns herum durchsucht. Wenn sich dort jemand versteckt hätte, wären sie in Flammen aufgegangen und hätten einen Heidenlärm veranstaltet.«

Wieder einmal mehr beneidete ich Mona um ihre Fähigkeit.

Magie zu wirken war in meinen Augen eine der mächtigsten Gaben. Doch eine Hexe zu sein bedeutete auch, dass man unheimlich viel büffeln musste.

Es gab unzählige Siegel und noch mehr Zaubersprüche, die man sich einprägen musste, um ein Meister auf diesem Gebiet zu werden.

Und lernen war so gar nicht mein Ding. Im Gegensatz dazu hatte es Tim mit seiner Pyrokinese wirklich einfach. Er musste nur lernen, das Feuer zu beherrschen.

»Wie gut, dass wir Mona in unserer Gruppe haben«, sagte Sean und schenkte ihr ein verliebtes Lächeln. Er hatte sich wieder entspannt, und die Lichtpunkte um ihn herum waren verschwunden.

»Lasst uns weitergehen«, schlug meine Freundin vor. »Sobald wir eine Stelle finden, die uns Schutz bietet, machen wir eine Pause. Hier, mitten im Wald ist es zu gefährlich, da wir von allen Seiten angreifbar sind.«

»Glaubst du denn, dass uns jemand angreifen wird?«, erkundigte ich mich ängstlich. Diese Vorstellung gefiel mir gar nicht.

»Da bin ich mir sogar ziemlich sicher«, antwortete sie. »Schließlich befinden wir uns im Haus der Angst. Es ist nur eine Frage der Zeit.«

Bei ihren Worten stellten sich mir die Haare im Nacken auf. »Na super«, murmelte ich. Plötzlich legte sich eine warme Hand auf meine Schulter. Ich zuckte erschrocken zusammen. »Keine Sorge, dir wird nichts zustoßen, das verspreche ich«, flüsterte David so leise, dass nur ich ihn hören konnte.

»Ich kann sehr gut auf mich selbst aufpassen«, entgegnete ich barsch. Der Kerl hatte wirklich nicht mehr alle Tassen im Schrank. So langsam kam mir der

Verdacht, dass an meiner Aussage, er sei schizophren, tatsächlich etwas dran sein könnte. Außerdem konnte ich mich nur zu gut an seine verächtlichen Worte erinnern. *Die ist es nicht wert*, hatte er gesagt. Also ignorierte ich ihn.

Nachdem wir alle unsere Taschenlampen aus den Rucksäcken gezogen hatten, machten wir uns wieder an den Aufstieg.

Tim ging voraus, jederzeit bereit, das Feuer zu rufen, falls Gefahr drohte.

Neben ihm lief Mona, die mit wachsamen Augen die Umgebung beobachtete. Sean, der sich als Gestaltwandler innerhalb von Sekunden in ein gefährliches Raubtier oder jedes andere Wesen verwandeln konnte, bildete die Nachhut.

Ich marschierte mittendrin. David wich nicht von meiner Seite. Er sprach kein Wort, doch immer, wenn er glaubte, ich würde es nicht bemerken, sah er mich an.

Nach einiger Zeit kam ich zu dem Entschluss, dass es kindisch war, weiterhin zu schmollen, auch wenn er mir mit seiner Bemerkung wirklich wehgetan hatte.

Aber schließlich befanden wir uns hier in einer Welt, die uns das Leben kosten könnte, wenn wir nicht zusammenhielten. Ich entschied, meinen verletzten Stolz für den Moment zu vergessen. Falls wir es wieder heil hinausschaffen sollten, bliebe noch genügend Zeit, um David mit Ignoranz zu strafen. Ich wandte mich zu ihm.

»Was hast du eigentlich für eine Begabung?«,

erkundigte ich mich in plauderndem Unterton, so als sei nichts gewesen.

Er zog überrascht die Augenbrauen nach oben, angesichts der Tatsache, dass ich nun plötzlich doch mit ihm sprach. »Das ist kompliziert.«

Ich runzelte die Stirn. »Wieso ist das kompliziert? Du musst doch wissen, welche Fähigkeit du hast.«

Er schwieg einen langen Augenblick und schien genau abzuwägen, was er sagen sollte. »Meine Hauptbegabung ist die Telekinese«, erklärte er schließlich.

Ich blieb so abrupt stehen, dass Sean prompt in mich hineinlief. David warf ihm einen entschuldigenden Blick zu, packte mich am Arm und zog mich mit sich, damit wir den Anschluss zu Mona und Tim nicht verloren.

»Was meinst du mit Hauptbegabung? Willst du damit sagen, du hast mehr als nur eine Fähigkeit?«, fragte ich neugierig. So etwas kam äußerst selten vor.

»So in etwa«, antwortete er knapp.

Ich warf ihm einen vernichtenden Blick zu. »Muss man dir alles aus der Nase ziehen?«

Er seufzte. »Die Fähigkeit, Dinge mithilfe meines Geistes zu bewegen, hat sich bei mir sehr früh gezeigt. Zum ersten Mal machte sich diese Begabung bemerkbar, als ich zwölf war. Damals hat einer der Nachbarsjungen eine Katze gequält, und ich habe ihn gut zehn Meter durch die Luft fliegen lassen, bevor er unsanft in einem Pool landete. Dann, vor etwas mehr als drei Jahren, kurz nach meinem siebzehnten Geburtstag, habe ich bemerkt, dass ich auch Feuer beherrschen und Energiestöße aussenden kann. Ein paar Monate darauf lag meine Schwester im Sterben, nachdem sie von einem Auto angefahren wurde und schwere innere Verletzungen davongetragen hatte. Die Ärzte konnten nichts für sie tun.« Der Schmerz, der in seiner Stimme mitschwang, war nicht zu überhören.

»Das tut mir leid«, flüsterte ich betroffen.

David sah mich an und lächelte. »Das muss es nicht. Meiner Schwester geht es wieder gut.«

»Aber du hast doch gesagt ...«, setzte ich an.

»Ich habe sie geheilt«, erklärte er knapp.

Ich riss die Augen auf und starrte ihn ungläubig an. »Du bist auch ein Heiler?« Das war ja wirklich unglaublich.

Er zuckte mit den Achseln und wirkte jetzt sichtlich verlegen. »Es ist mir nur ein einziges Mal gelungen, eine schwere, lebensbedrohliche Verletzung zu heilen. Seither habe ich nur noch leichte Wunden kuriert.«

»Wow«, stieß ich anerkennend aus und seufzte laut. »Ich wäre froh, wenn ich wenigstens eine einzige Begabung hätte.«

»Du wirst morgen achtzehn, wenn ich das richtig mitbekommen habe, oder?«

Ich nickte. »Um genau zu sein, in ...« Ich betrachtete stirnrunzelnd meine Armbanduhr und stöhnte innerlich auf. Es war neunzehn Uhr. In der realen Zeit war erst eine einzige Stunde vergangen, obwohl wir schon eine gefühlte Ewigkeit durch die Gegend marschierten. »In fünf Stunden.«

David öffnete den Mund, um etwas zu sagen, doch er schloss ihn wieder, als Monas Stimme ertönte.

»Hier machen wir Rast«, entschied sie und deutete auf eine Stelle am Berghang, an der eine Höhle zu erkennen war.

Kapitel 6

Die Höhle war nicht groß, aber wenigstens trocken und halbwegs gemütlich. Wir sammelten etwas Holz, das Tim mithilfe von Pyrokinese entzündete. Sean schob am Eingang Wache, und wir anderen saßen um das Feuer herum und aßen die Energieriegel, die Mona eingepackt hatte.

Meine Freundin war blass und sah erschöpft aus, was daran lag, dass sie darauf bestanden hatte, auch auf Sean, Tim und David einen Schutzzauber zu legen. Außerdem hatte sie den Eingang der Höhle mit zahlreichen Siegeln versehen und war jetzt völlig ausgelaugt. Es war zwar ihre Gabe, Magie zu wirken, doch wie bei allen Begabten war diese Fähigkeit nicht unerschöpflich.

War die vorhandene Energie aufgebraucht, musste sie erst wieder Kraft tanken, bevor sie sie erneut einsetzen konnte. Ich verglich es gerne mit einem Akku. Sobald dieser leer war, musste man ihn aufladen. Mona hatte durch die vielen Zauber, die sie gewirkt hatte, einiges an Kraft eingebüßt und das merkte man ihr jetzt deutlich an. Ich biss ein weiteres Stück des süßen Energieriegels ab.

»Ist es noch weit bis zur Burg?«, erkundigte ich mich mit vollem Mund.

»Wir haben etwa die Hälfte geschafft«, erklärte David und trank aus seiner Wasserflasche. Fasziniert sah ich auf seinen Adamsapfel, der bei jedem Schluck munter auf und ab hüpfte.

»Was, glaubt ihr, wird uns da oben erwarten?«, fragte Tim in die Runde.

»Keine Ahnung«, antwortete David, während er die Flasche in seinem Rucksack verstaute. »Da wir uns im Haus der Angst befinden, wird es wahrscheinlich nichts Gutes sein.«

Ich knabberte gedankenverloren an den Resten meines Riegels. Bisher war das Ganze wie ein heiterer Ausflug, doch wenn man den Geschichten über diesen Ort Glauben schenken durfte, dann würde das bestimmt nicht mehr lange so bleiben. Und ich Rindvieh war mittendrin, weil ich mich zu dieser saudummen Aktion hatte überreden lassen.

»Hey, Leute, das müsst ihr euch ansehen«, hörten wir Sean aufgeregt rufen. Fast gleichzeitig sprangen wir auf und hasteten zum Ausgang.

»Verdammte Scheiße, was ist das denn?«, keuchte Tim, der als Erster den Höhleneingang erreicht hatte. Ich bildete wie immer das Schlusslicht und lief direkt in David, der ruckartig stehen geblieben war. Ich wollte gerade zu einem deftigen Fluch ansetzen, da wanderte mein Blick zum Himmel über uns und meine Kinnlade klappte nach unten.

Er leuchtete mittlerweile derartig grellrot, wie es in der normalen Welt niemals vorkam, nicht einmal bei Sonnenuntergang. Es sah fast so aus, als stünde alles in Flammen.

»Was ist das?«, flüsterte ich mit zittriger Stimme an David gerichtet.

»Keine Ahnung, aber das da ...«, er deutete auf den Wald direkt vor uns » ... macht mir viel mehr Sorgen.«

Erst wusste ich nicht, was er meinte, doch dann sah auch ich es: Zwischen den Bäumen waberte dicker, grauer Nebel, der langsam, aber stetig in unsere Richtung zog. Er wirkte bedrohlich und gleichzeitig anmutig, wie er sich sanft um die Bäume schlang und alles in einer grauen, undurchdringbaren Masse verschlang.

Wie gebannt starrten wir auf das Schauspiel vor uns. Ich hatte niemals so etwas schaurig Schönes gesehen. Wir erwachten erst aus unserer hypnotischen Faszination, als uns bewusst wurde, dass der wabernde Dunst nur noch wenige Meter von uns entfernt war.

»Zurück in die Höhle«, befahl David. Das musste er uns nicht zweimal sagen. Ich packte Mona, die wie versteinert dastand und das Schauspiel beobachtete, und zog sie mit mir.

»Was zum Teufel ist das da draußen?« Tim sah zu Mona, als müsse sie die Antwort wissen, doch die zuckte nur mit den Schultern.

»Ich weiß es nicht«, murmelte sie.

David warf ein Holzscheit auf das Feuer. »Was es auch sein mag, jetzt wird sich gleich zeigen, ob Monas Schutzzauber halten.«

Automatisch trat ich ein paar Schritte zurück, bis ich mit dem Rücken gegen die Höhlenwand stieß. Mit vor Angst geweiteten Augen sah ich zum Eingang. Der Nebel war mittlerweile so nah, dass es nur eine

Frage von Sekunden war, bis er auf die Siegel treffen würde, die Mona zu unserem Schutz in die Luft gezeichnet hatte.

Tim trat an meine Seite und strich mir beruhigend über den Arm. In seiner freien Hand loderte wieder ein Feuerball auf.

»Keine Angst, wir beschützen dich«, versprach er.

Ich nickte, sah ihn aber nicht an. Dort, wo seine Finger meine Haut streiften, begann es plötzlich zu kribbeln, und kleine, grüne Funken erschienen. Erschrocken zog er seine Hand zurück und starrte mich an.

»Was war das?«

»Wahrscheinlich eine elektrostatische Entladung«, mutmaßte ich und rieb mir hektisch über die Stelle, an der er mich berührt hatte, um das unangenehme Gefühl loszuwerden.

Dann traf der Nebel, mit einem ohrenbetäubenden Krachen, auf die Schutzzauber, und die Siegel begannen, in strahlendem Gold zu leuchten. Kurz flackerte etwas auf, das wie eine zartgelbe Wand aussah – die Barriere, die Mona mit ihrer Magie geschaffen hatte und die der Nebel nicht durchdringen konnte. Noch nicht!

Der Nebel zog sich zurück, um im nächsten Augenblick erneut den Schutzwall zu attackieren, wobei ein weiterer lauter Knall ertönte.

»Wie lange werden die Siegel standhalten?«, fragte Sean unsicher.

Mona, die mittlerweile dunkle Ringe unter den Augen hatte und aussah, als würde sie jeden Moment zusammenklappen, atmete tief durch. »Ich habe meine ganze Kraft in die Zauber gelegt. Sie werden hoffentlich nicht so schnell nachgeben. Aber wenn die Angriffe zunehmen, werden sie irgendwann unweigerlich schwächer.«

»Wird dein Schutzzauber auch meine Feuerbälle aufhalten?«, wollte Tim wissen.

Mona schüttelte müde den Kopf. »Nein, er hält nur das Böse von uns ab, für unsere Fähigkeiten stellt er kein Hindernis dar.«

Tim nickte entschlossen. Der glühende Ball in seiner Hand blähte sich zur doppelten Größe auf. Er holte aus und schleuderte ihn auf den Höhleneingang. Der Feuerball durchbrach die Barriere, als wäre sie gar nicht vorhanden.

Den Bruchteil einer Sekunde später wurde Tims Geschoss vom Nebel verschlungen, der daraufhin kurz in flammendem Orange aufleuchtete, bevor er wieder das triste Grau annahm und einen weiteren Versuch startete, die Schutzmauer zu durchdringen.

»Verdammter Mist«, fluchte Tim. »Hat jemand sonst irgendeine Idee, wie wir dieses Ding da draußen aufhalten können?«

David trat vor, die Augen konzentriert zusammengekniffen, bevor er sie schloss und tief Luft holte. Als er sie wieder öffnete, bewegte er seine Arme nach vorn, als wollte er etwas von sich wegschieben. Eine flirrende Wand aus Energie fegte auf den Nebel zu, durchbrach den Schutzzauber und drängte den grauen Dunst gut einen Meter zurück. Sprachlos starrte ich David an. Dass er so mächtig war, hatte ich nicht geahnt. Er holte erneut aus und schickte eine zweite, noch gewaltigere Welle nach vorn.

Um ein Haar hätte ich sie nicht gesehen, wäre da nicht wieder das kaum sichtbare Flimmern gewesen, das mich an einen heißen Sommertag erinnerte, an dem sich die Hitze flirrend über dem Asphalt sammelte.

Der Nebel wich ein weiteres Mal zurück, diesmal bis zum Waldrand. Hoffnung keimte in mir auf. Vielleicht war das unsere Rettung. Womöglich war Davids Begabung das Einzige, was gegen diese mysteriöse Substanz ankam.

Ich dankte den Göttern, dass er darauf bestanden hatte, in meiner Gruppe zu bleiben. Doch wie lange würde er durchhalten, bevor auch seine Kräfte erschöpft waren?

Ein seltsames Geräusch erklang. »Rabaar … Rabaar.« Ich blickte mich verwirrt um, genau wie meine Freunde. Fragend sah ich zu Tim, der noch immer neben mir stand.

»Ist das ein Vogel?«, wollte ich wissen und drehte den Kopf, um erneut zu lauschen.

»Ein Rabe oder eine Krähe«, antwortete er. Dicht über dem Nebel am Eingang huschte plötzlich ein Schatten vorbei. Den Bruchteil einer Sekunde später durchbrach ein riesiger Rabe den Schutzzauber. Laut krächzend kreiste er über unseren Köpfen.

»Rabaar … Rabaar ... Rabaar.«

»Wie konnte er durch deine magische Wand fliegen?«, fragte ich Mona, ohne das Tier aus den Augen zu lassen.

»Anscheinend will er uns nichts Böses, sonst hätte ihn mein Zauber aufgehalten«, erklärte sie.

Der Rabe schien uns aufmerksam zu beobachten, während er sich dicht unter der Höhlendecke fortbewegte.

Sein Gefieder glänzte im Schein des Feuers wie flüssiger Teer, und seine runden, schwarzen Augen waren neugierig auf uns gerichtet. Nach einem weiteren lauten »Rabaar«, änderte er abrupt die Richtung und flatterte wieder nach draußen. Er achtete darauf, nicht in die Nähe des Nebels zu kommen, und flog so hoch, wie es die Höhle erlaubte.

Doch gerade als er den Ausgang passiert hatte, schnellte ein Teil der grauen Substanz nach oben, wie eine Schlange, die sich blitzschnell auf ihre Beute stürzte. Zu schnell, als dass der Rabe hätte reagieren können.

Ein lauter, krächzender Aufschrei erklang, und alles, was von dem einst so majestätisch aussehenden Tier übrig blieb, war feiner Staub, der langsam zu Boden rieselte. Mona schlug entsetzt die Hand vor den Mund und begann, zu weinen. Auch ich hatte Tränen in den Augen.

»Verdammte Scheiße«, fluchte Tim. »Passiert das etwa auch mit uns, wenn wir mit diesem Ding in Berührung kommen?«

Wütend und verzweifelt schleuderte David weitere Energiewellen auf den Nebel. Meine Hoffnung wich erneuter Angst. David sah nicht gerade zuversichtlich aus.

Auf seiner Stirn bildeten sich bereits zahlreiche

Schweißperlen, was ein deutliches Zeichen dafür war, dass er nicht mehr lange durchhalten würde. Fast im Sekundentakt traf seine Kraft mit aller Macht auf den Nebel, doch mit jedem Mal schienen seine Energiestöße schwächer zu werden. War der graue Dunst anfangs noch zurückgewichen, so hielt er den Energiestößen mittlerweile stand. Davids Magie war so schwach geworden, dass sie der seltsamen Substanz nichts mehr anhaben konnte.

»Kann ... kann ich dir irgendwie helfen?«, fragte ich unsicher. Sein Blick huschte kurz zu mir, dann wieder zurück zum Höhleneingang, und seine Augen weiteten sich. »Stell dich hinten an die Wand!«, schrie er.

»Was? Aber wieso?«

»SOFORT!«, brüllte er so laut, dass es von den Höhlenwänden widerhallte.

Mein Blick glitt zum Eingang, wo immer noch Monas Schutzzauber aufleuchteten, jetzt jedoch wesentlich schwächer als zuvor. Dann sah ich den Grund für seine Aufregung: Am unteren Rand des Schutzwalls quollen dünne Nebelschwaden in die Höhle.

Monas Zauber hatte an einigen Stellen bereits nachgegeben und würde bald vollständig in sich zusammenfallen. Ich eilte ans hintere Ende der Höhle, wo auch schon Mona, Sean und Tim Zuflucht gesucht hatten, die entsetzt das Schauspiel vor uns beobachteten.

»Wir müssen David irgendwie helfen«, keuchte ich. »Er hat kaum noch Kraft, um den Nebel von uns fernzuhalten.« Meine Mitstreiter erwachten schlagartig aus ihrer Schockstarre. Mona, deren ohnehin blasses Gesicht jetzt fast weiß war, trat direkt vor David und begann, neue Schutzzauber in die Luft zu zeichnen. Sean setzte sich in Bewegung. Er eilte zu ihr und stützte sie.

Meine Freundin war mittlerweile so schwach, dass sie sich kaum noch auf den Beinen halten konnte. Auch Tim hatte wieder begonnen, Feuerbälle auf den Nebel zu schleudern, die jedoch nach wie vor keine Wirkung zeigten.

Ich stellte mich dicht neben ihn, weil seine Nähe irgendwie beruhigend auf mich wirkte. So wie es aussah, würden wir das hier nicht überleben, und wenn ich schon auf so eine absurde Weise aus dem Leben scheiden musste, dann wenigstens an der Seite eines Freundes.

»Wir werden sterben, nicht wahr?«, flüsterte ich kaum hörbar. Tim sah mich traurig an, war jedoch nicht zu einer Antwort fähig. Die Nebelschwaden, die den Schutzwall überwunden hatten, wurden mit jeder Sekunde dichter und bewegten sich langsam, aber stetig auf uns zu.

Unweigerlich beschleunigte sich mein Puls, und meine Atmung wurde schneller. Ich schloss die Augen und betete um ein Wunder, auch wenn ich nicht daran glaubte, dass uns irgendetwas aus dieser Situation befreien konnte.

Ein Teil in mir hatte bereits akzeptiert, dass dies das Ende sein würde, doch ein anderer wollte nicht aufgeben. Aber wie? Ohne eine aktive Begabung war ich dem Nebel hilflos ausgeliefert. Und selbst wenn ich mittlerweile eine Fähigkeit hätte, dann wäre diese wahrscheinlich genauso machtlos wie die meiner Freunde.

Unvermittelt ertönte ein so lauter Knall, dass ich erschrocken aufschrie.

»Niemand wird hier heute sterben!«, hörten wir eine männliche Stimme sagen. Fast gleichzeitig wirbelten wir herum und starrten auf den blonden Mann, der plötzlich hinter uns stand.

Tim hob die Hand, bereit, einen Feuerball auf den Fremden zu schleudern, doch ich packte seinen Arm und drückte ihn nach unten.

»Wenn er uns etwas Böses wollte, dann hätte Monas Siegel ihn nicht hereingelassen«, beschwor ich ihn. Tim lachte freudlos auf und deutete auf die kaum noch sichtbare magische Schutzwand. »Du meinst den Schutzzauber, der sich gerade in seine Einzelteile auflöst?«

»Soll ich euch nun hier heraushelfen oder nicht?«, fragte der Fremde mit einer hochgezogenen Augenbraue. Er trug Jeans, die an den Knien abgeschnitten waren, ein buntes Hawaii-Hemd und neongelbe Turnschuhe.

Sein Haar fiel ihm in blonden Locken bis auf die Schultern, und seine blauen Augen strahlten so hell, dass ich kaum den Blick abwenden konnte. Er war groß, mindestens einsneunzig und durchtrainiert. Er wirkte auf mich wie einer dieser typischen und immer gut gelaunten Surfer-Jungs.

»Wer bist du überhaupt, und weshalb sollten wir

dir vertrauen? Wir kennen dich doch gar nicht.« Tims Stimme klang argwöhnisch.

Der Blonde zog nun auch die zweite Augenbraue nach oben und deutete mit dem Kinn auf den Nebel, der sich immer schneller auf uns zubewegte. »Ihr werdet auch keine Gelegenheit bekommen, mich näher kennenzulernen, wenn ihr weiterhin zögert. Entweder vertraut ihr mir oder ihr sterbt. Mein Name ist Jason. Alles Weitere erkläre ich euch, wenn wir in Sicherheit sind. Also, was ist?«

Fragend sah er erst zu Tim, dann zu uns anderen und schließlich zu David, der mittlerweile aufgegeben hatte, gegen den Nebel anzukämpfen, und sich dicht neben mich gestellt hatte.

»Wie willst du uns hier rausbringen?«, krächzte Mona mit schwächlicher Stimme und stützte sich dabei auf Sean.

»Er ist ein Jumper«, stellte David fest.

Sean riss die Augen auf, und Tim schien nicht weniger erstaunt. Nur ich hatte wieder einmal keinen Schimmer, was das zu bedeuten hatte.

»Du zuerst«, entschied Jason und deutete auf Mona. »Ich kann immer nur eine Person herausbringen, und so wie es aussieht ...« Er warf einen beunruhigten Blick zu den Nebelschwaden, die mittlerweile gegen Monas zweiten, wesentlich schwächeren Schutzzauber ankämpften. »So wie es scheint, bleibt uns nicht sehr viel Zeit.«

Er winkte Mona hektisch zu sich, die ohne zu zögern auf ihn zustolperte. »Bin gleich zurück«, versprach Jason uns anderen. Wieder ertönte ein ohrenbetäubendes Krachen, und die beiden waren verschwunden. Ein paar Sekunden später stand er erneut vor uns, diesmal allein. Er zog Sean zu sich, zwinkerte mir grinsend zu, und das Spiel begann von Neuem.

»Du gehst als Nächster«, befahl Tim und deutete auf David. Der runzelte die Stirn.

»Sicher nicht! Ich bin der Einzige, der dieses Ding halbwegs aufhalten kann. Seht zu, dass ihr hier verschwindet. Mich soll Jason zum Schluss holen.«

»Dann ist jetzt Lucy dran«, entschied Tim mit leicht angesäuerter Miene.

»Ich bleibe bei David«, entschied ich resolut und fragte mich im selben Moment, was nur in mich gefahren war. Hatte ich jetzt völlig den Verstand verloren? Da bot sich eine Chance, heil aus dieser aussichtslosen Lage zu kommen und ich weigerte mich? Wie bescheuert war das denn? Aber egal, wie dumm mir diese Entscheidung im Nachhinein auch vorkam, eines stand für mich fest: Ich würde David hier nicht allein lassen. Er hatte die ganze Zeit allein gegen den Nebel angekämpft, da war es doch nur recht und billig, dass ich ihm jetzt zur Seite stand. Dass ich keine Kräfte besaß und ihm eigentlich keine Hilfe war, verdrängte ich erfolgreich.

»Aber ...«, begann Tim zu widersprechen, da knallte es erneut, und Jason tauchte direkt neben ihm auf. Ich deutete mit dem Finger auf Tim. »Nimm ihn mit!« Jason nickte, und noch bevor Tim protestieren konnte, waren die beiden verschwunden.

David und ich sahen uns kurz in die Augen, und ich

meinte, ein zaghaftes Lächeln zu erkennen. »Wenn er wiederkommt, gehst du«, befahl er. Ich antwortete nicht, sondern sah auf Monas schwache Schutzwand, die in diesem Moment endgültig zusammenbrach.

Da wusste ich es: Einer von uns beiden würde es nicht schaffen.

Jason kam zurück. Nachdem er einen prüfenden Blick auf den Nebel geworfen hatte, begriff auch er, dass er nur einen von uns beiden würde retten können. »Wen soll ich mitnehmen?«, fragte er angespannt. Seine Augen huschten immer wieder hektisch zu der herannahenden Substanz.

»Nimm Lucy«, verkündete David.

Jason nickte und wollte mich am Arm greifen, doch ich wich zurück. »Nein, wir beide oder keiner. Bitte versuch es wenigstens«, flehte ich ihn an.

Er schüttelte traurig den Kopf. »Dazu fehlt mir die Kraft. Deine Freunde von hier fortzubringen hat mich sowieso schon geschwächt. Ich kann unmöglich mit zwei Personen springen«, erklärte er resigniert.

Ich nahm Davids Hand und hielt sie ganz fest in meiner. Die andere legte ich beruhigend auf Jasons Unterarm. »Bitte, versuch es! Wenn es nicht klappt, lass uns beide zurück«, bat ich ihn erneut.

»Niemals!«, rief David aufgebracht, verstummte jedoch schlagartig, als sein Blick auf die kleinen grünen Blitze fiel, die dort aufflackerten, wo ich Jason berührte.

Plötzlich war mir, als würde jemand alle Kraft aus meinem Körper ziehen. Mir wurde schwindelig, und ich schwankte. Jason sah auf meine Hand, dann in mein Gesicht, und seine Augen weiteten sich vor Erstaunen. Aus dem Augenwinkel konnte ich erkennen, dass der Nebel nur noch wenige Zentimeter von uns entfernt war.

»Bitte!«, bettelte ich ein letztes Mal. Ich hörte noch einen dumpfen Knall, dann wurde es finster um mich herum.

Kapitel 7

Als ich zu mir kam, fiel es mir unendlich schwer, die Augen zu öffnen. Also behielt ich sie noch einen Moment geschlossen und versuchte, mit meinen verbleibenden Sinnen zu erkunden, wo ich war. Ich spürte etwas Weiches unter mir. Lag ich auf einer Matratze? Meine Finger strichen über weichen Stoff, der meinen Körper bedeckte. Ich zwang mich dazu, die Augen zu öffnen und sah mich verwirrt um. Wo war ich?

Ich lag in einem gemütlichen Bett, das sich mitten in einem großen, sehr edel eingerichteten Zimmer befand. Über mir blickte ich auf eine Stuckverzierung und filigranen Malereien. Die Wände um mich herum waren mit altertümlichen Samttapeten bezogen und farbenfrohe Gemälde in prunkvollen Rahmen vervollständigten das Bild. Gegenüber befand sich ein monströser Kamin, in dem ein Feuer brannte, das leise vor sich hin knisterte.

Ich sah zu dem großen Fenster zu meiner Rechten. Es war helllichter Tag, und die Sonne warf vereinzelte Strahlen auf die Holzdielen am Boden. Auf einem Tisch neben meinem Bett standen ein Krug und ein Becher aus Zinn.

Ich steckte vorsichtig einen Finger in die Flüssigkeit und führte ihn dann an meine Lippen, um zu kosten. Es handelte sich um köstlich kühles Wasser, wie ich erfreut feststellte. Gierig füllte ich den Becher und leerte ihn in einem Zug, bevor ich erneut nachschenkte. Als sich die Tür öffnete, zuckte ich erschrocken zusammen. Meine Anspannung löste sich, als ich Mona sah, die lächelnd auf mich zukam.

»Ah, du bist wach«, sagte sie grinsend und setzte sich neben mich auf die Bettkante.

»Hi«, begrüßte ich sie mit krächzender Stimme. Ich räusperte mich. »Wo sind wir hier?«

Das Letzte, woran ich mich erinnerte, war die Höhle und der Nebel, der nur noch Zentimeter von uns entfernt gewesen war.

»In der Festung auf dem Berg«, antwortete sie und strich meine Bettdecke glatt.

»Wie sind wir hierhergekommen?«, wollte ich wissen.

»Jason hat uns gerettet.«

Ich schloss die Augen, und allmählich kehrte mein Gedächtnis zurück. Am Anfang sah ich nur bruchstückhafte Bilderfetzen vor meinem inneren Auge, doch dann fügten diese sich zu einem Ganzen zusammen. Es war wie ein Film, der sich mitten in meinem Kopf abspielte.

Da war Jason, der alle bis auf David und mich in Sicherheit gebracht hatte. Ich erinnerte mich an den Nebel, der unaufhörlich nähergekommen war und an Jasons entsetzten Blick, als er uns mitgeteilt hatte, dass er nur einen von uns beiden würde retten können. Ich wusste noch genau, wie ich ihn angebettelt hatte, und erinnerte mich nun auch wieder an die seltsamen grünen Blitze, die aufgeflackert waren, als ich Jasons Arm berührt hatte. Und natürlich an seinen erstaunten Gesichtsausdruck, als auch er es bemerkt hatte.

Ich sah auf. »Sind alle in Sicherheit?«

Mona lächelte und ergriff meine Hand.

»Alle sind gesund und munter«, versicherte sie mir. »Auch David«, fügte sie mit einem verschwörerischen Augenzwinkern hinzu.

»Dann hat Jason es doch geschafft, uns beide ...« Ich suchte nach der passenden Beschreibung. Wie nannte man das, was er getan hatte? Beamen?

»Teleportieren«, half mir Mona auf die Sprünge. »Ja, es ist ihm gelungen, dank deiner Hilfe«, erwiderte sie.

»Dank meiner Hilfe?«, wiederholte ich fragend.

Mona hatte schon den Mund geöffnet, um zu antworten, als plötzlich die Tür aufflog. David und Jason traten ein.

»Sieh an, unser Wunderkind ist aufgewacht«, bemerkte Jason grinsend. Er hatte sich umgezogen. Die blaue Jeans und das weiße Hemd, bei dem die oberen beiden Knöpfe offen standen, sahen an ihm umwerfend aus. Seine blonden Haare hatte er sich im Nacken zusammengebunden, was ihn um einiges älter wirken ließ. Der Typ sah wirklich gut aus.

Hinter Jason erkannte ich David. Als sich unsere Blicke trafen, machte mein Herz einen kleinen Hüpfer. Seine dunklen Haare fielen ihm in die Stirn, und auch er trug frische Kleidung.

Mit einer raschen Bewegung strich er sich eine Strähne aus dem Gesicht. Davids hellgrüne Augen musterten mich besorgt, doch da war noch etwas anderes in seinem Blick, was mich stutzig machte. Es schien, als suchte er in meinen Augen nach einer Antwort auf eine nicht gestellte Frage.

»Schön, dass du wieder bei Bewusstsein bist«, sagte er leise.

»Ja, finde ich auch. Ich würde gerne verstehen, was passiert ist. Das Letzte, woran ich mich erinnern kann, ist der Nebel, und dass du ...«, ich deutete auf Jason, » ... uns alle da rausgeholt hast.«

»Mein Name ist Jason Gallaham, und ich bin ein Jumper«, stellte er sich vor. »Ich kann mich selbst und andere Lebewesen oder Dinge an verschiedene Orte teleportieren.«

»Eine beneidenswerte Fähigkeit«, murmelte ich fast ein wenig neidisch.

»Es lässt sich recht gut damit leben«, antwortete Jason und grinste.

»Aber warum habe ich plötzlich das Bewusstsein verloren? Was ist passiert?«, erkundigte ich mich.

David und Jason warfen sich einen vielsagenden Blick zu. Als Jason sich wieder zu mir drehte, lächelte er.

»Ich nehme an, es ist eine kleine Nebenwirkung«, bemerkte er.

Ich legte die Stirn in Falten und sah ihn verwirrt an. »Nebenwirkung von was?«

»Von deiner Gabe.«

»Wie bitte?« Ich setzte mich ruckartig im Bett auf. »Was für eine Gabe soll das denn sein? Vor Angst in Ohnmacht fallen?«

Mona neben mir kicherte, und Jason seufzte laut.

»Du bist ein AK«, erklärte er dann. Ich starrte ihn empört an. Das war ja wohl die Höhe. Der Typ hatte vielleicht Nerven.

Hatte der mich eben echt als AK, als Arschlochkind, bezeichnet? Das nämlich bedeutete diese Abkürzung.

Ich selbst hatte diese Abkürzung schon häufig verwendet, wenn ich von den verzogenen Nachbarskindern erzählte, die mir in Miami täglich den Nerv geraubt hatten. Doch dass Jason mich so betitelte, verschlug mir die Sprache. Bis eben war mir der Kerl noch sympathisch gewesen, doch das änderte sich nun schlagartig.

Am liebsten wäre ich aus meinem Bett gesprungen und hätte diesem Schönling einen gehörigen Tritt in den Hintern verpasst. Ein AK?

»Du hast wohl nicht mehr alle Tassen im Schrank«, antwortete ich zutiefst gekränkt und entrüstet.

Jetzt war es Jason, der mich verständnislos ansah. David legte ihm eine Hand auf die Schulter. »Ich glaube, Lucy versteht etwas anderes unter dieser Abkürzung, als du«, klärte er ihn auf und berichtete, was AK umgangssprachlich in unserer Welt bedeutete.

Als er fertig war, warf Jason den Kopf in den Nacken und lachte lauthals auf.

»Meine Güte, nein. Das habe ich nicht damit gemeint«, kicherte er und wischte sich die Tränen aus den Augen.

»Und was hast du gemeint?«, blaffte ich, darauf gefasst, dass er gleich die nächste Beleidigung zum Besten geben würde.

»Du bist ein Akkumulator und besitzt somit eine der seltensten Gaben überhaupt.«

Ich hatte noch immer keinen Schimmer, wovon er sprach, und glotzte ihn weiterhin wie eine Schwachsinnige an. Was sollte das denn bitte sein? Dieses Wort hatte ich noch niemals zuvor gehört. Ich stöberte in jeder Ecke meines Gehirns nach einer plausiblen Erklärung. Akkus waren mir ein Begriff, doch ich konnte beim besten Willen keinen Zusammenhang zwischen mir und einer aufladbaren Batterie herstellen.

»Du bist ein Energiespeicher«, mischte sich David ein.

»Nicht ganz«, verbesserte Jason ihn. »Sie speichert nicht nur Energie, sondern sie erzeugt sie auch.«

Ich sah verwirrt zwischen den beiden hin und her.

»Das nimmst du an, aber wir haben noch keine Beweise«, widersprach David.

Jason schüttelte den Kopf und verdrehte die Augen, als hätte er ein begriffsstutziges Kind vor sich. »Die Energie, die sie mir übertragen hat, war so enorm, dass sie nur von ihr kommen konnte.«

Bevor David erneut etwas entgegnen konnte, hob ich die Hand. »Könnte mir bitte jemand in verständlichen Sätzen erklären, wovon ihr gerade redet? Von was für einer Energie sprecht ihr, und weshalb sollte ich ein Speicher dafür sein?«

»Als wir in der Höhle waren und ich alle bis auf dich und David gerettet hatte, reichte meine Kraft nur noch, um eine weitere Person zu teleportieren. Aber als du mich berührt hast, wurde ein enorm starker

Schwall Energie auf mich übertragen, der es mir ermöglicht hat, mit euch beiden zu springen.«

»Und wie kommst du auf die absurde Idee, dass diese Energie von mir kam?«

»Weil ich es gespürt habe«, sagte er knapp.

»Ich besitze doch noch gar keine Fähigkeit. Woher soll dann diese Kraft stammen?«, wollte ich wissen.

Mona legte mir eine Hand auf den Rücken. »Vielleicht ist das ja deine Gabe. Womöglich schlummert sie schon eine ganze Zeit in dir, und du hast es nur nicht gemerkt.«

»Das soll eine Gabe sein?«, erkundigte ich mich enttäuscht. Der Gedanke, dass meine Gabe lediglich darin bestand, ein menschlicher Akku zu sein, war irgendwie frustrierend. Alle anderen hatten mehr oder weniger spektakuläre Fähigkeiten, und ich sollte nur ein langweiliger Energiespeicher sein?

»Na, hör mal, das ist doch eine sehr mächtige Gabe«, konterte Jason.

Ich verdrehte die Augen und schnaubte. Der Kerl hatte gut reden. Er war schließlich ein Jumper und konnte sich binnen Sekunden an jeden beliebigen Ort teleportieren.

»Wir können ja gerne tauschen, wenn dich diese Fähigkeit so fasziniert. Ich jedenfalls habe noch nie von einer solchen Gabe gehört, und ich finde auch nicht, dass sie etwas Besonderes ist«, ätzte ich.

»Soweit mir bekannt ist, handelt es sich um eine sehr seltene Kraft«, erklärte Mona. »Ich weiß gar nicht, ob es überhaupt noch jemanden mit diesem Können gibt. In alten Büchern wird sie hin und wieder erwähnt mit dem Hinweis, dass es eine der mächtigsten Gaben sei, die man besitzen könne.«

»Dann bin ich also eine menschliche Batterie. Wie toll!«, murmelte ich sarkastisch. Tiefe Enttäuschung machte sich in mir breit. Da hatte ich es kaum erwarten können, eine eigene Fähigkeit zu beherrschen, und nun sollte es tatsächlich so etwas Banales sein?

»Warte doch erst einmal ab«, schlug Mona vor. Ihr Tonfall war jetzt nicht mehr ganz so sanft. »Akkumulatoren haben meist noch eine weitere Begabung.«

Ich hob interessiert den Kopf, und Hoffnung keimte in mir auf. »Echt?«

Sie hob die Hand und spreizte zwei Finger auseinander. »Ich schwöre«, versicherte sie mir grinsend.

Ich sah zu Jason, der zustimmend nickte und gab mich vorerst damit zufrieden. Da ich mich mittlerweile wieder vollkommen fit fühlte, stand ich auf. Mona zeigte mir das angrenzende Badezimmer, das nicht weniger prunkvoll eingerichtet war als das Schlafzimmer, in dem ich aufgewacht war. Ich blickte auf goldene Wasserhähne, rosafarbenen Marmor und edelstes Porzellan.

Nachdem ich mich ein wenig frisch gemacht hatte, führten mich meine Freunde in ein Zimmer im Erdgeschoss.

Auch hier wirkte alles derartig prunkvoll, als gehörte es zu einer königlichen Suite in einem vornehmen Luxushotel.

Rote, mit Samt überzogene Sofagarnituren und Sessel waren um einen dunkelbraunen Couchtisch platziert. Wundervoll verzierte Glasvitrinen standen an den Wänden und waren mit diversen Kostbarkeiten bestückt.

Ich erkannte ein funkelndes Diadem, ein goldenes Zepter und eine sehr alt aussehende, verstaubte Flasche Wein. Als ich ins Zimmer trat, wurde ich lautstark begrüßt.

Tim, der in einem der Sessel lümmelte, sprang auf, eilte zu mir und riss mich in eine stürmische Umarmung. »Gott sei Dank geht es dir gut«, flüsterte er in mein Ohr.

Sean, der es sich auf der Couch gemütlich gemacht hatte, hob zur Begrüßung die Hand. »Hi Lucy. Schön, dass du wieder unter uns weilst.«

»Dann sind wir jetzt vollzählig, und Jason kann endlich erzählen, wie er hierhergekommen ist und was es mit diesem Ort auf sich hat«, sagte Tim.

Wir setzten uns und sahen Jason erwartungsvoll an.

»Wo soll ich da nur anfangen?«, murmelte dieser nachdenklich und rieb sich dabei fahrig über die Stirn. »Wie ihr euch sicher denken könnt, stamme ich wie ihr aus der School of Secrets.«

Obwohl wir alle so etwas bereits vermutet hatten, ging ein erstauntes Raunen durch die Reihen. Als er weitererzählte, bildete sich eine tiefe, nachdenkliche Furche zwischen seinen Brauen.

»Vor langer Zeit kam mein Klassenkamerad Albert, der zugleich mein bester Freund war, auf die idiotische Idee, das Haus der Angst herbeizurufen. Er selbst war ein Hexer und hatte das Buch gefunden, in dem alles Nötige dazu beschrieben war. Zuerst weigerte ich mich, doch als er noch sieben weitere Schüler überredet hatte, willigte auch ich ein. Ein sehr dummer Fehler, wie sich im Nachhinein herausstellte. Ich hatte vorher noch nie etwas von diesem Haus gehört, denn sonst hätte ich auf gar keinen Fall eingewilligt, diesen verfluchten Ort aufzusuchen«, berichtete er seufzend. »Aber egal – was geschehen ist, kann ich nicht mehr rückgängig machen. Jedenfalls trafen wir uns eines Nachts, und mein Freund Albert setzte den im Buch angegebenen Dämonenzauber ein, um das Haus zu rufen. Alles klappte reibungslos, genauso wie es beschrieben war. Ehe wir uns versahen, waren wir hier, und kurz darauf begann der Albtraum.«

»Was ist passiert?«, erkundigte sich Mona erschüttert.

»Um diesen verfluchten Ort wieder unbeschadet zu verlassen, benötigten wir ...« Jason kam nicht dazu, den Satz zu beenden, denn Mona war schneller. »Ihr musstet verschiedene Zahlen finden, die zusammen eine Kombination ergaben.«

Er sah sie verwundert an. »Woher weißt du das?«, fragte er verunsichert.

»Ich habe es gelesen«, antwortete sie stolz.

»Gelesen? Aber ... wie ... ich verstehe nicht«, stammelte Jason.

»Der Ausflug, den du mit deinen Freunden ins Haus der Angst unternommen hast, hat vor mehr als zehn Jahren stattgefunden. Nur eine einzige Person hat überlebt, und von ihr stammen anscheinend die Aufzeichnungen darüber. Leider sind die nur recht vage und verraten nicht, was genau in den Räumen geschehen ist.«

»Seither sind erst zehn Jahre vergangen?«, rief Jason jetzt sichtlich entsetzt.

»Was hast du denn gedacht, wie lange du schon hier bist?«, erkundigte sich Tim neugierig.

Jason eilte zu einem kleinen Sekretär an der Wand und zog ein in Leder gebundenes Buch heraus. Er warf es vor uns auf den Tisch. Tim sah Jason fragend an, und als dieser zustimmend nickte, schlug er es auf.

»Meine Güte, was ist das?«, stieß Sean erstaunt aus, der sich ebenfalls über das Buch gebeugt hatte. Tim blätterte eine Seite nach der anderen um, und wir alle starrten ungläubig auf das, was wir sahen. Jede Seite war mit unzähligen Strichen vollgekritzelt, die in Fünfereinheiten gruppiert waren. Immer vier Striche senkrecht und dann einer, der waagrecht durch die anderen verlief.

»Hast du die Tage gezählt, die du schon hier bist?«, erkundigte ich mich und deutete darauf.

Jason nickte.

»Ich habe für jeden Tag einen Strich in das Buch gemacht.«

»Aber das ganze Buch ist voll davon. Das müssen doch Tausende sein«, stellte Tim entsetzt fest.

»Das ist noch nicht alles. Ich habe zwei weitere«, berichtete Jason und zeigte auf den Sekretär an der Wand.

»Wie viele Tage hast du hier abgehakt?«, erkundigte sich Mona.

»18.766.«

Meine Freundin schüttelte den Kopf. »Das ist unmöglich. Euer Ausflug ins Haus der Angst war vor ungefähr zehn Jahren. Das ergibt höchstens 3.650 Tage.«

Ich räusperte mich und alle blickten umgehend zu mir. Dann deutete ich auf die Uhr an meinem Handgelenk.

»Ich glaube schon, dass es möglich ist. Laut meiner Uhr ist es nicht einmal drei Stunden her, dass Mona den Zauber auf dem Dachboden gesprochen hat. Im Haus der Angst ist aber bereits mehr als ein Tag vergangen. Es ist also nicht so abwegig, dass Jason seit fünfzig Jahren hier festsitzt, in der realen Welt jedoch erst zehn Jahre vergangen sind.«

»Schön und gut«, sagte Sean und musterte Jason. »Mag ja sein, dass hier die Uhren etwas schneller laufen, aber eine Frage stellt sich mir doch.«

»Und die wäre?« Jason hielt Seans Blick stand.

»Weshalb bist du keinen Tag gealtert? Wenn du, wie du behauptest, seit gefühlt fünfzig Jahren in dieser Welt abhängst, dann müsstest du mittlerweile ein rüstiger Rentner sein.«

Jason zuckte die Schultern. »Ganz einfach, weil man hier nicht altert«, erklärte er trocken. Daraufhin folgte ein langes Schweigen. Die Tatsache, dass man hier ewig jung blieb, machte uns alle sprachlos.

»Coole Sache«, sagte Benjamin beeindruckt.

»Wie ging es weiter, nachdem ihr das Haus der Angst betreten habt?«, wollte Tim schließlich wissen.

»Im ersten Zimmer verloren wir gleich drei unserer

Freunde«, antwortete er niedergeschlagen.

»Mein Gott«, murmelte Sean bestürzt.

»In dem Raum, in dem wir uns gerade befinden?«, fragte Mona erschrocken nach und machte eine Handbewegung, die die ganze Umgebung mit einbezog.

Jason schüttelte den Kopf. »Nein, das hier war das dritte Zimmer, das wir betraten. Zu diesem Zeitpunkt waren von den insgesamt neun Personen, die zu diesem waghalsigen Unternehmen aufgebrochen waren, nur noch vier übrig.«

Mona stöhnte entsetzt. »Sind sie ...«, setzte sie an, ehe ihre Stimme versagte.

»Sie sind alle gestorben«, bestätigte Jason.

»Und weshalb bist du hiergeblieben?«

»Weil ich keine Wahl hatte«, erklärte er achselzuckend. »Als wir diese Welt betraten, dauerte es nicht lange, bis wir auf den Nebel trafen, den auch ihr schon kennengelernt habt. Damals blieb mir nur Zeit, eine einzige Person zu retten. Für die beiden anderen kam jede Hilfe zu spät. Außerdem überraschte uns der Nebel im Schlaf, sodass wir kaum Gelegenheit bekamen zu reagieren. Zwei von uns überlebten nicht, und so blieben schließlich nur noch meine Freundin Ashley und ich übrig. Dank meiner Gabe konnte ich uns beide zum Ausgang transportieren, doch nachdem wir dort angekommen waren, fiel Ashley auf, dass sie ihren Rucksack vergessen hatte. Ich musste also erneut springen, um ihn zu holen.«

»Wieso das denn?«, fragte Sean ungläubig. »Warum habt ihr das Ding nicht einfach dort gelassen? Was war so wichtig an dem Teil?«

»Zum einen das Buch mit den ganzen Informationen und Anweisungen und zum anderen die Zahlen, die wir bis zu diesem Zeitpunkt herausgefunden hatten.«

»Aber hattet ihr euch die Kombination nicht gemerkt?«, erkundigte sich Tim und runzelte dabei die Stirn.

»Falls du ein so beachtliches Gedächtnis hast, dass du dir vierundvierzig Zahlen in einer bestimmten Reihenfolge merken kannst, dann Hut ab. Ich konnte es nicht. Ganz im Gegensatz zu Ashley. Sie hatte alle Zahlen im Kopf, aber sie war sich nicht ganz sicher, ob sie sich die Reihenfolge korrekt eingeprägt hatte.« Er hielt inne und sah jeden von uns einige Sekunden lang an, bevor er fortfuhr. »Das Haus gibt einem nur eine einzige Chance, und ich konnte nicht riskieren, dass wir sie verspielten. Also habe ich mich zu der Stelle zurückteleportiert, wo Ashley den Rucksack vergessen hatte.«

»Und weiter?« Sean sah Jason gespannt an.

Der holte tief Luft und seufzte. »Ich wurde erneut vom Nebel überrascht. Unter normalen Umständen wäre das kein Problem gewesen, denn ich hätte ja einfach an einen anderen Ort springen können, aber leider hatte ich meine Kräfte überschätzt. In den Stunden zuvor war ich unzählige Male gesprungen und dementsprechend erschöpft. Als ich den Nebel sah und panisch versuchte, mich wieder zum Ausgang zurückzuteleportieren, reichte meine Energie nicht mehr aus. Es gelang mir nicht, mich ausreichend auf den Ort zu konzentrieren.«

»Wie bist du entkommen?«, wollte ich wissen. Die Tatsache, dass Jason jetzt vor uns stand, bewies ja wohl eindeutig, dass er es geschafft hatte.

»Sprichwörtlich in letzter Sekunde.« Jason zog den Stoff seines Shirts zur Seite, damit wir einen Blick auf seine Schulter werfen konnten.

Wir starrten auf völlig vernarbte Haut. Sie war leuchtend Rosa und glänzte unnatürlich. Es erinnerte an eine schwere Verbrennung, die zwar verheilt war, aber deren Schäden für immer sichtbar bleiben würden.

»Was ist passiert?«, fragte jetzt Mona. Ihre Stimme war nur noch ein leises, angespanntes Flüstern.

»Als die Nebelschwaden mich erreichten ...« Jason strich sich über die vernarbte Haut, »... ist es mir in meiner Panik doch noch gelungen, zu springen. Ich war zu schwach, um mir ein Ziel zu wählen, aber da ich nicht sterben wollte, habe ich mich kurzerhand ins Ungewisse teleportiert. So etwas ist sehr gefährlich, aber ich hatte keine andere Wahl. Gelandet bin ich hier auf dieser Burg. Kurz darauf verlor ich das Bewusstsein. Ich bin erst zwei Tage später wieder aufgewacht.«

»Und Ashley? Was war mit ihr? Sie hat doch sicherlich auf dich gewartet, oder?« Mona knetete aufgeregt ihre Hände.

Jason schüttelte traurig den Kopf. »Nein, sie war weg. Nachdem ich aufgewacht war, bin ich sofort zum Ausgang gesprungen, aber sie war nicht mehr da.«

»Weshalb bist du ihr nicht gefolgt?« Sean sah Jason verständnislos an.

»Weil sich der Ausgang nur einmal zeigt, nämlich dann, wenn das Haus der Meinung ist, dass die Person, die davorsteht, ihre Aufgabe erfüllt hat. Das war anscheinend bei Ashley der Fall. Nachdem sie diese Welt verlassen hatte, verschwand die Tür, und ich hatte keine Möglichkeit, ihr zu folgen.«

»Somit warst du also dazu verdammt, hier zu leben«, stellte ich betreten fest.

Jason nickte. »Ganze fünfzig Jahre.«

Kapitel 8

Aufmerksam lauschten wir Jasons Ausführungen und hielten mehr als nur einmal die Luft an, als er uns erzählte, wie oft er schon bei seinen Streifzügen durch diese Welt auf den Nebel getroffen war.

Nur seiner beneidenswerten Gabe hatte er es zu verdanken, dass er noch am Leben war. Mona, die sich unterdessen auf den Weg in die Küche gemacht hatte, kam mit einem voll beladenen Tablett zurück und stellte es vor uns auf den Tisch. Staunend blickten wir auf die Köstlichkeiten, die wir alle aus unserer eigenen Welt kannten.

»Wo hast du all dieses Zeug her?«, erkundigte sich Sean und schob sich einen Oreo-Keks in den Mund.

»Das würde mich auch interessieren«, meinte Tim und öffnete eine Dose Cola.

Jason grinste. »Das ist einer der wenigen Vorteile an diesem Ort. Der Kühlschrank ist immer bis zum Anschlag gefüllt. Ich muss mich um nichts kümmern. Es ist einfach da.«

»Ist ja krass«, murmelte Sean mit vollem Mund und verteilte dabei einen Schwall Brösel auf Mona, die ihm daraufhin einen vorwurfsvollen Blick zuwarf.

Ich lud mir Makkaroni mit Käse auf einen Teller. Zaghaft probierte ich und war erstaunt, als ich feststellte, dass es genauso schmeckte, wie ich es gewohnt war.

»Wir sollten versuchen, die anderen zu kontaktieren«, schlug Tim schließlich vor, stand auf und ging zu einem der großen Fenster, von dem aus man einen guten Blick auf die zweite Festung hatte. »Ob es da drüben genauso ist wie hier?«, murmelte er gedankenversunken.

»Ganz sicher nicht«, antwortete Jason verbittert.

Tim wirbelte herum und sah ihn fragend an. »Woher weißt du das? Warst du mal dort?«

Jason nahm einen Schluck Cola, stellte die Dose zurück auf den Tisch und holte tief Luft. »Wenn du fünfzig Jahre lang an einem Ort festsitzt, kennst du irgendwann zwangsläufig jeden Winkel. Schon bald nachdem mir klar wurde, dass ich in dieser Welt gefangen bin, habe ich mich auf den Weg gemacht, um herauszufinden, ob es vielleicht noch weitere Menschen gibt, die mein Schicksal teilen. Eines meiner ersten Ziele war die zweite Festung. Eine Woche nach Ashleys Verschwinden sprang ich direkt vor die Außentore der anderen Burg. Zum Glück, wie sich im Nachhinein herausstellte, denn hätte ich mich ins Innere des Gebäudes teleportiert, wäre ich jetzt tot.«

»Wieso das?« Sean verteilte erneut eine Flut Oreo-Brösel, als er sprach, doch diesmal ging Mona rechtzeitig in Deckung.

»Die zweite Festung scheint das Zuhause des Nebels zu sein. Von außen habe ich gesehen, dass sich überall im Inneren der Burg diese dichte Substanz befindet. Ich sprang also wieder hierher, wo ich in Sicherheit war, und habe anschließend die zweite

Burg tagelang observiert. Meine Befürchtung hat sich schließlich bestätigt. Ich habe beobachtet, wie sich der Nebel immer wieder dorthin zurückgezogen hat, wenn er von einem seiner Ausflüge zurückkam.«

Mona schreckte entsetzt hoch. »Wir müssen unbedingt die andere Gruppe warnen!«, rief sie aufgeregt. Zum ersten Mal, seit ich erwacht war, dachte ich an unsere Freunde, die auf dem Weg zur zweiten Festung waren. Wie hatten wir sie nur vergessen können?

»Jason kann sie doch zurückholen, nicht wahr?«, schlug David vor, der die ganze Zeit über geschwiegen hatte und sah Jason neugierig an.

»Würdest du das tun? Bringst du sie bitte zu uns, bevor ihnen etwas passiert?«, flehte Mona ihn an.

Jason rieb sich nachdenklich das Kinn. »Dazu muss ich aber erst ihren genauen Standort herausfinden. Mich einfach ins Blaue zu teleportieren, bringt überhaupt nichts. Der Wald dort drüben ist riesig, und es wäre schon ein Wunder, wenn ich sie zufällig aufspüren würde«, erklärte er.

»Hast du ein Fernglas?«, erkundigte sich Tim.

»Ich habe etwas viel Besseres«, erwiderte Jason grinsend. »Kommt mit, ich muss euch was zeigen.« Er ging zur Tür und machte eine galante Handbewegung, mit der er uns aufforderte, den Raum zu verlassen. Wir erhoben uns und traten auf den riesigen Flur. Jason führte uns den Gang entlang, bis er schließlich vor einer Tür mit der Aufschrift *Rabenzimmer* stehen blieb und diese langsam öffnete. Dabei sah er uns gespannt an, als könne er unsere Reaktion auf das, was sich dahinter verbarg, kaum erwarten.

»Ist ja krass«, rief Sean erstaunt.

»Was um alles in der Welt ist das für ein Zimmer?« Mona trat erschrocken einen Schritt zurück, als sie die vielen Raben sah, die im ganzen Raum verteilt auf extra dafür angebrachten Stangen saßen und uns mit ihren schwarzen Knopfaugen neugierig musterten.

»Ist das hier dein persönliches Vogelgehege?«, erkundigte sich Tim und streckte die Hand nach einem der Vögel aus, um sein Gefieder zu berühren. Als das Tier laut krächzend protestierte und mit dem Schnabel nach seinen Fingern schnappte, zog er sie erschrocken zurück.

»Das sind meine Späher«, erklärte Jason stolz. Sofort fiel mir wieder der Rabe ein, der uns in der Höhle besucht hatte.

»Als der Nebel uns angegriffen hat, ist genau ein solcher Rabe aufgetaucht. War er einer von deinen?«, wollte ich wissen.

Jasons wirkte mit einem Mal sehr traurig. »Ja, das war Runar.«

»Es tut mir leid, dass er ... du weißt schon.« Plötzlich sah ich wieder das Bild vor mir, wie der Nebel den Raben blitzschnell verschlungen hatte.

»Mir auch, aber nur durch sein Opfer konnte ich euch retten«, sagte Jason.

»Wie meinst du das?«, fragte Sean.

Jason durchquerte den Raum, bis er vor einem großen Gegenstand hielt, der mit schwarzem Stoff verhüllt war. Er zog das Tuch mit einer fließenden Handbewegung beiseite und deutete auf den mannshohen Spiegel, der sich darunter verborgen hatte. Im ersten Moment fragte ich mich, was an einem Spiegel so besonders sein sollte, doch dann traten wir ein Stück näher und starrten wie gebannt auf die Oberfläche. Ich sah mich selbst und die anderen aus verschiedenen Perspektiven. Einmal von hinten und im nächsten Augenblick im Profil.

»Die Raben sind meine Späher, und in diesem Spiegel kann ich alles sehen, was die Tiere im selben Moment wahrnehmen.«

»Wow, nicht schlecht«, kommentierte Sean beeindruckt.

»Ja, nicht wahr? Einige Dinge in dieser Welt sind ganz nützlich.« Jason ging langsam zu einem der Raben und hielt seinen Arm ausgestreckt vor sich in die Höhe. Der Vogel zögerte keine Sekunde und sprang von der Stange auf seinen Arm. »Jetzt wollen wir uns einmal ansehen, wo sich eure Freunde gerade herumtreiben. Los, finde die Fremden, die auf dem Weg zur zweiten Festung sind«, befahl er dem Raben. Der Vogel krächzte laut, breitete seine Schwingen aus und verschwand flatternd durch das geöffnete Fenster.

Als wir unseren Blick neugierig auf den Spiegel richteten, sahen wir in Echtzeit die Bilder, die der Rabe übermittelte.

Lange war nichts als dichte Baumwipfel zu erkennen, über die der Rabe hinwegglitt. Ab und an erhaschten wir einen Blick durch das Blätterdickicht der Bäume und entdeckten ein Reh oder ein anderes Tier, das auf der Suche nach Nahrung durch den

Wald streifte. Irgendwann begab sich der Vogel in eine Art Sinkflug und tauchte zwischen den mächtigen Bäumen in die Tiefe des Waldes ein. Schließlich ließ er sich auf einem Ast nieder und beäugte den Waldboden, wo wir fünf Personen entdeckten, die wild gestikulierend miteinander diskutierten.

»Das sind sie«, rief Mona erfreut.

»Und es geht ihnen gut«, fügte Sean erleichtert hinzu. Der Blick des Raben wandte sich von unseren Mitschülern ab und schweifte in die Richtung, in der die zweite Burg lag, die jedoch von hier aus nicht zu sehen war. Doch das, was wir stattdessen im Spiegel sahen, ließ uns das Blut in den Adern gefrieren. Dicker, grauer Nebel, der sich langsam bergab bewegte. Genau auf unsere Freunde zu.

»Du musst sie da rausholen«, schrie Mona hysterisch.

Jason sah sie kurz an, dann salutierte er lächelnd. »Wie sie wünschen, Mylady.«

Der mir mittlerweile so vertraute Knall erklang, und Jason war verschwunden. Ein paar Sekunden später tauchte er lautstark an derselben Stelle wieder auf und hielt eine wild zappelnde und laut fluchende Naomi im Schwitzkasten.

»Ich hatte keine Zeit, ihr etwas zu erklären, das müsst ihr machen. Ich hole den Nächsten«, informierte er uns und verschwand erneut.

»Was zum Teufel war das, und wo bin ich?« Naomi sah sich wütend um. Als ihr Blick auf David fiel, rannte sie los und fiel ihm laut juchzend um den Hals. Ein unangenehmer Knoten bildete sich in meinem Magen, als ich sah, wie auch er sie in seine Arme schloss. Die blonde Vampirin sah David fragend an, und es schien, als würden sie sich ohne Worte verstehen. Er nickte kaum merklich, und sie lächelte. Was war das nur zwischen den beiden? Ich wandte den Blick ab, weil ich es nicht mehr ertrug, diese ganz besondere Vertrautheit mit anzusehen.

»Alles klar bei dir?«, erkundigte sich Mona, der mein plötzlicher Stimmungsumschwung nicht entgangen war.

Doch bevor ich etwas erwidern konnte, krachte es laut, und Jason stand wieder vor uns. Eigentlich stand er nicht, sondern er rang schwer keuchend mit Benjamin.

»Hör endlich auf, du dämlicher Idiot«, fluchte Jason und wich einem gezielten Kinnhaken aus. Sofort waren Sean und Tim zur Stelle und zogen Benjamin von Jason fort, bevor dieser erneut unter lautem Getöse verschwand.

Keine zehn Sekunden später tauchte Jason wieder auf. Diesmal hatte er Wilson im Gepäck, der seinem Bruder in nichts nachstand, was seine Gegenwehr betraf. Auch er wehrte sich mit Händen und Füßen, bis Mona ihn schließlich am Arm packte und zur Seite zog.

»Ich schwöre, wenn ich jetzt noch so ein durchgeknalltes Exemplar transportieren muss, drehe ich ihm den Hals um«, schimpfte Jason und sprang erneut zurück. Kurz darauf erschien er wieder direkt vor uns und hielt eine laut heulende Sarah im Arm. Sichtlich genervt verdrehte er die Augen und schob unsere

Mitschülerin etwas unsanft zu Sean. Jason sah müde und erschöpft aus. Auf seiner Stirn hatten sich Schweißperlen gebildet, und sein Atem ging ein wenig zu schnell.

Ich wusste, was ich zu tun hatte und reichte ihm beide Hände, die er lächelnd ergriff. Sofort spürte ich die Energie, die aus meinem Körper in seinen strömte. Es war ein ganz leichtes Kribbeln, gar nicht so unangenehm, wie ich fand. Ich rührte mich nicht, sondern wartete ab. Da ich noch keinerlei Erfahrungen mit dieser Art der Energieübertragung hatte, abgesehen von dem einem Mal in der Höhle, überließ ich Jason die Führung. Er würde schon wissen, wann er mir genügend Kraft entzogen hatte.

Kurz darauf ließ er meine Hände los und murmelte ein leises »Danke«. Anschließend verschwand er zum letzten Mal, um Christian in Sicherheit zu bringen.

Plötzlich fühlte ich mich schwach, und meine Knie waren ganz weich. Ich schwankte zum nächsten Sessel, um mich zu setzen. Als aus dem Schwanken ein besorgniserregendes Taumeln wurde, spürte ich zwei feste Arme, die sich um meine Taille gelegt hatten und mir Halt gaben. David hielt mich fest umschlungen und ließ mich schließlich langsam in den Sessel gleiten.

»Alles okay?«, erkundigte er sich. Mein Blick fiel auf Naomi, die mich mit ihren stechend blauen Augen giftig anfunkelte.

»Mir geht es gleich wieder gut«, versicherte ich ihm. »Du kannst zu deiner kleinen Freundin zurückgehen. Sie vermisst dich bestimmt schon«, fügte ich in leicht sarkastischem Tonfall hinzu. Keine Ahnung, was in mich gefahren war, doch es gefiel mir einfach nicht, dass er und Naomi sich offensichtlich so nahestanden. Natürlich hatte ich kein Recht, derart zickig zu reagieren, denn David hatte mir nicht die geringsten Hoffnungen gemacht, aber es störte mich trotzdem. Und es gelang mir nicht, diese Gefühle vor ihm zu verbergen, was mich noch wütender machte.

»Wie du meinst.« Achselzuckend wandte er sich ab.

Ein lauter Knall ließ mich zusammenzucken. Jason war mit Chris zurückgekehrt. »Puh, das war knapp. Wir sind dem Nebel nur um Haaresbreite entkommen«, berichtete er, ging zu dem Tablett mit den Getränken und nahm sich eine Flasche Cola. Während er sie zur Hälfte leerte, sah Christian sich verwundert um.

»Wäre wohl jemand so freundlich und würde mir erklären, was das eben war? Wer ist dieser Typ, und was war das für ein graues Zeug, das auf einmal überall um uns herum war?«, wollte er wissen.

»Am besten, ihr setzt euch«, schlug Jason vor und zeigte auf die Sitzecke. Die Mitglieder der zweiten Gruppe nahmen Platz. Bis auf Wilson und Benjamin, die es sich schon auf einem der Sofas bequem gemacht hatten und nun sämtliche Lebensmittel vernichteten, die auf dem Tisch standen. Als alle ihren Hunger und Durst ausreichend gestillt hatten, erzählten wir ihnen, was geschehen war.

Kapitel 9

»Wir sollten schleunigst zusehen, dass wir diesen Raum wieder verlassen. Wer weiß, welche Gefahren hier noch auf uns lauern«, schlug Christian vor und erntete allgemeine Zustimmung.

»Wir können es versuchen, aber letztlich ist es allein die Entscheidung des Hauses, ob es uns den Weg zurück in den Gang freigibt«, erklärte Jason. »Und glaubt bitte nicht, dass es in den anderen Zimmern einfacher werden wird«, fügte er mahnend hinzu.

Mona seufzte. »Wenn hinter jeder Tür eine so große Welt liegt, wie sollen wir dann diesen dämlichen Schlüssel finden? Er könnte doch überall sein. Vielleicht hängt er an einem Ast im Wald oder liegt auf dem Grund des Flusses. Wir werden Jahre brauchen, um ihn aufzuspüren.« Ihre Stimme zitterte und sie sah plötzlich so hilflos aus, dass ich den Arm um ihre Schultern legte und sie an meine Seite zog.

Es war seltsam, meine Freundin so zerbrechlich und verzweifelt zu sehen. Mona, die sonst so selbstbewusst war und für jedes Problem stets eine Lösung parat hatte.

»Mit Jansons Hilfe müssen wir wenigstens nicht den ganzen Weg zum Ausgang laufen«, meinte Chris sichtlich erleichtert.

»Jason! Ich heiße Jason und nicht Janson! Es kann doch nicht so schwer sein, sich meinen Namen zu merken«, beschwerte sich der blonde Mann kopfschüttelnd.

»Wie auch immer«, murmelte Chris und legte nachdenklich die Stirn in Falten. »Wir sollten uns genügend Proviant einpacken und dann von hier abhauen.«

»Können wir nicht wenigstens noch eine Nacht bleiben?«, erkundigte sich Naomi und fuhr David zärtlich durchs Haar. Dabei warf sie ihm einen vielsagenden Blick zu. Wieder spürte ich diesen stechenden Schmerz in meinem Herzen und zugleich unendliche Wut. Zu meinem Erstaunen reagierte David nicht auf ihre plumpe Anmache, sondern ignorierte sie.

»Wir sind doch nicht hier, um Urlaub zu machen. Je früher wir diesen Schlüssel finden und diesen Ort verlassen, desto besser«, intervenierte Sean.

Er erntete zustimmendes Murmeln und Kopfnicken. Auch ich wollte nichts lieber, als wieder zurück in die sichere und vertraute Umgebung des *Woodland College.* Weshalb hatte ich mich nur auf diese dämliche Idee eingelassen?

»Ich möchte aber noch nicht gehen«, schmollte Naomi mit vorgeschobener Unterlippe und sah dabei selten dumm aus.

»Dann stimmen wir einfach ab«, schlug ich spontan vor. Ich war mir sicher, dass niemand sonst den Drang verspürte, länger als nötig hier zu bleiben. Wieder warf die Vampirin mir einen vernichtenden Blick zu, den ich mit einem süffisanten Lächeln quittierte. »Wer ist dafür, dass wir so schnell wie möglich verschwinden?«, fragte ich in die Runde. Spontan schossen alle Hände nach oben, bis auf die von Naomi. Sogar David stimmte gegen sie, wie ich erstaunt zur Kenntnis nahm. Ich hatte angenommen, dass er sich auf Naomis Seite stellen würde und sah ihn verblüfft an. Was für eine Überraschung.

»Gut, dann wäre das auch erledigt«, sagte Chris.

»Aber was ist mit dem Schlüssel?«, warf Mona ein.

»Was soll schon damit sein?«, entgegnete Jason. »Im Gegensatz zu uns damals müsst ihr nur einen Gegenstand finden, und dies hier war das erste Zimmer, das ihr betreten habt. Ich würde vorschlagen, wir sehen uns in den anderen Räumen um und beten, dass er irgendwo dort versteckt ist. Sollten wir ihn nicht finden, können wir ja zurückkommen.«

»Geht das denn? Ich meine, kann man erneut in einen Raum gehen, den man schon verlassen hat?«, erkundigte sich Sarah und strich sich eine schwarze Haarsträhne hinters Ohr. Alle sahen gespannt zu Jason.

Der zuckte mit den Schultern. »Keine Ahnung.«

»Darüber können wir uns Gedanken machen, wenn es so weit ist«, brummte Chris. »Jetzt sollten wir alles einpacken, was wir brauchen können, und anschließend kann Janson uns zum Ausgang teleportieren.«

»Jason! Mein Name ist Jason. Sag mal, machst du das absichtlich?«

»Jason oder Janson, das ist doch Jacke wie Hose«, bemerkte Chris mürrisch und tat den Einwand mit einer Handbewegung ab.

Er wies jedem von uns eine Aufgabe zu, und niemand beschwerte sich, dass Chris die komplette

Planung an sich gerissen hatte. Ganz im Gegenteil. Es kam mir so vor, als wären alle froh, dass es jemanden gab, der ihnen sagte, was zu tun war.

Mona und ich waren dafür verantwortlich, dass genügend Taschenlampen, Ersatzbatterien und Kerzen eingepackt wurden. Nachdem uns Jason kurz erklärt hatte, wo wir all diese Gegenstände finden würden, machten wir uns auf den Weg.

»Hätte ich gewusst, welche Gefahren hier im Haus auf uns lauern, hätte ich niemals diesen verflixten Zauber gewirkt«, murmelte sie, während ich ein Bündel Kerzen aus der Schublade einer Kommode nahm und sie in unseren Rucksack warf. Ich sah sie mit hochgezogenen Brauen an.

»Du hast doch gelesen, was den Schülern zugestoßen ist, die glaubten, sich mit dem Haus anlegen zu können. Und ich habe dich mehr als nur einmal gewarnt, aber du wolltest ja nicht auf mich hören«, entgegnete ich.

»Ja, schon, aber ich dachte, die haben alle etwas übertrieben«, gab sie zerknirscht zu und versuchte vergeblich, ihren blonden Pagenkopf im Nacken zu einem Zopf zu binden.

»Ist ja egal«, meinte ich. »Wir können jetzt nicht mehr ändern, was geschehen ist, und sollten uns nur noch darauf konzentrieren, dass wir hier lebend rauskommen.«

Mona nickte, zog eine Packung Batterien aus einem Schubfach und hob sie triumphierend in die Höhe. »Hab sie gefunden«, flötete sie erfreut.

»Prima, dann lass uns wieder zurückgehen«, schlug

ich vor. Auch wenn Jason mir versichert hatte, dass in dieser Burg keinerlei Gefahren lauerten, so war mir doch ein wenig unbehaglich zumute, als wir alleine durch die einsamen Gänge streiften. Auf dem Rückweg kam uns David entgegen. Er hatte die Stirn sorgenvoll in Falten gelegt, doch als er uns erblickte, glätteten sich seine Züge.

»Da seid ihr ja«, rief er sichtlich erleichtert.

»Hattest du Angst, wir verschwinden heimlich?«, erkundigte sich Mona kichernd.

»Ich habe mir Sorgen gemacht«, gab er zu. Ich sah mich suchend um. Wo war denn Naomi? Sie ließ ihn doch sonst nicht aus den Augen und hing wie eine Klette an ihm.

»Ganz allein?«, fragte ich spöttisch.

Er ignorierte meine Stichelei. »Die anderen warten schon auf euch«, sagte er stattdessen.

»Und da haben sie ausgerechnet dich geschickt, um uns zu suchen?«

»Hast du ein Problem damit?«, wollte er wissen und klang jetzt leicht ärgerlich.

Ich schnaubte laut, antwortete aber nicht. Als seine hellgrünen Augen mich aufmerksam musterten, wandte ich den Blick ab.

»Möchtet ihr euch noch ein wenig länger angiften, oder machen wir uns auf den Weg?«, erkundigte sich Mona und sah abwechselnd von mir zu ihm. Ich packte sie am Ärmel ihres Shirts und zog sie mit mir, vorbei an David, der uns in einigem Abstand folgte.

»Was ist denn los mit euch beiden?«, flüsterte Mona mir zu, während wir den Gang entlangeilten.

»Nichts«, blaffte ich sie an.

»Red keinen Scheiß. Sogar ein Blinder würde sehen, dass es zwischen euch knistert.«

»Blödsinn.«

»Wenn du meinst«, sagte sie seufzend.

Zum Glück kamen wir genau in diesem Moment im Wohnzimmer an, und ich musste meiner Freundin nicht mehr antworten.

»Da seid ihr ja endlich«, rief Sean erleichtert und musterte Mona von oben bis unten, als befürchte er, sie könnte sich verletzt haben. Himmel, war der Typ verknallt.

»Hat jeder das besorgt, was ich ihm aufgetragen habe?«, erkundigte sich Chris streng.

»In dem Kerl steckt ein kleiner Diktator«, flüsterte Mona mir zu.

»Mona, Lucy, habt ihr die Taschenlampen, Kerzen und Batterien?«, fragte Chris mit finsterem Gesichtsausdruck.

»Jawoll, Sir! Haben alles gefunden, Sir«, rief Mona und salutierte.

Chris schüttelte seufzend den Kopf, so wie man es bei Kleinkindern tut, die etwas angestellt haben, denen man aber nicht böse sein kann. »Dann sollten wir uns auf den Weg machen«, entschied er.

»Moment noch«, rief David und kam langsam auf mich zu. Ich versteifte mich. Was hatte er jetzt schon wieder für ein Problem? Als er direkt vor mir stehen blieb, hielt ich den Atem an. David sah mir einige Sekunden lang in die Augen. Unter seinem eindringlichen Blick war mir plötzlich recht seltsam zumute.

Als er mich unvermittelt in den Arm nahm und an sich drückte, war ich wie versteinert. Was sollte das denn?

»Alles Gute zum Geburtstag«, raunte er mir ins Ohr und berührte dabei mit seinen Lippen flüchtig meinen Hals.

Ein wohliger Schauer lief mir über den Rücken, und an meinem ganzen Körper bildete sich eine feine Gänsehaut.

Als er mich wieder aus seiner Umarmung freigab, war ich immer noch völlig verdattert und brachte lediglich ein lahmes »Danke« über die Lippen. Ich warf einen verstohlenen Blick auf meine Armbanduhr und stellte zu meinem Erstaunen fest, dass es bereits kurz nach Mitternacht war. In der realen Welt jedenfalls. Hier schien die Sonne, und es war helllichter Tag. Ein seltsames Gefühl.

Sofort fiel mir Mrs Jackson, unsere Rektorin, wieder ein. Eigentlich sollte ich jetzt bei ihr sein. Ob sie sich Sorgen machte und mich suchte? Ich seufzte und verdrängte den Gedanken an meine verpasste Verabredung, schließlich konnte ich es nicht ändern.

Stattdessen konzentrierte ich mich wieder auf David. Dass ausgerechnet er es gewesen war, der an meinen Geburtstag gedacht hatte, erstaunte mich doch sehr.

Und ich freute mich darüber wie ein kleines Kind, denn das war der Beweis, dass ich ihm nicht gleichgültig war.

Doch ich wollte es ihm nicht zeigen und versuchte ein glückliches Grinsen zu unterdrücken.

Mona kam sofort auf mich zugestürzt und fiel mir jauchzend um den Hals.

»Alles Liebe zum Geburtstag und willkommen bei den Volljährigen! Dein Geschenk liegt in unserem Zimmer. Du bekommst es, sobald wir wieder zurück sind.«

»Falls uns das jemals gelingen wird«, brummte ich in meinen nicht vorhandenen Bart. Dann kamen auch meine anderen Mitschüler und sprachen mir nacheinander ihre Glückwünsche aus. Tim umarmte mich und drückte mir einen Kuss auf den Mund, Sarah segnete mich mit Gesundheit, und Chris klopfte mir flüchtig auf die Schulter und wünschte mir alles Gute.

Irgendwie war mir das ganze Getue peinlich, zumal wir uns gerade in einer Welt befanden, die überaus gefährlich war.

Wir wussten ja nicht einmal, ob wir den Schlüssel jemals finden würden. Es fühlte sich auch gar nicht so an, als wäre heute mein Ehrentag. Vielleicht war es ja auch mein letzter Geburtstag.

»So, genug Zeit mit Glückwünschen verplempert«, entschied Chris. Unter normalen Umständen hätte ich ihn für diesen Spruch erwürgen können, jetzt aber war ich froh, dass er dem Ganzen ein Ende bereitete.

»Wer will zuerst?«, fragte Jason und sah erwartungsvoll in die Runde.

Benjamin trat vor. »Einer muss ja den Anfang machen«, sagte er und reichte Jason seine Hand. Kaum hatte der zugegriffen, knallte es, und die beiden waren verschwunden. Chris deutete auf mich.

»Du bildest das Schlusslicht, da Jason mit Sicherheit etwas von deiner Energie benötigt, um uns alle zum Ausgang zu transportieren«, befahl er. Ich nickte ergeben.

Bei dem Gedanken, noch einmal eine Menge Kraft zu verlieren und mich danach wie ein ausgewrungener Waschlappen zu fühlen, seufzte ich. Jason hatte mir erklärt, dass diese Ermüdungserscheinungen mit der Zeit nachlassen würden.

Je besser ich meine Gabe zu beherrschen wüsste, desto weniger Nebenwirkungen würde ich spüren. Jason wusste viel über die verschiedenen Begabungen. Kein Wunder, schließlich lebte er schon lange in dieser Welt und hatte genügend Zeit darauf verwendet, sich durch die umfangreiche Bibliothek zu arbeiten.

So setzte ich mich also auf einen der gemütlichen Sessel und beobachtete, wie Jason einen nach dem anderen zum Ausgang teleportierte. Ich drückte mich tief in die weichen Polster und genoss das Gefühl. Womöglich würde ich so bald nicht mehr die Gelegenheit haben, in einem Sessel zu sitzen.

Als außer mir nur noch David und Tim übrig waren, benötigte Jason ein wenig von meiner Energie. Nachdem er sich genommen hatte, was er brauchte, fühlte ich mich zwar etwas schlapp, aber es war nicht so schlimm wie beim letzten Mal.

»Du gehst als Nächster«, sagte Tim. David sah ihn stirnrunzelnd an.

»Fängt das schon wieder an? Ich bleibe, und du gehst«, widersprach er.

Tim begann, sich gerade aufzuplustern wie ein Vogel in der Mauser, als ich die Hand hob. »Hört auf damit!«, fauchte ich, denn das Reviergerangel der beiden ging mir tierisch auf die Nerven. »Jason soll dich mitnehmen und anschließend David«, sagte ich an Tim gerichtet. Der schien nicht sehr begeistert darüber zu sein, protestierte jedoch nicht.

Nachdem Jason und Tim sich in Luft aufgelöst hatten, kam David erneut auf mich zu. Er griff in seine Hosentasche und zog ein kleines, in roten Stoff gewickeltes Päckchen hervor, das er mir reichte. Von der Größe und Form erinnerte es mich an ein Schmucketui.

»Was ist das?«, wollte ich argwöhnisch wissen.

»Ein Geburtstagsgeschenk. Happy Birthday. Tut mir echt leid, dass dieser Tag bei all dem Stress so untergeht.«

Sprachlos sah ich auf das Geschenk in meiner Hand. Mit allem hatte ich gerechnet, aber nicht damit, dass David mir etwas zum Geburtstag schenkte. Ich wusste langsam wirklich nicht mehr, was ich von ihm halten sollte. Mir lag schon ein patziges »Was soll das?« auf der Zunge, doch dann besann ich mich eines Besseren. Er sah mich so erwartungsvoll an, dass ich es nicht übers Herz brachte, ihn derart anzufahren.

»Ich ... also ... vielen Dank«, stammelte ich stattdessen ein wenig unbeholfen. Sein Lächeln ließ mich erneut dahinschmelzen.

»Du musst dich nicht bedanken, es ist nur eine Kleinigkeit. Nichts Besonderes«, erklärte er.

Für mich war es etwas Besonderes, aber das sagte ich ihm nicht. Schließlich war er mit Naomi zusammen, und es stand mir nicht zu, mir Hoffnungen zu machen. Ob sie wusste, dass er mir etwas schenkte? Wohl eher nicht. Allerdings sollte ich in diese nette Geste wohl lieber nicht zu viel hineininterpretieren. Als es erneut laut knallte, ließ ich das Päckchen rasch in meiner Hosentasche verschwinden.

»Los geht's«, rief Jason gut gelaunt und reichte David die Hand.

»Wir sehen uns gleich«, sagte David und zwinkerte mir zu, dann verschwanden die beiden.

Ich zog das Geschenk wieder hervor und entfernte den Stoff. Viel Zeit würde mir nicht bleiben, bevor Jason zurückkam, um auch mit mir zum Ausgang zu springen. Wie ich vermutet hatte, handelte es sich um ein kleines, quadratisches Schmucketui. Für einen Augenblick hielt ich erschrocken den Atem an.

Schenkte David mir womöglich Schmuck? So etwas tat man doch nur, wenn man zusammen war. Mit laut hämmerndem Herzen klappte ich den Deckel des Kästchens nach oben.

Mein Blick fiel auf einen breiten Bandring, der, soweit ich es beurteilen konnte, aus Silber gefertigt war. Er war grob gearbeitet, so als wäre dem Produzenten nur wenig Zeit geblieben, um das Schmuckstück fertigzustellen.

Doch das wirklich Faszinierende waren die unzähligen Zeichen, die innen in den Ring eingraviert worden waren. Die meisten hatte ich noch nie zuvor gesehen, nur einige kamen mir bekannt vor.

Es handelte sich dabei um Schutzglyphen, die den Träger vor allen möglichen Gefahren bewahren sollten. Ich hatte sie schon einmal in Monas Hexenbüchern gesehen. Sobald man einen solchen Ring anlegte, kamen die Zeichen mit der Haut in Berührung und der Schutz wurde aktiviert.

Für jeden Außenstehenden schien es sich um einen ganz gewöhnlichen Ring zu handeln, da niemand die Glyphen sehen konnte.

Was für ein aufmerksames und wertvolles Geschenk. Zutiefst gerührt drehte ich das Schmuckstück langsam zwischen meinen Fingern und bestaunte die einzelnen Zeichen. Ob David ihn selbst hergestellt hatte? Bei dem Gedanken beschleunigte sich mein Puls ein weiteres Mal, und ein wohliges Gefühl breitete sich in meinem Magen aus.

Es knallte. Erschrocken schob ich mir den Ring über den Finger. Er passte wie angegossen.

»Ich könnte für diesen letzten Sprung einen kleinen Energieschub vertragen«, meinte Jason und wirkte dabei etwas peinlich berührt. Anscheinend war es ihm überaus unangenehm, mich erneut um meine Kraft zu bitten.

Doch dank der Hochstimmung, in die mich Davids Geschenk versetzt hatte, reichte ich ihm breit grinsend die Hand.

»Nimm dir so viel, wie du benötigst. Es wäre nur toll, wenn ich anschließend noch aufrecht stehen könnte«, bat ich ihn lächelnd. Mein Blick fiel auf den Ring an meiner Hand, und ich begann zu kichern.

Jason neigte den Kopf etwas zur Seite und musterte

mich besorgt. »Ist mit dir alles in Ordnung? Hab ich dir vorhin zu viel Energie abgezogen?«

»Nein, mir geht es prima«, versicherte ich ihm und kicherte erneut. Ich fand es ja auch albern, aber es sprudelte einfach so aus mir heraus.

»Bist du dir sicher?«, hakte er nach.

Ich biss mir auf die Innenseite meiner Wange. Es half. »Ganz sicher. Jetzt nimm, was du brauchst, und dann bringst du uns zum Ausgang.«

Kapitel 10

Lautes Jubeln ertönte. Sarah fiel Jason um den Hals und weinte vor Glück. Benjamin und Wilson klatschten sich ab und grinsten. Sean packte Mona an den Hüften und wirbelte sie laut lachend durch die Luft. Schmunzelnd beobachtete ich meine Freunde, die ihre Erleichterung, dass wir diesen Raum hinter uns gelassen hatten, nicht verbergen konnten.

»Eigentlich ist es ein kleines Wunder«, stellte Jason anerkennend fest, nachdem er sich aus Sarahs Klammergriff gelöst hatte. Er sah sich neugierig im Flur um. Ich hatte keine Ahnung, was er damit meinte.

Nachdem er mich zum Ausgang transportiert hatte und wir vollzählig waren, traten wir gemeinsam vor die Tür, die sich daraufhin tatsächlich öffnete, sodass wir diese Welt unbehelligt verlassen konnten. Insgeheim hatte ich nicht damit gerechnet und war umso erleichterter, als wir uns wieder auf dem Flur befanden.

»Was meinst du?«, fragte Sean, den ebenfalls zu interessieren schien, was genau Jason als kleines Wunder bezeichnete.

»Dass ihr noch alle am Leben seid«, antwortete der. »Wir haben damals in jedem Zimmer einen oder mehrere Freunde verloren.«

»Wollen wir hoffen, dass es so bleibt«, murmelte Benjamin.

»Und wie geht es jetzt weiter?«, erkundigte sich Mona. Alle blickten zu Chris, der mittlerweile in stillschweigendem Einvernehmen mit der Gruppe den Part des Anführers übernommen hatte.

Ich lehnte mich an die kalte Steinwand und ließ meiner Fantasie freien Lauf. Ich versuchte mir vorzustellen, was sich wohl hinter den verbliebenen beiden Türen verbarg.

Vielleicht etwas noch gefährlicheres, als der tödliche Nebel? Dann schweifte mein Blick zum Ende des Flurs, wo sich der Ausgang befand. Ich starrte auf die rote Tür, die weder eine Klinke noch ein Schloss besaß. Beides, so vermutete Mona, würde erscheinen, sobald wir den gesuchten Schlüssel gefunden hätten. Was wohl passieren würde, wenn man versuchte, die Tür mit Gewalt aufzubrechen?

Gedankenverloren drehte ich den Ring an meinem Finger, bis mich ein Räuspern aus meinen Gedanken riss. Ich hob den Kopf und sah direkt in Davids grüne Augen. Sein Blick wanderte zu meiner Hand, und ein zufriedenes Lächeln legte sich auf seine Lippen, als er den Ring sah.

»Danke für das Geschenk, er ist toll«, flüsterte ich gerade so laut, dass nur er mich verstehen konnte.

»Gern geschehen. Es freut mich, dass er dir gefällt und du ihn tatsächlich trägst«, entgegnete er mit seiner melodischen Stimme.

»Ich kenne nicht alle Zeichen, die eingraviert sind, aber bei einigen handelt es sich um Schutzzauber, nicht wahr?«

»Alle Glyphen darauf sollen dich beschützen.

Manche sind sehr alt und machtvoll«, antwortete er. In diesem Moment kam Naomi. Gut gelaunt legte sie beide Arme um seinen Nacken.

»Wer ist alt und machtvoll?«, erkundigte sie sich neugierig.

Verflixte Vampire mit ihrem ausgeprägten Gehörsinn. Abgesehen davon war Naomis Gespür für den unpassendsten Zeitpunkt wirklich unglaublich. Sie drehte den Kopf und erkannte, dass David sich mit mir unterhalten hatte. Angewidert verzog sie das Gesicht.

»Was will die denn schon wieder hier?«

»Hast du ein Problem damit?«, fauchte ich.

»Allerdings«, knurrte sie drohend und machte einen Schritt auf mich zu. Ich wich nicht zurück, sondern hielt ihrem eisigen Blick stand. Außerdem konnte ich gar nicht zurückweichen, schließlich lehnte ich bereits an der Wand.

David packte sie am Arm und zog sie zur Seite. »Hör auf, Naomi, das nervt langsam.« Sie sah ihn erstaunt an. »Wie du meinst«, entgegnete sie dann äußerst zickig, machte auf dem Absatz kehrt und ging beleidigt zu den anderen. Die stritten sich gerade darüber, welche Tür sie als Nächstes öffnen sollten.

»Tut mir leid«, murmelte David und es klang tatsächlich so, als wäre ihm Naomis ständiges Gestänker peinlich.

Ich biss mir nachdenklich auf die Unterlippe, während ich ihn möglichst unauffällig musterte. Sein schwarzes Haar wirkte leicht zerzaust und kringelte sich an den Spitzen zu sanften Locken. Auf der Burg hatte er sich von Jason eine alte Jeans und ein dunkelgraues Shirt geliehen, unter dem die Konturen seiner Brust gut zu erkennen waren. Ich schmachtete ihn leicht seufzend an.

David hatte definitiv eine Traumfigur. Jedenfalls, wenn ich meine Maßstäbe zugrunde legte. Er war nicht zu aufgeblasen, aber doch durchtrainiert. Wie es sich wohl anfühlte, seine Haut zu streicheln? Ich glotzte ihn an und lächelte dabei versonnen.

»Was ist los?«, wollte er wissen. Sein verschmitztes Schmunzeln verriet mir jedoch, dass er meine ausführliche

Inspektion genau mitbekommen hatte. Und mein dämlicher Gesichtsausdruck zeigte ihm nur zu deutlich, dass er diese Musterung mit Bravour bestanden hatte.

»Nichts«, antwortete ich und lief dunkelrot an.

Zum Glück hob Chris genau in diesem Augenblick die Hand und rief: »Alle mal herhören. Die meisten von uns sind dafür, dass unser nächstes Ziel dieser Raum ist.« Er deutete auf die mittlere der drei Türen, die direkt neben jener lag, aus der wir gerade erst gekommen waren. »Wenn jemand etwas dagegen einzuwenden hat, soll er es jetzt sagen.« Er sah abwartend in die Runde.

Ich zuckte mit den Achseln, denn mir war völlig egal, welche Tür wir öffneten. Fakt war doch, dass keiner von uns eine Ahnung hatte, was sich dahinter befand. Der blonde Hüne Chris nickte zufrieden, als niemand widersprach.

»Sehr schön! Dann lasst uns mal sehen, was uns erwartet«, sagte er, schulterte seinen Rucksack und legte die Hand auf die Klinke. Er warf einen letzten bedeutungsvollen Blick in die Runde, dann öffnete er die Tür.

»Was soll denn die Scheiße?«, rief Wilson bibbernd, wobei eine kleine Nebelwolke vor seinem Mund schwebte.

»Ich friere mir gerade den Arsch ab«, bemerkte Benjamin und schlang die Arme um seinen Oberkörper.

Nachdem wir in den finsteren Raum getreten waren und Chris die Tür geschlossen hatte, fanden wir uns auf einer Waldlichtung wieder. Es war Nacht, und der Vollmond, der direkt über uns am Himmel stand, tauchte die Umgebung in ein unwirkliches bläuliches Licht.

Wir konnten alles gut erkennen, denn der Boden war mit Schnee bedeckt und reflektierte das Mondlicht.

Immer wenn wir einen Schritt machten, knirschte es lautstark unter unseren Füßen.

»Hier frieren wir uns zu Tode«, bemerkte Mona. Ihre Zähne klapperten so laut aufeinander, dass man sie kaum verstand.

»Zieht eure Jacken über«, befahl Chris. »Wenn ihr keine eingepackt habt, dann wickelt die Decken um euch.«

Sofort warfen alle ihre Rucksäcke auf den Boden und begannen, hastig darin herumzuwühlen.

Kurze Zeit später hatte jeder etwas übergezogen

oder sich in eine Decke gehüllt.

»Was ist das für ein Ort?« Sarah sah sich aufmerksam um.

»Ich würde mal sagen, ein winterlicher Wald«, antwortete Benjamin.

»Das ist mir klar«, zischte die Heilerin ihn unwirsch an.

»Sicherlich kein normaler Wald, wie wir ihn kennen, aber das werden wir früh genug herausfinden«, murmelte David.

Diese Befürchtung hatte ich auch. Schließlich befanden wir uns im Haus der Angst.

Hier gab es keine gewöhnlichen Orte, überall lauerte Gefahr.

»Und was machen wir jetzt?«, erkundigte sich Sarah und zog die Decke noch fester um sich.

»Den Schlüssel suchen, was sonst?«, entgegnete Mona. Sie drehte sich um die eigene Achse und inspizierte die Umgebung. Dabei knabberte sie nachdenklich auf ihrer Unterlippe herum. »Aber wo sollen wir anfangen? Hier sieht alles gleich aus.«

»Vielleicht sollten wir uns wieder aufteilen?«, schlug Wilson vor.

»Du spinnst wohl! Hast du vergessen, was das letzte Mal geschehen ist?«, protestierte Tim.

»Was ist denn passiert?«, konterte Wilson patzig. »Gar nichts! Niemandem ist etwas zugestoßen.«

»Wir teilen uns nicht noch einmal in Gruppen auf«, entschied Chris resolut. Sein harscher Ton ließ keinerlei Zweifel daran, dass er darüber nicht weiter diskutieren würde.

»Macht doch, was ihr wollt«, brummte Wilson beleidigt.

»Ich schlage vor, wir gehen nach Osten«, schlug Chris vor und zeigte in eine Richtung Ich folgte seinem Finger mit den Augen und fragte mich, ob dort wirklich Osten lag. Ich selbst hatte keinen blassen Schimmer, was eigentlich ganz schön peinlich war. Man sollte doch zumindest wissen, wo die verschiedenen Himmelsrichtungen lagen. Egal ob bei Tag oder bei Nacht. Alle schnallten sich wortlos ihren Rucksack auf den Rücken, und als Chris das Zeichen gab, marschierten wir los.

»Ich hoffe, wir verlassen diesen Raum bald wieder. Ich friere mir hier sämtliche Körperteile ab, und meine Füße spüre ich auch nicht mehr«, beklagte sich Mona schlotternd.

Mir ging es ähnlich. Meine Zehen fühlten sich an, als wären sie bereits abgestorben, und meine Finger waren mittlerweile steif gefroren. Wenn ich die eiskalte Luft etwas zu tief einatmete, kam es mir vor, als ob meine Lungen jeden Moment explodieren würden. Das Schlimmste aber war meine tiefgekühlte Jeans, die bei jedem Schritt gegen meine nackten Oberschenkel schlug.

»Ist dir kalt?«, erkundigte sich David, der die ganze Zeit hinter uns gegangen war und nun zu mir aufgeschlossen hatte.

»Kalt ist leicht untertrieben«, gab ich zurück und unterstrich meine Aussage mit lautem Zähneklappern. Ich warf einen Blick über die Schulter, um nach Naomi Ausschau zu halten. Ihr gefiel es bestimmt nicht, dass ihr Liebster sich mit mir unterhielt. Zu meiner Verwunderung konnte ich sie nirgendwo entdecken. Als ob David meine Gedanken gelesen hätte, beugte er sich zu mir und klärte mich auf.

»Sie sieht sich nur ein wenig um. Genau wie Jason.« Jetzt, wo er es sagte, fiel mir auf, dass Jason ebenfalls fehlte.

»Ganz schön leichtsinnig, sich von der Gruppe zu entfernen«, stellte ich fest.

David lächelte. »Naomi ist ein Vampir. Das heißt, sie ist unglaublich schnell und übermenschlich stark. Ihr wird nichts passieren. Und Jason kann sich innerhalb von Sekunden wieder zu uns teleportieren, falls ihm Gefahr droht. Hier!« Er hatte seine Jacke ausgezogen und reichte sie mir. Ich sah ihn mit großen Augen an. Darunter trug er nur sein dunkelgraues Shirt. Ohne seine Jacke würde er sich binnen kürzester Zeit den Tod holen.

»Auf gar keinen Fall!«, rief ich entsetzt, griff das Kleidungsstück und legte es ihm schnell wieder über die Schultern. »Das ist lieb gemeint, aber ich komme schon klar. Womit ich allerdings nicht klarkäme, wäre, wenn du meinetwegen erfrierst. Also bitte tu mir den Gefallen, und zieh die Jacke wieder an. Sofort!«, befahl ich streng.

Grinsend tat er, was ich von ihm verlangte. Er zog den Reißverschluss ganz hoch und klappte den Kragen nach oben. »Du würdest mich also vermissen, wenn ich erfrieren würde«, stellte er mit einem schelmischen Lächeln fest. Ich verdrehte die Augen und durchwühlte mein Hirn nach einer schlagfertigen

Antwort, als plötzlich rechts von uns im Wald ein tiefes Knurren erklang. Es war so laut, dass alle es gehört hatten. Wie auf Kommando blieb die ganze Gruppe stehen.

»Was war das?«, fragte Sarah ängstlich.

»Keine Ahnung«, antwortete Chris leise. »Aber vermutlich nichts Gutes. Sucht sofort hinter einem der Bäume Schutz!«

Wir wuselten planlos umher, und es dauerte eine halbe Ewigkeit, bis jeder von uns hinter einem Baum verschwunden war. Ich hatte mir einen ganz besonders dicken ausgesucht. Doch ich war dort nicht allein in Deckung gegangen. David kauerte neben mir am Boden.

»Hier gibt es wirklich genügend Bäume. Hast du keinen eigenen gefunden?«, flüsterte ich und versuchte, mich so klein wie möglich zu machen. Unbewusst hielt ich die Luft an und zog den Bauch ein, in der Hoffnung, so noch schmaler zu werden.

»Ich wollte dich nicht allein lassen«, gestand er. Für einen Moment war ich gerührt und sprachlos zugleich. Ich fühlte mich ein bisschen wie eine hilflose Jungfrau aus dem Mittelalter. Wobei ich längst keine Jungfrau mehr war.

Ich blickte zu David, der angestrengt auf das Waldstück sah, von dem aus das grausige Knurren zu uns drang. Mittlerweile war es lauter geworden, was wahrscheinlich bedeutete, dass der Verursacher sich uns näherte.

»Was könnte das sein?«, erkundigte ich mich flüsternd.

Jetzt drehte David den Kopf und sah mich an. »Schwer zu sagen, aber ich tippe stark auf einen Werwolf.« Als er meine weit aufgerissenen Augen sah, fügte er hinzu: »Du musst keine Angst haben. Ich werde nicht zulassen, dass dir etwas geschieht.«

Ein leiser Pfiff erklang. Gleichzeitig sahen wir zu einem Baum, der nur ein paar Meter von unserem entfernt war. Chris wedelte hektisch mit den Armen.

»Du bleibst hier«, wies David mich an. Bevor ich widersprechen konnte, war er aufgesprungen und rannte hinüber. Auch Tim, Sean und die Zwillinge waren zu Chris geeilt und lauschten nun angespannt seinen Anweisungen. Es schien, als würden sie ihr weiteres Vorgehen planen.

Ich sah mich unterdessen suchend nach Mona um und entdeckte sie gar nicht weit von mir. Als ich zudem Sarah erkannte, die sich ängstlich an Monas Arm festklammerte und mit weit aufgerissenen Augen in den Wald spähte, beruhigte ich mich ein wenig. Wenigstens war meine Freundin nicht allein, auch wenn Sarah momentan keine große Hilfe war. Es sei denn, man war verletzt.

In diesem Fall war ihre Gabe, von unschätzbarem Wert. Zum Glück hatten wir ihre Fähigkeit als Heilerin bisher noch nicht in Anspruch nehmen müssen, und ich betete, dass dies auch nicht notwendig sein würde.

Erneut huschte mein Blick zu den Jungs, die genau in diesem Augenblick entschlossen nickten und sich wieder auf ihre ursprünglichen Plätze begaben.

»Alles in Ordnung? Was habt ihr besprochen?«,

erkundigte ich mich neugierig, als David neben mir in die Hocke ging.

»Wir haben unseren Angriff koordiniert, nur für den Fall, dass uns von diesem Wesen Gefahr droht«, antwortete er. »Und jetzt sei still.«

Den Bruchteil einer Sekunde später erklang ein ohrenbetäubendes Brüllen. So laut, dass ich glaubte, es würde in meinen Knochen vibrieren. Vorsichtig lugte ich seitlich am Baumstamm vorbei, als ich plötzlich das Ding sah, das mit gefletschten Zähnen und leuchtend roten Augen direkt auf mich zugestürzt kam. Ich war wie versteinert. Das Blut gefror mir in den Adern, und ich war nicht fähig, mich auch nur einen Millimeter zu bewegen. Das Wesen war meiner Schätzung nach weit über zwei Meter groß. Wenn es sich auf allen Vieren fortbewegte, so wie jetzt, war es nicht ganz so riesig, doch sobald es aufrecht ging, was es zwischendurch immer wieder tat, war es gigantisch.

Sein kompletter Körper war mit Fell bedeckt, genauso wie der Kopf. Nur im Gesicht erkannte ich einige Stellen mit kahler Haut, was seinem Aussehen etwas Menschliches verlieh. Dieses Wesen wirkte wie eine Mischung aus all den unterschiedlichen Werwölfen, die ich jemals in Filmen oder Serien gesehen hatte.

Doch das Furchterregendste waren die leuchtend roten Augen und das entsetzliche Gebiss mit den langen Fangzähnen, von denen Speichel in zähen Fäden heruntertropfte. Ich war normalerweise kein ängstlicher Mensch, aber jetzt gerade ging mir der

Arsch gehörig auf Grundeis. Trotzdem gelang es mir nicht, den Blick abzuwenden. Ich war schlichtweg fasziniert.

Diese Neugierde war schon immer mein Problem gewesen. Bereits als kleines Mädchen überwog diese Eigenschaft und unterdrückte meine instinktive Angst vor gefährlichen Dingen oder Situationen. Während die anderen Kinder sich in Sicherheit brachten, wenn ein herrenloser Hund mit gefletschten Zähnen auf uns zukam, versuchte ich, das Tier zu erforschen und wagte mich näher heran. Bis mir dieses leichtsinnige Verhalten im Alter von neun Jahren einen schmerzhaften Biss beschert hatte. Ab diesem Zeitpunkt war auch ich etwas vorsichtiger geworden.

Eine starke Hand packte mich an der Schulter und zog mich wieder hinter den Baum, sodass mein Blickkontakt mit dem Werwolf, oder was auch immer es war, unterbrochen wurde.

»Sieh ihm niemals in die Augen, sonst gerätst du in seinen Bann«, warnte mich David eindringlich.

Erstaunt hob ich eine Augenbraue. So etwas gab es tatsächlich? Woher wusste David all diese Dinge?

»Okay«, murmelte ich leise, um ihm begreiflich zu machen, dass ich verstanden hatte.

»Wir werden gleich zuschlagen. Sobald es losgeht, nimmst du die Beine in die Hände und rennst los«, befahl er.

»Losrennen? Wohin denn?«, fragte ich verwirrt und sah mich um.

»Richtung Süden. Mona und Sarah wissen auch

Bescheid. Wir stoßen dann zu euch, wenn das hier vorbei ist.«

Ich sollte nach Süden rennen? Schön und gut, aber wo war Süden? Wir waren nach Osten marschiert, wenn ich mich recht erinnerte, aber jetzt hatte ich völlig die Orientierung verloren. Ich sah hinüber zu Mona und Sarah, die sich immer noch bei meiner Freundin festklammerte. Vielleicht konnte ich anhand ihrer Körperhaltung erkennen, welche Richtung sie einschlagen wollten. Doch die beiden rührten sich nicht von der Stelle. Ich räusperte mich leise.

»Wo ist denn Süden?«, erkundigte ich mich kleinlaut. Meine Güte, war das peinlich.

David sah mich erstaunt an. »Hinter dir«, antwortete er knapp.

Ich nickte und nuschelte ein undeutliches »Danke«.

»Mach dich bereit, es geht gleich los«, warnte David mich. Sein ganzer Körper spannte sich an, wie bei einer lauernden Raubkatze kurz bevor sie ihre Beute angriff. Jetzt schoss das Adrenalin auch durch meine Adern, und ich begriff, dass es jeden Moment ernst werden würde.

Kapitel 11

Wie auf ein heimliches Kommando sprangen Chris, Tim, Sean, David und die Zwillinge hinter ihren Bäumen hervor und setzten ihre gesammelten Kräfte gegen das unheimliche Wesen ein. Fasziniert starrte ich auf die jungen Männer und vergaß dabei völlig, dass ich eigentlich loslaufen sollte. Nur ganz nebenbei nahm ich aus dem Augenwinkel wahr, dass Mona und Sarah nicht so lange zögerten wie ich.

Doch ich war zu gebannt von dem Schauspiel, das sich mir bot. Eigentlich wollte ich ja aufspringen und losrennen, aber meine Beine hatten etwas anderes vor. Ich beobachtete, wie Tim einen Feuerball in seiner Handfläche aufflammen ließ und ihn kraftvoll gegen den Angreifer schleuderte.

Der Werwolf, der sich jetzt wieder auf zwei Beinen fortbewegte, wich jedoch geschickt aus. Es war erstaunlich, wie sich eine so massige Gestalt derart flink bewegen konnte. Sean verwandelte sich in einen monströsen Löwen, der mindestens doppelt so groß war wie ein Handelsüblicher.

Mit aufgestelltem Nackenhaar stellte er sich dem Werwolf in den Weg. Sein Brüllen hallte durch die eisige Nacht und ging mir durch Mark und Bein. Benjamin schleuderte dem Wesen blaue Blitze entgegen, und sein Bruder bediente sich der Telekinese, um dicke Äste und morsche Baumstämme zu bewegen und sie dem Angreifer in den Weg zu werfen.

Aber es war David, der mich komplett in seinen Bann zog, als er seine Gabe einsetzte. Wie ein Racheengel stand er zwischen zwei Bäumen, hatte die Arme ausgebreitet und schoss eine Energiewelle nach der anderen ab.

Wie schon bei seinem Kampf gegen den Nebel konnte man kaum etwas erkennen. Doch wenn man genau hinsah und sich auf die Stelle konzentrierte, sah man ein Flirren in der Luft, wenn der Energieschub seinen Körper verließ und sich explosionsartig ausbreitete. Jedes Mal wenn eine solche Welle auf den Werwolf traf, taumelte dieser einige Schritte zurück. Anschließend schüttelte er benommen den Kopf und griff erneut an, als wäre nichts gewesen.

Als einer von Tims Feuerbällen endlich sein Ziel traf, brüllte das Wesen schmerzvoll auf und warf sich auf den Waldboden, um die Flammen zu ersticken, die sein Fell in Brand gesetzt hatten. Diesen Moment nutzte Sean und stürzte sich knurrend auf das Monster. In dem darauffolgenden Gerangel war es den anderen nicht möglich, einzugreifen, denn sie hätten versehentlich den Gestaltwandler treffen können. Ich hielt vor Anspannung die Luft an.

David schnellte herum. Als er bemerkte, dass ich noch immer hinter meinem Baum kauerte, weiteten sich seine Augen.

In seinem Blick flackerten gleichzeitig Ärger, Sorge und Angst auf.

»Verdammt, Lucy, sieh zu, dass du von hier

verschwindest«, schrie er wütend. Seine Stimme wirkte wie ein Eimer kaltes Wasser.

Ich sprang auf, warf einen letzten Blick in seine Richtung und erstarrte zur Salzsäule. Direkt hinter ihm brach eine ganze Armee Werwölfe aus dem Wald. Es waren zu viele, als dass man sie hätte zählen können. Mein ganzer Körper begann zu zittern, als ich begriff, dass meine Freunde keine Chance gegen diese Überzahl hatten, egal wie stark ihre Fähigkeiten auch waren.

»Zurückziehen!«, hörte ich eine Stimme rufen, und dann packte mich auch schon jemand unsanft am Arm. »Weshalb bist du immer noch hier?«, schrie David aufgebracht und zog mich mit sich.

Alle paar Meter drehte er sich um und schleuderte den Werwölfen eine Energiewelle entgegen. Auch die anderen hatten sich in Bewegung gesetzt und liefen neben uns her.

»Wenn uns nicht bald etwas einfällt, sind wir geliefert«, keuchte Tim. Er wirbelte herum und schoss eine ganze Salve Feuerbälle ab. Keines von seinen Geschossen gelangte auch nur in die Nähe der Werwölfe, und ich fragte mich, ob es daran lag, dass seine Kraft allmählich nachließ. Doch dann erkannte ich, dass er mit seinen Feuerbällen eine Art Barriere geschaffen hatte.

Ein breiter Streifen lodernder Flammen auf dem schneebedeckten Boden versperrte unseren Angreifern den Weg.

»Lucy, ich könnte ein wenig Energie vertragen«, rief Tim mir keuchend zu. Ganz automatisch streckte ich ihm meine Hand entgegen. Das vertraute Kribbeln setzte ein, verbunden mit einem leichten Schwindelgefühl.

Mit etwas Mühe gelang es mir, weiterzulaufen, statt erschöpft auf dem Waldboden in die Knie zu gehen. Anscheinend gewöhnte sich mein Körper langsam an die Energieübertragungen.

Wir rannten weiter. Ich beobachtete, dass ein paar der Werwölfe taumelten oder abrupt stehen blieben und sich verwirrt umsahen. Als ich zu Chris hinüberblickte, wurde mir klar, dass er dafür verantwortlich war. Er setzte seine Gabe ein, um einigen der Kreaturen verschiedene Illusionen vorzugaukeln. Doch da er nicht die Erfahrung und Kraft besaß, die Täuschung auf alle Angreifer zu übertragen, waren es nur verschwindend wenige, die dadurch für kurze Zeit außer Gefecht gesetzt waren.

Mittlerweile war ich völlig außer Atem, und meine Lungen brannten wie Feuer. Lange würde ich dieses Tempo nicht mehr durchhalten, so viel war klar. Sollte ich diesen Angriff wider Erwarten überleben, würde ich endlich anfangen, Sport zu treiben – das schwor ich mir hoch und heilig.

Ich sah mich suchend um, während sich meine Beine von ganz allein weiterbewegten. Ich spürte sie kaum noch, so übersäuert waren meine Muskeln mittlerweile.

»Scheiße, diese Mistviecher versuchen, uns einzukreisen«, schrie Sean aufgebracht. Er hatte sich in seine menschliche Gestalt zurückverwandelt, schien aber jederzeit bereit, diese wieder zu ändern. Ich sah mich um, da ich nicht verstand, was er meinte. Als ich die Werwölfe erblickte, die zu beiden Seiten ausgeschert waren, begriff ich: Sie konnten sich dort schneller fortbewegen, weil sie nicht auf unsere Angriffe achten mussten oder durch Feuerbarrieren aufgehalten wurden.

Wir wussten sofort, was diese Kreaturen vorhatten. Sie wollten sich einen Vorsprung erarbeiten und uns dann von beiden Flanken und von vorn attackieren. Sollte ihnen das gelingen, hatten wir keine Chance mehr, zu entkommen.

Der Abstand zu den Werwölfen, die uns verfolgten, war auch ein wenig geschrumpft, was bedeutete, dass sie an Tempo zugelegt hatten. Wir dagegen wurden immer langsamer.

David, der mein Handgelenk wie einen Schraubstock umklammerte, zog mich hinter sich her. Ohne seine Hilfe wäre ich diesen Bestien schon längst zum Opfer gefallen.

Unsere Freunde liefen jetzt dicht vor uns, was bedeutete, dass wir das Schlusslicht bildeten. Genau genommen war ich die Letzte, da David mich hinter sich herzog. Immer wieder stieß er deftige Flüche aus, wenn er sich umsah.

Gern wäre ich schneller gelaufen, doch es ging einfach nicht. Ich hatte zwar unheimlich lange Beine, aber das hieß nicht automatisch, dass ich auch sportlich war.

Mich würden die Kreaturen also zuerst zu greifen bekommen. Diese Vorstellung machte mir furchtbare Angst, bescherte mir jedoch einen heftigen Adrenalinschub und damit neue Kraft. Das Laufen fiel mir etwas leichter, und es gelang mir tatsächlich, wieder mit David Schritt zu halten.

Ich mochte mir gar nicht ausmalen, was diese Viecher mit uns anstellen würden, wenn sie uns in ihre Klauen bekämen. Es wäre sicher qualvoll und sehr schmerzhaft. Dann lieber einen schnellen Tod im Nebel sterben.

Ganz vorn rannte Christian um sein Leben, dicht gefolgt von Tim, Sean und den ungleichen Zwillingen. Unweigerlich fragte ich mich, wo Mona und Sarah gerade steckten.

Hoffentlich hatten sie sich in Sicherheit bringen können, falls es in diesem Wald überhaupt einen solchen Platz gab. Und wo verdammt noch mal waren Naomi und Jason? Seine Gabe hätten wir jetzt gut gebrauchen können. Während ich rannte und mir dabei tausend Gedanken durch den Kopf schossen, kamen die Werwölfe wieder näher.

Plötzlich flackerte dicht vor uns etwas auf. Ich konzentrierte meinen Blick auf die Stelle und sah, wie Chris für den Bruchteil einer Sekunde in goldenes Licht getaucht war.

Dasselbe passierte, als Sean, Tim und die Zwillinge die Stelle erreicht hatten. Auch ihre Körper flackerten kurz golden auf.

Die anderen schienen genauso verwirrt wie ich und sahen sich fragend an. Dann krallte sich etwas in meinen Rücken und zwang mich, mein Tempo zu verlangsamen. Ich sah über meine Schulter und schrie erschrocken auf, als ich die riesige Klaue erkannte, die jedoch sofort wieder von mir abließ, als Monas Schutzzauber wirkten und das Fell der Bestie in Flammen aufging.

David sah zu mir und blankes Entsetzen spiegelte sich in seinen Zügen. Bevor ich überhaupt begriff, was geschehen war, hob er einen Arm und schleuderte eine mächtige Energiewelle auf unsere Verfolger.

Ich spürte sie wie einen zarten Luftzug auf meinen Körper, während sie an mir vorbeizog. Ein schmerzvolles Aufheulen ertönte dicht hinter mir, wurde aber leiser, je weiter wir uns entfernten. Ich atmete erleichtert auf.

Einen Wimpernschlag später waren auch unsere beiden Körper in goldenes Licht gehüllt. Wir rannten weiter, doch als wir wütendes Gebrüll und laute Explosionen hörten, blieben wir abrupt stehen und drehten uns um.

Mit großen Augen beobachteten wir, wie die ersten Werwölfe die Stelle erreichten, an der das goldene Licht aufgeleuchtet war. Unter heftigen Explosionen zerbarsten ihre Körper in Millionen Teile.

Mein Blick wanderte zum Waldboden, der von roten Blutspritzern übersät war. Es folgten weitere Explosionen in einiger Entfernung. Das mussten die Werwölfe sein, die ausgeschert waren, um uns einzukreisen. Diese Schutzbarriere schien sich durch den ganzen Wald zu ziehen. Wütend knurrend und mit lodernden Augen hielten die anderen Kreaturen inne und streiften an der unsichtbaren Todesmauer entlang, in der Hoffnung, eine Lücke zu finden. Aber immer wenn einer von ihnen einen Versuch wagte, zerbarst er.

»Das muss ein verdammt mächtiger Zauber sein«, stellte Chris in ehrfürchtigem Tonfall fest.

»Ist das Monas Werk?«, fragte Benjamin sichtlich beeindruckt.

David schüttelte den Kopf. »Das glaube ich nicht. Sie ist zwar eine starke Hexe, doch um so einen gewaltigen Zauber zu wirken, muss man ein Meister sein.«

»Wie lange wird er den Werwölfen wohl standhalten?«, wollte Wilson wissen.

»Ewig«, sagte David knapp. »Diese Art Magie kann niemand so schnell brechen.«

Als ich seine Worte hörte, entspannte ich mich ein wenig und atmete erleichtert auf. Wenn ich ihn richtig verstanden hatte, waren wir fürs Erste in Sicherheit, und diese Kreaturen konnten uns momentan nichts anhaben.

Erschöpft stützte ich mich an einem Baumstamm ab, und mein Atem kam langsam wieder zur Ruhe. Doch kaum hatte sich das Adrenalin verflüchtigt, das in den letzten Minuten meinen Körper kontrolliert und angetrieben hatte, trat der Schmerz ein. Zuerst nur ganz leicht, kaum spürbar.

Anfangs fühlte ich nur etwas Warmes auf meiner Haut, das mir den Rücken hinunterlief. Anschließend war da dieses eisige Gefühl, als ich die klirrende Kälte auf der Nässe spürte, und dann dieser unglaubliche Schmerz. Ich schrie auf und ging keuchend in die Knie.

»Lucy?« Davids Stimme drang in mein Bewusstsein, aber mein Rücken tat so unbeschreiblich weh, dass ich sie nur dumpf wahrnahm.

Was um alles in der Welt war mit mir los? Sofort war er bei mir und ließ sich neben mich auf den Boden fallen.

Die Schmerzen waren so stark, wie ich es noch niemals zuvor erlebt hatte. Meine Schulter schien aus purem Feuer zu bestehen.

Ich krümmte mich nach vorn und sackte laut schluchzend auf den schneebedeckten Waldboden. Es waren so unbeschreibliche Qualen, dass ich mir eine Ohnmacht herbeisehnte.

»Mein Gott, Lucy«, hörte ich David dicht an meinem Ohr. Er legte mir behutsam seine Hände um die Taille und zog mich zu sich. Ich schrie wie am Spieß, als diese Bewegung den Schmerz auf den Höhepunkt trieb.

»Scheiße, schau dir mal ihre Schulter an«, rief Chris entsetzt. David drehte mich vorsichtig um, damit er meinen Rücken betrachten konnte, und stöhnte laut auf.

»Was ist los?«, krächzte ich mit schwacher Stimme.

»Einer der Werwölfe hat dich mit seinen Klauen erwischt«, erklärte David.

»Wie schlimm ist es?« Ich wusste selbst, wie lächerlich meine Frage war, denn der Schmerz verriet mir bereits, dass es nicht gut aussah.

»Das wird schon wieder«, versuchte David, mich zu beruhigen.

Zur selben Zeit antwortete auch Chris auf meine

Frage. »Sieht echt übel aus Lucy!« Ich verzog das Gesicht zu einer Grimasse.

»Na toll«, murmelte ich resigniert und schloss erschöpft die Augen. Ich versuchte, ruhig zu atmen und meinen Puls auf eine normale Frequenz zu senken, was aber gar nicht so einfach war. Die Vorstellung, dass ich jetzt vielleicht sterben würde, trieb mein Herz erneut an.

Der Schmerz hatte mittlerweile ein gleichmäßiges Level erreicht, was meinem Körper erlaubte, sich langsam daran zu gewöhnen. Natürlich tat es noch immer höllisch weh, aber zumindest wurde es nicht schlimmer.

Plötzlich spürte ich eine kribbelnde Wärme, die jedoch sofort wieder verschwand, gefolgt von einem lauten Fluch.

»Was war das?«, wollte ich wissen und sah fragend zu David.

»Ich habe versucht, die Wunde zu heilen, aber wie ich dir schon sagte, habe ich keine Übung darin. Leider hat es nicht geklappt«, teilte er mir sichtlich deprimiert mit.

»Schon okay«, flüsterte ich schwach und versuchte, ihn aufmunternd anzulächeln, was mir jedoch nicht so recht gelingen wollte.

»Wir müssen sie zu Sarah bringen«, beschloss Sean, der besorgt auf mich herabsah.

»Wenn du mir sagst, wo sie ist«, fauchte David ihn unwirsch an. In seiner Stimme schwang ein Hauch von Verzweiflung mit.

Ich blickte zu den Werwölfen, die leise knurrend an

der Schutzbarriere auf und ab schlichen. Sie schienen nur auf eine Gelegenheit zu warten, die Sperre zu durchbrechen.

Dann ertönte ein ohrenbetäubender Knall, und Jason stand direkt vor uns.

»Bin wieder da«, sagte er gut gelaunt, doch als er die lauernden Kreaturen sah, die keine zwanzig Meter von uns entfernt standen, zuckte er erschrocken zusammen.

»Was zum Teufel ...«, begann er und sah anschließend zu mir. Erst musterte er mein Gesicht, dann wanderte sein Blick zu meiner Schulter und der mittlerweile blutgetränkten Jacke. »Lucy, um Himmels willen, was ist passiert?« Er ging neben mir in die Hocke und strich mir zärtlich mit dem Handrücken über die Wange.

»Ich kümmere mich schon um sie«, knurrte David ihn drohend an.

Jason zog verärgert die Augenbrauen zusammen und funkelte ihn herausfordernd an. »Was ist dein Problem, Kumpel?«

»Mein Problem ist, dass ich dir nicht über den Weg traue. Du hast uns zwar vor dem Nebel gerettet, aber mein Gefühl sagt mir, dass mit dir irgendetwas nicht stimmt«, fuhr David ihn an.

»Du spinnst«, schnaubte Jason kopfschüttelnd und klang empört.

»Tu ich das? Dann erklär mir bitte, wie du dich direkt zu uns teleportieren konntest, wo du doch gar nicht wusstest, wo wir uns befinden?« David sah Jason mit durchbohrendem Blick an.

Der blonde Mann seufzte und zog etwas aus seiner Hosentasche. Ich erkannte sofort meinen Haargummi, den ich in der Burg liegen gelassen hatte. David runzelte verwirrt die Stirn.

»Und was soll mir das sagen?«

»Das gehört Lucy. Ich habe ihn eingesteckt, nachdem sie ihn im Bad vergessen hat. Irgendwie habe ich aber bei dem ganzen Stress verschwitzt, ihn ihr zurückzugeben, was im Nachhinein gesehen ein großes Glück war. So konnte ich direkt zu ihr springen. Sobald ich einen persönlichen Gegenstand von jemandem habe, ist es mir möglich, mich geradewegs zu der Person zu teleportieren. Ich hoffe, das beantwortet deine Frage oder hast du immer noch Zweifel?«

»Seltsam, dass du ausgerechnet etwas von Lucy an dich genommen hast«, murmelte David verstimmt. Hörte ich da etwa Eifersucht in seiner Stimme? Mir wurde ganz warm ums Herz, und für einen kurzen Augenblick vergaß ich sogar den Schmerz.

»Was willst du mir jetzt schon wieder unterstellen? Langsam glaube ich, du bist paranoid, mein Freund«, entgegnete Jason barsch.

»Hey, ihr beiden, lasst das!«, rief Sean wütend. »Ihr habt später genug Zeit, euch die Köpfe einzuschlagen. Im Augenblick sollten wir an Lucy denken. Wenn wir ihr nicht bald helfen, wird sie womöglich an ihren Verletzungen sterben.«

Die Worte verfehlten ihre Wirkung nicht. David schien sichtlich bestürzt bei dem Gedanken, dass meine Wunde mir das Leben kosten könne, und auch

Jason wurde ganz blass und senkte verlegen den Blick.

»Wir müssen Sarah finden«, wiederholte Sean.

Jasons Kopf schoss hoch. »Ich kann Lucy zu Sarah bringen«, erklärte er und machte Anstalten, mich hochzuheben. Davids Hand legt sich blitzschnell auf Jasons Arm und hinderte ihn daran. »Du weißt, wo Sarah ist?«, erkundigte er sich misstrauisch.

»Natürlich, deshalb bin ich doch gekommen. Mona, Sarah und Naomi sind in einer Blockhütte, nicht weit von hier.« Er deutete in die Richtung, in die wir ohnehin schon gelaufen waren.

Davids Miene verdüsterte sich. Er schien abzuwägen, ob er Jason vertrauen konnte. Schließlich nahm er die Hand von seinem Arm und nickte.

»Bring sie in Sicherheit«, sagte er leise. Mehr hörte ich nicht, denn danach wurde wieder einmal alles um mich herum dunkel.

Kapitel 12

Alles was ich sah, war dichter, weißer Nebel. Ich hatte keine Ahnung, wo ich mich befand, und sah mich blinzelnd um. Ich stand mitten im Nirgendwo. Ich versuchte, mich zu erinnern, was geschehen war. Nach und nach fiel mir alles wieder ein. Der zweite Raum, die Werwölfe, meine Verletzung und Davids Fürsorge.

»Lucy, endlich habe ich dich gefunden«, hörte ich eine vertraute Stimme hinter mir, die jedoch seltsam knisterte, so als käme sie direkt aus einem alten Radio. Ich wirbelte herum und sah in die besorgten Augen von Martha Jackson, unserer Rektorin. Ihre kurzen, dunkelbraunen Locken waren zerzaust, und sie hatte dunkle Ringe unter den Augen.

Jetzt war ich völlig verwirrt. Wo kam die denn auf einmal her? »Mrs Jackson?«, fragte ich ungläubig. Wieso sah ich meine Schulleiterin, und wo war ich überhaupt?

Ein warmherziger Ausdruck legte sich auf ihre Züge. »Ja, mein Kind. Ich bin hier, um dich zu warnen«, erklärte sie, und ihr Lächeln verschwand. Dann begann sie plötzlich zu flackern, und einige Teile von ihr wurden transparent.

Ein lautes Rauschen ertönte, so als ob irgendetwas unsere Verbindung störte.

Sie schloss die Augen und schien sich angestrengt

zu konzentrieren, bis sie wieder vollständig vor mir stand.

»Wo bin ich?«, wollte ich wissen.

»In deinem Traum, aber uns bleibt nicht viel Zeit. Deine Fähigkeiten blockieren die Verbindung«, erklärte sie und begann erneut zu flackern.

»Wir sind in meinem Traum? Aber wie ...«, setzte ich an, doch Mrs Jackson hob streng die Hand, und ich verstummte.

»Wie ich eben schon sagte ... nur wenig Zeit. Mona ... vertrauen ... dunkle Seite ... Verräter ... David und Naomi ... Gefahr.« Immer wieder wurden ihre Worte von lautem Rauschen unterbrochen. Ich vernahm lediglich Bruchstücke, die einfach keinen Sinn ergeben wollten.

»Was? Ich kann Sie kaum verstehen«, schrie ich meine jetzt immer hektischer flackernde Rektorin an.

»Sei auf der Hut und vertraue nur ... « Mrs Jackson flackerte ein letztes Mal, dann löste sich ihre Gestalt gänzlich auf, und sie war verschwunden.

Völlig konfus starrte ich auf die Stelle, wo sie eben noch gestanden hatte, und versuchte, ihren abgehackten Wortfetzen eine Bedeutung zu geben. Sie hatte Davids und Naomis Namen genannt, im gleichen Atemzug mit dem Wort Verräter.

Wollte sie mich womöglich vor ihnen warnen? War es denkbar, dass die beiden nicht das waren, was sie vorgaben zu sein?

Zugegeben, David verhielt sich oft sehr merkwürdig, ganz zu schweigen von Naomi, die ihre Abscheu mir gegenüber öffentlich zur Schau trug. Die

Rektorin hatte auch Mona erwähnt und dass ich ihr vertrauen müsse, wenn ich die Worte richtig interpretiert hatte. Aber weshalb sollte mir irgendjemand etwas Böses wollen? Das ergab doch gar keinen Sinn.

Während ich angestrengt nachdachte, lichtete sich der Nebel um mich herum und wich einer bleiernen Dunkelheit. Plötzlich drangen leise Stimmen an mein Ohr.

»Du musst dich stärker konzentrieren«, hörte ich einen Mann sagen. Die Stimme klang dumpf und undeutlich, aber sie war mir irgendwie vertraut. Es war, als befände ich mich unter Wasser und würde alles verzerrt wahrnehmen.

»Ich tue ja schon, was in meiner Macht steht«, entgegnete eine Frau unwirsch. Auch sie kam mir sehr bekannt vor.

»Anscheinend nicht, sonst würde die Wunde ja heilen«, entgegnete wieder die erste Person.

»Kann bitte jemand diesen Kerl aus dem Zimmer schaffen? Der Typ raubt mir noch den letzten Nerv.« Langsam drangen die Töne klarer an mein Bewusstsein. Das waren Sarah und David, die sich miteinander unterhielten oder besser gesagt stritten.

»Wenn du dich nicht anstrengst und Lucy deinetwegen stirbt, wirst du dafür bezahlen«, rief David im Hinausgehen aufgebracht. Das Satzende konnte ich nur noch mit Mühe verstehen.

»Kannst du ihr helfen?«, meldete sich Mona, meine beste Freundin zu Wort. Sie klang besorgt.

»Ich weiß es nicht«, antwortete Sarah und seufzte. »Knochenbrüche oder Schnittwunden, die von herkömmlichen Unfällen herrühren, kann ich problemlos heilen, aber diese Wunde hat ihr ein magisches Wesen zugefügt, und da sieht die Sache leider viel komplizierter aus.«

Jetzt erst bemerkte ich, dass ich auf dem Bauch lag und das Gesicht zur Seite gedreht hatte. Und da war wieder dieser höllische Schmerz an meiner Schulter. Ich versuchte, die Augen zu öffnen, doch so sehr ich mich auch anstrengte, es gelang mir nicht. Ich wollte meine Lippen bewegen und etwas sagen, doch auch das schaffte ich nicht.

So lag ich einfach nur da und lauschte. Es fühlte sich an, als wäre ich in meinem eigenen Körper gefangen.

»Du musst es schaffen«, sagte Mona eindringlich.

»Ich versuche es ja«, versicherte Sarah genervt, dann folgte ein langes Schweigen. Anschließend spürte ich eine wohlige Wärme auf meinem Rücken, die jedoch schnell wieder verschwand.

»Ich habe nicht genügend Kraft«, seufzte Sarah gequält.

Jetzt bekam ich es doch langsam mit der Angst zu tun. Ich konzentrierte mich mit aller Kraft darauf, die Augen zu öffnen.

Endlich gelang es mir, und ich sah mich blinzelnd um. Als ich etwas sagen wollte, kam nur ein unverständliches Krächzen aus meiner Kehle. Mein Mund fühlte sich staubtrocken an.

»Sie ist wach!«, rief Mona erfreut. Sie hielt mir ein Glas Wasser an die Lippen und ich trank gierig, wobei mir die Hälfte der Flüssigkeit über das Kinn lief. Als Mona das Glas wieder zur Seite stellte, fiel mein Blick auf David, der genau in diesem Moment zurück ins Zimmer gestürmt kam.

Er ging neben meinem Bett auf die Knie und musterte mich besorgt. Dabei unterzog er mein Gesicht einer eingehenden Prüfung, als fände er dort alle Antworten auf seine Fragen.

»Wie geht es dir?«, erkundigte er sich mit samtiger Stimme.

»Beschissen«, antwortete ich knapp und quälte mir ein Lächeln auf die Lippen.

David drehte den Kopf und sah zu Sarah. »Kannst du ihr jetzt helfen oder nicht?« Er klang ungehalten.

»Ich habe nicht genug Kraft«, jammerte Sarah, und Tränen stiegen ihr in die Augen.

David atmete tief durch. Bevor er etwas sagen konnte, hob ich träge meine Hand, die sich anfühlte, als wäre sie mit Blei gefüllt. »Nimm von meiner Energie«, schlug ich mit dünner Stimme vor.

»Auf gar keinen Fall. Du bist jetzt schon viel zu geschwächt. Wenn dir Sarah auch noch Kraft entzieht, verlieren wir dich womöglich«, protestierte David.

»Welche Alternative haben wir denn? Sie wird sterben, wenn wir nichts unternehmen«, widersprach Mona und richtete den Blick auf die Heilerin. »Könntest du es mithilfe von Lucys Energie schaffen? Würde das funktionieren?«, fragte sie hoffnungsvoll.

Sarah nickte. »Ich denke schon. Sofern sie mir genügend Energie geben kann«, antwortete sie. Meine Hand, die ich ihr immer noch angestrengt entgegenstreckte, begann, unangenehm zu kribbeln. »Dann los«, krächzte ich.

Ich versuchte, sie mit einem aufmunternden Augenzwinkern zu ermutigen, doch das ging völlig daneben, denn mein Auge machte plötzlich, was es wollte. Aus dem geplanten Zwinkern wurde lediglich ein unkontrolliertes Zucken. Meine Freunde starrten mich an, als hätte ich gerade einen schweren Schlaganfall.

»Alles in Ordnung«, beruhigte ich sie und schloss die Lider, um die Zuckung zu stoppen.

Als Sarah meine Hand ergriff, spürte ich sofort die Energie, die meinen Körper verließ. Ich betete, dass es funktionieren möge, denn ich hatte noch nicht vor, zu sterben.

Die Heilerin nahm viel von meiner Kraft, mehr, als mir jemals zuvor genommen worden war. Ich fühlte mich plötzlich sehr müde und sank schließlich in einen tiefen Schlaf.

Blinzelnd öffnete ich die Augen und wusste sofort, wo ich war. Ich erinnerte mich, dass Sarah mir einiges von meiner Energie entzogen hatte, um mich zu heilen. Vorsichtig bewegte ich meine Schulter, um zu testen, ob es ihr gelungen war.

Angespannt wartete ich auf den Schmerz, doch er setzte nicht ein. Hatte sie es tatsächlich geschafft? Ich ließ meinen Blick durch das Zimmer wandern, in dem ich lag. Der Raum war nicht sehr groß, aber gemütlich eingerichtet. Mir gegenüber stand eine alte Kommode aus Eichenholz und ein Stück daneben der passende Schrank. Die Wände bestanden aus rustikalen Holzbalken, genau wie die Decke über mir, was darauf schließen ließ, dass ich mich in einer Blockhütte befand. Überhaupt war hier fast alles aus Holz.

Links von mir erkannte ich ein Fenster. Ich konnte jedoch keinen Blick nach draußen werfen, da die Vorhänge zugezogen waren. Kleine rote Rosen zierten den schweren Stoff und gaben dem Zimmer einen verspielten Touch. Auf dem Nachttisch neben mir stand ein volles Glas Wasser. Jetzt erst bemerkte ich, wie trocken mein Mund schon wieder war und griff gierig danach. Ich leerte den kompletten Inhalt und genoss das Gefühl, als die kühle Flüssigkeit meine Kehle hinabrann.

Als mein Blick zu der Wand rechts von mir schweifte, stutzte ich. Dort stand ein Sessel, und darin schlief ein alter Mann, der extrem laut schnarchte.

Die wenigen Haare, die er noch besaß, bildeten ein Kränzchen um seinen kahlen Oberkopf, der im Schein der Nachttischlampe glänzte. Auf seiner knolligen Nase befand sich eine Nickelbrille, die mittlerweile derart schief saß, dass sie sicher bald hinunterfallen würde.

Ich rieb mir die Augen, doch der alte Mann verschwand nicht. Hatte ich jetzt den Verstand verloren? Womöglich handelte es sich um eine Halluzination oder um eine Nebenwirkung des Heilprozesses. Ich beobachtete den Mann eine Weile, doch er verschwand nicht. Dann ließ ich noch einmal Revue passieren, was geschehen war. Ich konnte mich klar und deutlich an alles erinnern, nur nicht an diesen

Typen im Sessel. Wenn er keine Einbildung war, dann litt ich womöglich unter Amnesie.

»Ah, die junge Dame ist endlich aufgewacht«, hörte ich plötzlich eine tiefe Stimme sagen und kiekste erschrocken auf. Der Mann machte eine beschwichtigende Handbewegung. »Beruhigen Sie sich, mein Mädchen. Ich will Ihnen doch nichts Böses«, versicherte er mir.

»Wer … wer sind Sie, und wo sind meine Freunde?«, platzte es aus mir heraus.

Er erhob sich aus dem Sessel und gab dabei ein typisches Ächzen von sich, wie man es von älteren Menschen kannte, die nach längerem Sitzen aufzustehen versuchten. Anschließend kam er an mein Bett, reichte mir die Hand und deutete eine kurze Verbeugung an.

»Mein Name ist Roberto Chiave und Ihren Freunden geht es ausgezeichnet. Sie befinden sich in der Küche, wo sie gerade einen Happen zu sich nehmen. Wenn Sie möchten, hole ich sie«, sagte er freundlich.

»Das wäre nett«, entgegnete ich mit dünner Stimme. Er lächelte und ging zur Tür.

»Warten Sie!«, rief ich und streckte den Arm aus, als könnte ich ihn festhalten. Mr Chiave hielt inne und drehte sich lächelnd zu mir.

»Ja?«

»Wo sind wir hier?«, wollte ich wissen.

»In meinem Haus. Es ist der einzig sichere Platz vor diesen widerlichen Bestien, die sich dort draußen im Wald herumtreiben«, erklärte er.

Ich erinnerte mich an die Schutzbarrieren, die meine Freunde und ich mühelos überwunden hatten, die aber für die Werwölfe unüberwindbar schienen. »Ihr Haus ist mit Schutzzaubern umgeben, nicht wahr?«

Wieder lächelte er. »Sehr starke Zauber. Sie müssen sich keine Sorgen machen, die Kreaturen können die unsichtbare Mauer nicht durchbrechen.«

Ich erwiderte sein Lächeln. Mr Chiave wirkte vertrauenswürdig und er war mir irgendwie sympathisch.

Er deutete zur Tür. »Wenn es Ihnen recht ist, sage ich jetzt Ihren Freunden Bescheid, dass Sie wach sind.« Ich nickte knapp und er verschwand.

Kurze Zeit später war der kleine Raum gerammelt voll. Mona und Sarah hatten sich zu mir aufs Bett gesetzt und berichteten aufgeregt, wie mühelos Sarah meine Wunden geheilt hatte, nachdem ich ihr etwas von meiner Energie gegeben hatte. Christian lümmelte in dem Sessel, in dem zuvor Mr Chiave gesessen hatte, und sah gelangweilt auf seine Hände.

Die Zwillinge und Sean erzählten beunruhigt, dass die Werwölfe immer noch am Schutzwall herumschlichen und wie aufregend das alles sei.

Jason, der sich auf der anderen Seite meines Bettes niederlassen hatte, ergriff meine Hand.

»Ich bin froh, dass es dir wieder besser geht«, sagte er sanft.

»Danke«, erwiderte ich, weil mir nichts anderes einfiel.

Dabei sah ich zur Tür und entdeckte David, dessen

Blick finster auf unsere verschränkten Hände geheftet war.

Neben ihm stand Naomi, deren Gesichtsausdruck mir einmal mehr zeigte, dass sie mich abgrundtief zu hassen schien. Sofort erinnerte ich mich wieder an meinen Traum und die warnenden Worte der Rektorin.

Mittlerweile war ich mir nicht mehr sicher, ob sie mir wirklich im Schlaf erschienen war oder ob das Ganze nur ein Produkt meiner eigenen Fantasie gewesen war. Vielleicht wollte ich auch nur nicht wahrhaben, dass David mir womöglich etwas vorspielte, und nur auf den passenden Moment wartete, um mich auszuschalten. Allerdings hätte er schon mehr als nur einmal die Gelegenheit dazu gehabt.

Ich verdrängte den Gedanken daran in die hinterste Ecke meines Gehirns. Er hatte mich gerettet und schien sich wirklich Sorgen um mich zu machen. So gut konnte doch niemand schauspielern, oder? Naomi hingegen traute ich zu, dass sie es auf mich abgesehen hatte.

Ihr gegenüber würde ich auch weiterhin wachsam bleiben und ihr so gut wie möglich aus dem Weg gehen.

Bis ich wusste, was hier gespielt wurde, konnte ich niemandem vertrauen – außer meiner besten Freundin Mona. Sie war für mich über jeden Zweifel erhaben.

»Heute Nacht werden wir noch hierbleiben und Kraft tanken, danach sehen wir zu, dass wir verschwinden«, entschied Chris und riss mich aus meinen trüben Gedanken.

»Aber was ist mit dem Schlüssel?«, wollte Sarah wissen.

Er zog beide Augenbrauen nach oben und sah sie an, als wäre sie schwachsinnig. »Glaubst du allen Ernstes, dass wir den hier im Wald finden?«

»Wenn ich dich richtig verstehe, bist du also der Meinung, dass wir diesen Raum verlassen und im letzten Zimmer nach dem Schlüssel suchen sollen?«, erkundigt sich Benjamin und rieb sich dabei die Nase.

»Hast du vielleicht eine bessere Idee?«, pflaumte Chris ihn unwirsch an. »Der einzige Platz, wo wir hier ungestört suchen könnten und wo es eine reelle Chance gibt, den Schlüssel zu finden, ist in dieser Hütte. Und ganz ehrlich, ich glaube nicht, dass der Schlüssel ausgerechnet bei Mr Chiave versteckt wurde. Der Wald ist riesig, dort werden wir nie etwas finden. Außerdem wimmelt es von Werwölfen, die nur darauf warten, uns in ihre Klauen zu bekommen. Falls du also einen besseren Vorschlag hast, wie wir uns auf die Suche machen können, ohne von diesen Bestien zerfetzt zu werden, dann lass es mich wissen.«

Verlegen senkte Benjamin den Kopf und starrte auf seine Füße. Seine Ohren wurden feuerrot, und er tat mir plötzlich leid.

»Dachte ich es mir doch«, schnaubte Christian. In diesem Moment erschien Mr Chiave in der Tür. In den Händen hielt er ein großes Tablett, auf dem eine Kanne dampfender Tee und Tassen standen.

»Genau das Richtige bei dieser klirrenden Kälte«, stellte er lächelnd fest und lud alles auf der Kommode ab.

Gierig stürzten sich meine Mitstreiter auf das heiße Getränk. Mr Chiave schenkte auch mir eine Tasse ein und stellte sie auf meinem Nachttisch ab. Ich bedankte mich und entzog Jason meine Hand, damit ich einen Schluck nehmen konnte.

»Wie sind Sie eigentlich in diese Welt geraten?«, erkundigte ich mich bei dem alten Mann, während ich in meine Tasse pustete.

»Ich denke, genau wie ihr. Ich war ein junger Kerl, und wie ich leider heute zugeben muss, sehr einfältig. Sonst hätte ich mich niemals auf dieses lebensgefährliche Abenteuer eingelassen. Aber da gab es diese bezaubernde und überaus begabte junge Hexe, auf die ich ein Auge geworfen hatte. Sie überredete mich und meine Freunde, sie zu begleiten, und so geriet ich in das Haus der Angst.«

»Wann war das?«, wollte Sean wissen. Mr Chiave kniff nachdenklich die Augen zusammen.

»1910«, antwortete er und schmunzelte, als verlöre er sich gerade in Erinnerungen an diese Zeit.

»Aber das ist über hundert Jahre her«, stellte Sean ungläubig fest.

»Tatsächlich? Nun, dann bin ich wirklich schon ein alter Kauz«, meinte der Mann kichernd und rückte seine Nickelbrille zurecht.

Die Stirn grüblerisch in Falten gelegt sah ich zu Jason.

»Ich dachte, hier altert man nicht?«

Er kratzte sich nachdenklich am Kopf, bevor er von Mr Chiave zu mir sah.

»Ich bin jedenfalls keinen Tag gealtert. Vielleicht gilt das aber auch nur für die Welt, in der ich festsaß«, spekulierte er.

Mr. Chiave kicherte und alle sahen neugierig zu ihm. »Die ersten fünfzig Jahre hat sich auch mein Körper kein bisschen verändert«, bemerkte er lächelnd. »Ich war noch genauso jung und dynamisch wie an dem Tag, an dem ich diese Welt betrat. Doch nach vielen Jahren habe ich festgestellt, dass sich langsam etwas geändert hatte. Zuerst waren es nur Kleinigkeiten. Eine neue Falte hier und da oder ein Ziehen im Kreuz. Aber dann wollten meine Augen nicht mehr so gut sehen wie früher, und irgendwann wurde mir bewusst, dass ich wieder zu altern begonnen hatte.«

»Was ist mit Ihren Freunden geschehen?«, fragte ich leise, auch wenn ich mir die Antwort schon denken konnte.

Er seufzte. »Sie sind alle gestorben«, erklärte er traurig.

»Das tut mir leid«, murmelte ich.

Mr Chiave schüttelte den Kopf. »Das muss es nicht. Du bist ja nicht schuld an ihrem Tod. Außerdem ist es schon sehr lange her.«

Dass er mich plötzlich duzte, erstaunte mich, war mir aber recht, denn sobald mich jemand siezte, kam ich mir immer steinalt vor.

»Und Sie leben seit damals in dieser Hütte?«, erkundigte sich Sarah, die sichtlich bestürzt wirkte.

»Ja, ich habe den Schutzkreis niemals verlassen«, antwortete er.

»Aber woher bekommen Sie ihre Lebensmittel und die anderen Dinge, die man benötigt? Und wieso hat diese Hütte Strom und fließend Wasser?« Wilson sah zur Decke, wo eine einzelne Glühbirne Licht spendete.

Mr Chiave zuckte mit den Schultern.

»Ich weiß es nicht, es ist einfach da. Genau wie die Vorratskammer und der Kühlschrank, die sich immer wieder selbstständig auffüllen.«

»Wie bei mir auf der Burg«, stellte Jason fest.

»War der Schutzzauber um das Grundstück auch schon von Anfang an da?«

»Diesen Zauber hat die Hexe gewirkt, von der ich euch erzählt habe. Wie ich bereits sagte, war sie überaus mächtig, und ich bin ihr dankbar, dass ihre Magie mich all die Jahre beschützt hat. Kurze Zeit später fiel sie diesen Kreaturen in die Hände, als sie ein letztes Mal alles überprüfen wollte«, berichtete er bedrückt und wirkte plötzlich noch älter.

»Haben Sie niemals versucht, diesen Raum wieder zu verlassen und zurück in ihre eigene Welt zu gelangen?« Tim sah den alten Mann neugierig an.

»Mehr als nur einmal, mein Junge. Aber weit bin ich nie gekommen, und irgendwann musste ich einsehen, dass ich nur hier in Sicherheit bin.«

»Kommen Sie doch mit uns, wenn wir gehen«, schlug Mona aufgeregt vor.

Er sah sie mit hochgezogenen Augenbrauen an. »Würdet ihr mich denn mitnehmen?«, fragte er ungläubig. Sofort setzte zustimmendes Gemurmel ein.

»Natürlich«, antwortete ich und sah zu Chris, der kopfschüttelnd mit den Augen rollte.

»Aber ich bin nicht so flink wie ihr und würde euch womöglich nur aufhalten«, gab Mr Chiave zu bedenken.

»Wir haben doch Jason. Er ist ein Jumper und kann uns unbeschadet von hier wegbringen«, erklärte Mona.

»Genau«, stimmte Sarah zu. »Und Lucy versorgt ihn mit genügend Energie, damit er uns alle transportieren kann. Sie ist nämlich ein Akkumulator.«

Mr Chiave legte den Kopf schief und sah mich an. Seine freundlichen, blauen Augen musterten mich aufmerksam, als könne er etwas sehen, was den anderen verborgen blieb.

»So, so. Ein Akkumulator«, murmelte er und lächelte verschmitzt.

»Was für eine Gabe haben Sie?«, erkundigte sich Sean neugierig.

Ich atmete innerlich auf, da er das Gespräch von mir abgelenkt hatte. Mr Chiave wandte den Blick von mir ab, wie ich erleichtert feststellte. Ich fühlte mich unbehaglich, wenn ich derart unter die Lupe genommen wurde. Stattdessen drehte er sich zu Sean.

»Ich bin ein Scout.«

»Wow, ich dachte, es gibt keinen mehr«, sagte Tim ehrfürchtig.

»Boah, ein echter Scout? Ist ja geil.« Benjamin nickte bewundernd.

Auch meine anderen Freunde schienen tief beeindruckt zu sein. Ich war wieder einmal die Einzige, nur Bahnhof verstand.

Was bitte war ein Scout? Was übernatürliche Gaben betraf, hatte ich diese Bezeichnung noch nie gehört. Lediglich aus der Modebranche war mir das Wort ein Begriff. Es gab Model-Scouts: Menschen, die ein Gespür dafür besaßen, was ein gutes Model mitbringen musste, um erfolgreich zu sein.

»Was ist ein Scout?«, fragte ich schließlich. Es war mir zwar peinlich, dass ich mich erneut als Königin der Ahnungslosen outen musste, aber meine Neugierde war zu groß. Mr Chiave wandte sich zu mir.

»Die Gabe eines Scouts besteht darin, dass er auf den ersten Blick erkennt, welche Fähigkeiten ein Übernatürlicher hat. Wenn ich auf der Straße jemandem begegnen würde, der eine Gabe besitzt, dann könnte ich das sofort sehen.«

»So etwas gibt es?«, sagte ich beeindruckt. Also hätte Sarah ihm gar nicht erzählen müssen, dass ich ein Akkumulator war. Er wusste es bereits in dem Moment, als er mich zum ersten Mal gesehen hatte.

Jetzt meldete sich David zu Wort.

»Der letzte uns bekannte Scout starb vor etwa dreißig Jahren. Diese Fähigkeit ist sozusagen ausgestorben. Diese Gabe war extrem selten, und da sich auch die dunkle Seite für Übernatürliche mit dieser Kraft interessierte, lebten die meisten nicht lange genug, um Nachkommen zu zeugen.«

»Weshalb interessierte sich die dunkle Seite für die

Scouts?«, erkundigte sich Sarah neugierig.

»Liegt das nicht auf der Hand?« Benjamin schüttelte den Kopf. »Weil sie auf diese Weise andere Begabte aufspüren konnten. Neue Rekruten für das Böse.«

Sarahs Augen wurden groß, als sie verstand.

»So ist es«, stimmte Mr Chiave zu. »Auch ich hatte einmal das zweifelhafte Vergnügen, mit einem von diesen zwielichtigen Gestalten Bekanntschaft zu machen, aber diese Geschichte würde zu weit führen.«

»Mrs Jackson wird aus allen Wolken fallen, wenn wir mit einem waschechten Scout zurückkommen«, meinte Sean aufgeregt.

»Falls wir dieses Haus jemals lebend verlassen«, flüsterte ich leise.

Kapitel 13

Als wir am nächsten Morgen vollzählig an dem großen Tisch in der Küche saßen und frühstückten, waren wir völlig übermüdet, da wir fast die ganze Nacht geredet hatten. Keine wirklich gute Voraussetzung für unseren geplanten Aufbruch, wie ich mir eingestehen musste. Andererseits waren wir viel zu aufgewühlt gewesen, um zu schlafen. Draußen war es noch dunkel, aber der Sonnenaufgang würde nicht mehr lange auf sich warten lassen.

Mr Chiave saß am Kopfende des großen Holztisches und lächelte. In der einen Hand hielt er eine dampfende Tasse Kaffee, mit der anderen streichelte er irgendetwas auf seinem Schoß.

Ich konzentrierte mich auf dieses gewisse Etwas und erkannte schließlich grau-braunes Fell sowie zwei kleine, spitze Ohren, die über der Tischkante hervorlugten. War das eine Katze? Gab es so etwas in dieser Welt überhaupt?

»Das ist Shakespeare. Er ist ein Gubi«, erklärte Mr Chiave, der meinen verwirrten Blick bemerkt hatte.

»Ein was?«, hakte ich nach.

»Ein Gubi«, wiederholte er und hob das Tier in die Höhe, damit ich einen besseren Blick darauf werfen konnte. Sarah und Mona kreischten entzückt, als sie das kleine Fellbündel erblickten.

»Mein Gott, ist der süß!«

Da musste ich ihnen recht geben. Shakespeare, was immer er auch sein mochte, war wirklich ungemein goldig. Er sah aus wie eine Mischung aus Katze, Otter und Erdmännchen.

Mit großen, schwarzen Kugelaugen blickte er neugierig in die Runde. Er besaß überdimensional lange Schnurrhaare, und sein grau-braunes Fell sah weich und gepflegt aus.

Als Mr Chiave ihn zurück auf seinen Schoß setzte, stellte sich der kleine Kerl auf die Hinterbeine und musterte uns aufmerksam. Wie eines dieser putzigen Erdmännchen, die man immer wieder in Tierdokumentationen zu sehen bekam.

»Diese Dinger gibt es aber nur hier, oder?«, fragte Sean nach.

»Das ist kein Ding, sondern ein Gubi. Und ja, diese Wesen gibt es nur in dieser Welt, soweit mir bekannt ist«, verbesserte ihn Mr Chiave.

»Woher wissen Sie, dass es ein Gubi ist?«, wollte Sean wissen und malte bei dem Wort zwei Anführungszeichen in die Luft.

»Das weiß ich nicht. Ich habe diese Spezies einfach so genannt, als ich sie vor einigen Jahren entdeckte.« Mr Chiave streichelte dem Tier zärtlich über den Kopf, das daraufhin genüsslich die Augen schloss und wie eine Katze zu schnurren begann.

»Ich will auch so einen«, flötete Sarah in seine Richtung. Der alte Mann sah auf und schenkte ihr ein bedauerndes Lächeln.

»Daraus wird wohl leider nichts werden. Früher gab es hier viele, aber seit die Werwölfe die Gubis auf ihre Speisekarte gesetzt haben, sind sie so gut wie ausgestorben. Diesen kleinen Kerl habe ich in einer Baumwurzel versteckt aufgefunden. Die Bestien müssen ihn übersehen haben, und seither lebt er bei mir.«

Bei der Vorstellung, dass diese niedlichen Fellknäuel von Werwölfen verspeist wurden, lief mir ein eisiger Schauer über den Rücken.

»Werden Sie ihn mitnehmen, wenn Sie uns begleiten?«, fragte Sarah neugierig, ohne ihren bewundernden Blick von dem Tier abzuwenden zu können.

»Selbstverständlich!«, entgegnete Mr Chiave fast ein wenig empört, so als könne er nicht fassen, dass sie ihm eine so absurde Frage stellte. »Ohne ihn gehe auch ich nicht.« Er legte Shakespeare wieder auf seinen Schoß und widmete sich seiner Tasse Kaffee.

Lange Zeit sagte niemand ein Wort, und auch ich war mit meinen Gedanken schon wieder ganz woanders. Abwesend starrte ich auf die Schale Müsli vor mir. Erneut geisterte Mrs Jacksons Warnung durch meinen Kopf.

Zwar hatte ich nur unzusammenhängende Wortfetzen vernommen, aber ich war mir ziemlich sicher, dass sie mich vor David und Naomi gewarnt hatte.

Je mehr ich darüber nachdachte, desto mehr machte mir das Ganze zu schaffen. Am liebsten hätte ich David direkt darauf angesprochen, aber was, wenn er wirklich zu den Bösen gehörte?

Erstens würde er es dann wohl kaum offen zugeben, und zweitens hätte ich ihm damit verraten, dass ich ihn verdächtigte und somit den einzigen Vorteil verspielt, den ich besaß.

Immer wenn ich ihn ansah und sich unsere Blicke kreuzten, schnürte sich der Knoten in meinem Magen noch fester zu. Gleichzeitig begannen jedes Mal, Schmetterlinge in meinem Bauch zu flattern. So wie in diesem Moment auch. Ich war völlig verwirrt und wusste nicht mehr, was ich glauben sollte und was nicht.

Sollte ich auf meinen Verstand, oder auf mein Herz hören? Ich hatte seufzend den Kopf gehoben, weil ich instinktiv spürte, dass er mich wieder einmal beobachtete. Und tatsächlich musterte er mich mit gerunzelter Stirn.

Diesmal sah ich nicht weg, sondern unterzog ihn meinerseits einer intensiven Begutachtung. Mein Blick schweifte über sein dunkles Haar und die markanten Gesichtszüge bis zu den leuchtend grünen Augen, denen anscheinend nichts verborgen blieb. Es war, als könne er tief in mein Innerstes sehen. Wieso sah dieser Typ auch so umwerfend gut aus?

Und warum nur hatte ich diese verwirrenden Gefühle, wenn ich in seiner Nähe war? Ich verfluchte den Traum, in dem Mrs Jackson mir erschienen war, und wünschte, ich könnte ihn ungeschehen machen. Dann hätte ich nicht diese starken Zweifel, die mich von innen heraus aufzufressen drohten.

Als mein Blick wieder zu seinen Augen wanderte, sah ich, dass er fragend eine Braue nach oben gezogen hatte. Ich sah beschämt zur Seite und spürte, wie ich rot wurde.

»Lucy?« Christians Stimme riss mich aus meinen finsteren Spekulationen.

Erschrocken sah ich ihn an. »Ja?«

»Hast du nicht zugehört?«, fragte er missmutig.

»Entschuldigung, ich war eben mit meinen Gedanken woanders.«, gab ich beschämt zu.

»Meine Güte, Lucy! Wir besprechen hier gerade, wie es weitergeht, und du schweifst in irgendwelche Tagträume ab. Reiß dich endlich zusammen!«, rief er mich barsch zur Ordnung.

»Ich sagte doch, dass es mir leid tut«, zischte ich zwischen zusammengepressten Zähnen. Allmählich ging mir Christians herrische Art wirklich auf die Nerven.

»Ein ‚Es tut mir leid' wird aber nicht genügen, wenn aufgrund deiner Unaufmerksamkeit jemand zu Schaden kommt«, entgegnete Chris. Ich war kurz davor, aufzuspringen und wütend mit der Faust auf den Tisch zu schlagen, um meinem Unmut Luft zu machen, da kam David mir zuvor.

»Lass sie in Ruhe!«, knurrte er warnend. »Sie hat sich entschuldigt, und damit ist die Sache erledigt.« Christian und David lieferten sich ein kurzes, aber sehr intensives Blickduell.

Im Zimmer war es mucksmäuschenstill, und alle warteten gespannt, was als Nächstes passieren würde.

Schließlich seufzte Chris laut und wandte sich ab. Anscheinend wollte sich unser blonder Muskelprotz nicht mit David anlegen.

Die Schmetterlinge in meinem Bauch kamen erneut

in Bewegung, als David Partei für mich ergriff. Und dann prasselten mit einem Mal so viele unterschiedliche Gefühle auf mich ein, dass in meinem Innersten blankes Chaos herrschte.

Plötzlich musste ich heftig dagegen ankämpfen, nicht spontan loszuheulen. Ich blinzelte hektisch und versuchte, die Tränen zurückzuhalten.

Was war denn nur los mit mir? Als ich einsehen musste, dass ich den Kampf gegen meine Tränen verlieren würde, schob ich hastig meinen Stuhl zurück und sprang auf.

»Ich brauche dringend etwas frische Luft«, murmelte ich entschuldigend und eilte zur Tür.

»Soll ich mitkommen?«, hörte ich Mona fragen. Ich winkte ab, ohne mich zu ihr umzusehen.

»Nein danke, ich möchte einfach kurz allein sein«, antwortete ich und hoffte, sie mit meiner Absage nicht allzu sehr zu verletzen. Ich stürmte hinaus in die Kälte.

Kaum hatte ich die Tür hinter mir geschlossen, konnte ich die Tränen nicht mehr zurückhalten.

Ich lief noch ein paar Meter bis zu einen breiten Baumstamm, wo ich stehen blieb und durchatmete. Die eisige Kälte drang mir bis tief unter die Haut und unter meinen Füßen knirschte der Schnee. Ich umrundete den Baum und sank dahinter zu Boden.

So war ich sicher, dass mich niemand von der Hütte aus sehen konnte.

Schluchzend lehnte ich mich mit dem Rücken an den Stamm und ließ meinen Tränen freien Lauf.

Alles, was bisher geschehen war und was ich noch

nicht hatte verarbeiten können, brach nun aus mir heraus.

Zwar besaß ich nun eigene Kräfte, doch mit ihnen konnte ich lediglich anderen Begabten helfen. Und ich war auf deren Hilfe angewiesen, da ich mich nicht selbst verteidigen konnte.

Diese Tatsache machte mich wütend und ließ mich verzweifeln. Dazu kam die Unsicherheit, ob ich jemals wieder die reale Welt sehen würde.

Unweigerlich musste ich an meine Eltern denken. An mein Leben bevor ich von all den übernatürlichen Begabungen erfahren hatte. Damals war alles noch so einfach und unbeschwert gewesen. Ein gequältes Schluchzen drang aus meiner Kehle, als ich mir mein altes Leben zurückwünschte, in dem nicht überall tödliche Gefahren lauerten.

Ich verfluchte meine Gefühle für David, die ich nicht verstand, gegen die ich mich aber nicht wehren konnte. All das hatte sich in den letzten Tagen in meine Seele gefressen und bahnte sich jetzt seinen Weg nach draußen. Ich zog die Beine an, legte meinen Kopf auf die Knie und weinte wie nie zuvor in meinem Leben. Ich wurde regelrecht von Heulkrämpfen geschüttelt und war so sehr damit beschäftigt, zwischen den Schluchzern genügend Sauerstoff in meine Lungen zu pumpen, dass ich die knirschenden Schritte im Schnee nicht bemerkte, die sich mir näherten.

Erst als sich ein Arm um meine Schultern legte und mich jemand sanft an sich zog, begriff ich, dass ich nicht mehr alleine war.

»Komm her«, hörte ich David sagen. Er zog mich noch näher an sich, und ich ließ es geschehen. Ich schlang meine Arme um seinen Hals und legte meinen Kopf gegen seine Brust. Während ich weinte und gleichzeitig mit einem Schluckauf zu kämpfen hatte, strich er zärtlich mit seinen Fingern über meinen Rücken.

Obwohl meine Nase von der Heulerei verstopft war, nahm ich seinen unbeschreiblichen Duft wahr – eine Mischung aus frischem Holz und Zitronen.

»Manchmal muss man sich alles von der Seele weinen«, sagte er leise. Ich nickte und fuhr mir mit dem Ärmel meines Pullis über die Nase.

»Tut mir leid, dass du mich so siehst«, schluchzte ich. Dass er meinen Gefühlsausbruch mitbekam, war mir peinlich, aber jetzt war es sowieso zu spät. Ich spürte, wie er seinen Zeigefinger unter mein Kinn legte und es leicht anhob, damit ich ihn ansehen musste. Als unsere Blicke sich trafen, sah ich in seinen hellgrünen Augen Zuneigung und Wärme.

»Du musst dich nicht entschuldigen, Lucy. Wenn du dir deine Sorgen von der Seele reden möchtest, bin ich jederzeit für dich da«, sagte er leise.

Ich blinzelte die Tränen weg und musterte ihn. »Vor ein paar Tagen noch hast du mich beleidigt und bist mir aus dem Weg gegangen. Was hat sich geändert, dass du auf einmal so nett zu mir bist?«

David sah nach oben, wo ein kleines Stück Nachthimmel zwischen den dicht verschneiten Baumkronen zu erkennen war. Er atmete tief durch und gab ein lautes Seufzen von sich. »Ich habe keine Kraft mehr, dagegen anzukämpfen«, gestand er schließlich.

Ich runzelte die Stirn. »Wogegen anzukämpfen?«

Jetzt drehte er den Kopf wieder zu mir und sah mich eindringlich an. »Gegen meine Gefühle für dich«, flüsterte er, hob seine Hand und strich federleicht über meine Wange.

Mein Herz machte einen Freudensprung, als die Bedeutung seiner Worte meinen Verstand endlich erreichte. Seine Finger fuhren zärtlich die Konturen meines Gesichtes nach, und ein angenehmes Kribbeln durchströmte mich.

Ich schloss die Augen, hielt den Atem an und genoss seine Berührung. Als ich sie wieder öffnete und David anblickte, lächelte er. Dann beugte er sich zu mir und küsste die kleine Beuge zwischen Hals und Schulter. Anschließend fuhr er mit den Lippen zärtlich zu meinem Mundwinkel.

Mein Atem kam jetzt stoßweise. Wenig später spürte ich seine warmen Lippen auf meinen. All die Schmetterlinge in meinem Bauch stoben auseinander und verteilten sich in meinem ganzen Körper. Sanft bahnte sich seine Zunge ihren Weg in meinen Mund. Als ich ihm endlich nachgab und unser Kuss immer leidenschaftlicher wurde, drang ein wohliges Stöhnen aus meiner Kehle.

David schlang die Arme fester um mich. Ich spürte jeden Muskel seines durchtrainierten Körpers und wünschte mir, dieser Augenblick würde niemals enden.

Während wir uns küssten, nahm ich nichts anderes um mich herum wahr. Ich befand mich gerade in meiner eigenen kleinen, perfekten Welt, in der niemand mir etwas anhaben konnte.

Meine Angst und die Zweifel waren mit einem Mal verschwunden, denn in Davids Armen fühlte ich mich sicher und geborgen. Erst als er seine Lippen von meinen löste und mir eine Haarsträhne hinter mein Ohr strich, fiel mir plötzlich auf, wie kalt es hier draußen war. Ich begann, laut mit den Zähnen zu klappern.

David sprang auf und zog mich zu sich, um mich erneut in die Arme zu nehmen. Mit dem Daumen wischte er mir eine verbliebene Träne von der Wange und sah mich eindringlich an. »Keine Ahnung, wie und wann es passiert ist, aber ich glaube, ich habe mich in dich verliebt«, gab er flüsternd zu.

Mein Herz schlug unzählige Purzelbäume, und mein Verstand verabschiedete sich für einige Sekunden. In diesem Moment wurde mir bewusst, dass es mir genauso ging. Dieses Kribbeln auf meiner Haut, wenn er in der Nähe war und die Schmetterlinge in meinem Bauch, wenn er sich mit mir unterhielt, das alles waren eindeutige Zeichen dafür, das auch ich mich verliebt hatte.

»Ich mich auch«, verriet ich leise.

Doch dann schlich sich plötzlich Naomis Bild in meine Gedanken, und ich erinnerte mich, wie vertraut die beiden miteinander umgegangen waren. Wie er den Arm um sie gelegt hatte. Augenblicklich waren meine Zweifel zurück. Ich schob David von mir und sah ihn herausfordernd an.

»Was ist mit Naomi?«‚wollte ich wissen.

Sofort verhärteten sich seine Züge, und ein dunkler Schatten legte sich über seine Augen.

»Das ist kompliziert«, antwortete er knapp.

Ich zog erstaunt eine Braue nach oben. Das ist kompliziert? War das alles? Was sollte das denn bedeuten? War er etwa immer noch mit ihr zusammen, während er mich hier küsste und mir gestand, dass er sich in mich verliebt hatte? Meine Hochstimmung machte sich laut schreiend aus dem Staub.

»Was soll das heißen?«

»Nicht jetzt, Lucy«, wehrte er ab.

Dort, wo mein Herz eben noch Freudensprünge vollzogen hatte, verspürte ich nun einen stechenden Schmerz.

Ich trat hastig einige Schritte zurück, um Abstand zwischen uns zu bringen. Außerdem wollte ich nicht, dass sein betörender Geruch mir weiterhin die Sinne vernebelte.

»Ich kann es nicht glauben. Du küsst mich und gestehst mir, dass du dich in mich verliebt hast, während du noch mit ihr zusammen bist?«

»Nein, so ist das nicht ...«, begann er.

Ich fiel ihm ins Wort.

»Dann sag mir doch einfach, wie es wirklich ist, denn ich besitze leider nicht die Gabe des Hellsehens.« Trotzig verschränkte ich die Arme vor der Brust und sah ihn abwartend an.

»Nicht jetzt!«, wiederholte er und klang verärgert.

Ich sog scharf die Luft ein und schüttelte ungläubig den Kopf.

Das durfte doch jetzt alles nicht wahr sein. Zorn flammte in mir auf.

»Mein erster Eindruck hat mich also doch nicht getäuscht. Du bist ein arrogantes und egoistisches Arschloch!«, fauchte ich und machte auf dem Absatz kehrt.

»Lucy, warte!«, hörte ich ihn hinter mir rufen, aber ich reagierte nicht, sondern stapfte wütend zurück zum Haus.

Dabei kämpfte ich gegen die Tränen an, die erneut in mir aufstiegen. Was bildete dieser Typ sich eigentlich ein?

Genoss er es etwas, mir Hoffnungen zu machen und mich den Bruchteil einer Sekunde später auf den Boden der Tatsachen zurückzuholen? Schnaubend blieb ich vor der Tür stehen, schloss für einen kurzen Moment die Augen und atmete tief durch. Ich würde mich in Zukunft von diesem arroganten Kerl fernhalten, der sich anscheinend einen Spaß daraus machte, mich zu quälen.

»Blödes Arschloch«, murmelte ich zornig und klopfte mir die Schneereste von der Hose.

Als ich der Meinung war, mein Gefühlschaos wieder halbwegs unter Kontrolle zu haben, öffnete ich die Tür und trat ein.

Ich stiefelte in die Küche, setzte mich an meinen Platz und starrte vor mich auf die Tischplatte.

Alle Gespräche erstarben, und meine Freunde sahen mich fragend an.

»Was ist?«, schnauzte ich sie zornig an, und meine Augen funkelten angriffslustig. Sean hob ergeben beide Hände, und drehte sich wieder zu den Zwillingen. Christian schüttelte missmutig den Kopf, und Mona warf mir einen besorgten Blick zu.

Als kurze Zeit später David die Küche betrat, machten sich meine Freunde erst gar nicht die Mühe, ihre Gespräche erneut zu unterbrechen. Anscheinend war ihnen klar, dass er für meine miese Stimmung verantwortlich war. Sie nickten ihm kurz zu und unterhielten sich weiter.

David setzte sich neben Naomi, die ihm etwas ins Ohr flüsterte. Daraufhin lachte er laut auf, und sie stimmte kichernd mit ein. Den schmerzenden Stich in meiner Brust, den ich dabei verspürte, konnte ich nicht ignorieren.

Ich war mir sicher, dass dieses Gelächter wieder einmal auf meine Kosten ging. Blödes Pack! Sollten die beiden doch miteinander glücklich werden. Ich jedenfalls würde dem Arsch keine einzige Träne nachweinen. Kaum hatte ich diesen Gedanken zu Ende gedacht, schluckte ich schwer, denn ich merkte, dass es eine Lüge war.

Nichts hätte ich jetzt lieber getan, als mich in ein Loch zu verkriechen und zu weinen, bis ich vor Erschöpfung einschlafen würde.

Um mich auf andere Gedanken zu bringen, versuchte ich, Christians Vortrag zu folgen. Es klappte. Kurze Zeit später war ich vollauf damit beschäftigt, unser weiteres Vorgehen mitzuplanen. Hin und wieder ertappte ich mich dabei, wie mein Blick zu David schweifte, und ich sah rasch beiseite. Ich verbannte jegliche Gedanken an ihn in die hinterste Ecke meines Bewusstseins und konzentrierte mich auf Christian. Ich erfuhr, dass sich alle darauf geeinigt hatten, erst am Abend aufzubrechen.

Auf meinen fragenden Blick hin erklärte Christian: »Wir haben abgestimmt. Die Mehrzahl war dafür, dass wir diesen Tag noch nutzen, um auszuruhen und neue Kraft zu tanken. In der letzten Nacht haben wir wenig geschlafen, und es wäre zu gefährlich, in diesem Zustand den letzten Raum zu betreten. Wir wissen nicht, was uns erwartet, und deshalb ist es umso wichtiger, dass wir absolut fit sind.«

Ich nickte zerknirscht und musste mir eingestehen, dass er recht hatte. Zwar gefiel mir der Gedanke nicht, dass man mich bei der besagten Abstimmung übergangen hatte, aber wie es schien, wäre meine Stimme sowieso nicht ausschlaggebend gewesen. Ich sah zu den provisorischen Schlafstätten, die unser Gastgeber mithilfe einiger Matratzen, Decken und Kissen hergerichtet hatte.

Auch ich würde dort ein wenig ausruhen, denn das Bett, in dem ich nach meiner Heilung aufgewacht war, gehörte Mr Chiave. Er hatte mir zwar angeboten, weiterhin darin zu schlafen, doch ich hatte dankend abgelehnt. Schließlich war ich wieder gesund, und ich wollte dem alten Mann seinen Schlafplatz nicht wegzunehmen.

Ich stand auf und legte mich auf eine der Matratzen. Die graue und sehr kratzige Decke zog ich mir über den Kopf. Zum einen fühlte ich mich dann nicht so beobachtet, und zum anderen konnte ich nicht schlafen, wenn alles um mich herum hell war.

Außerdem hatte mich das viele Weinen erschöpft, und ich benötigte dringend etwas Schlaf.

Sobald es dunkel war, wollte Jason uns zum Ausgang bringen. Ich würde wie immer das Schlusslicht bilden, da ich ihn zwischendurch mit Energie versorgen müsste. Wieder einmal war ich heilfroh, dass wir Jason getroffen hatten. Ohne ihn hingen wir jetzt immer noch im ersten Raum fest und hätten sicher schon alle Blasen an den Füßen.

Ich schickte ein Stoßgebet zum Himmel und hoffte, dass dieses Haus bald nur noch in meiner Erinnerung existieren würde. Bevor meine Lider schwer wurden und ich in einen unruhigen Schlaf glitt, sah ich einmal mehr Davids Gesicht vor meinem geistigen Auge. Ich wischte sein Bild mit einem erbosten Schnauben aus meinen Erinnerungen und schlief ein.

Kapitel 14

Verwirrt schrak ich aus dem Schlaf hoch, als mein Unterbewusstsein das Geschrei und die Aufregung um mich herum wahrnahm. Ich versuchte, den Schleier der Müdigkeit wegzublinzeln und sah mich verstört um. Zuerst fiel mein Blick auf Sarah, die kreidebleich mit dem Rücken zur Wand stand und mit weit aufgerissenen Augen zum Fenster sah. Dann erkannte ich Tim, der zur Haustür lief und dabei einen Feuerball in seinen Händen aufflammen ließ. In diesem Moment wurde mir klar, dass hier etwas ganz und gar nicht stimmte.

Mit einem Schlag war ich hellwach. Ich sprang aus dem Bett, rannte zu Sarah und legte meine Hände auf ihre Schultern.

»Was ist los?«, fragte ich, doch sie antwortete nicht, sondern starrte nur weiterhin zum Fenster. Auch als ich begann, sie heftig zu schütteln, gab sie keinen Laut von sich. Ich drehte mich suchend um und bekam Sean zu fassen, der gerade wie ein aufgescheuchtes Huhn an mir vorbeilief.

»Was ist passiert?«, wollte ich wissen und hielt seinen Oberarm fest umklammert.

Er deutete auf die offene Tür. Draußen war es bereits wieder dunkel. Für einen kurzen Moment war ich erstaunt, denn das bedeutete, dass ich den ganzen Tag verschlafen hatte.

»Die Werwölfe haben den Schutzwall überwunden. Der Zauber ist gebrochen«, erklärte er aufgeregt. Bei seinen Worten setzte mein Herz für einen Schlag aus. Wie war es diesen Bestien gelungen, die Magie außer Kraft zu setzen, die sie jahrzehntelang erfolgreich abgewehrt hatte?

Einige Sekunden beobachtete ich meine Freunde, die hektisch im Zimmer umherliefen, eilig die Rucksäcke packten oder mit vor Angst geweiteten Augen zum Fenster sahen. Mr Chiave, dessen Gesicht ganz blass geworden war, schob einen Teppich zur Seite und deutete auf eine Falltür.

»Wenn wir in den Schutzraum gehen, hat Jason genug Zeit, uns alle zu teleportieren. Selbst wenn die Werwölfe in mein Haus eindringen, wird die Metalltür die Bestien einige Zeit aufhalten«, erklärte er.

»Dann nichts wie da runter«, entschied Christian. Zuerst versuchte er, die Falltür aus Eisen allein zu öffnen, doch als ihm dies nicht gelang, kamen Sean und David ihm zu Hilfe.

Zusammen schafften sie es schließlich. Sarah brauchte keine Aufforderung. Sie war die Erste, die die Treppe nach unten stürzte und in der Dunkelheit verschwand. Benjamin und Wilson folgten ihr. Beide Zwillinge waren kreidebleich.

Als Mr Chiave an der Reihe war, hielt er inne und sah sich entsetzt um.

»Shakespeare, wo ist Shakespeare?« Suchend huschte sein Blick im Zimmer umher.

»Dafür ist jetzt keine Zeit mehr«, zischte Christian

und packte den alten Mann am Arm, um ihn nach unten zu schieben.

»Ich gehe nicht ohne meinen Gubi«, sagte der trotzig und schüttelte Christians Arm ab.

»Sie haben ihn doch vor einiger Zeit rausgelassen«, rief Sarah von unten aus dem Schutzraum. Mr Chiave schlug sich bestürzt die Hand vor den Mund. »Stimmt! Und jetzt ist der kleine Kerl da draußen in Gefahr. Ich muss ihn sofort holen«, entschied er und machte Anstalten, zur Tür zu laufen. Christian und Sean hielten ihn gemeinsam auf.

»Die Werwölfe sind bestimmt schon in der Nähe. Wenn Sie jetzt da rausgehen, bedeutet das Ihren Tod. Wahrscheinlich hat sich Shakespeare versteckt und ist in Sicherheit«, versuchte Sean, ihn zu beruhigen, aber Mr Chiave schüttelte heftig den Kopf.

»Sie werden ihn fressen, wenn ich ihn nicht zu uns hole«, erklärte er verzweifelt. »Er ist doch alles, was ich habe.« Dem alten Mann lief eine Träne die Wange hinunter. Entschlossen trat ich zu ihm und legte ihm eine Hand auf die Schulter.

»Ich werde Shakespeare holen. Gehen Sie in den Raum und bringen sich in Sicherheit. Sobald ich ihn gefunden habe, komme ich nach«, versicherte ich ihm.

Mir war durchaus bewusst, wie lebensmüde dieses Unterfangen war, jetzt, wo die Schutzbarriere zerstört war, doch das hoffnungsvolle Flackern in Mr Chiaves Augen zeigte mir, dass ich das Richtige tat. Ohne auf den lauten Protest meiner Freunde zu achten, drehte ich mich um und stürzte nach draußen.

Eisige Kälte schlug mir ins Gesicht, als ich auf der Suche nach Shakespeare durch den Schnee rannte und das Haus umrundete.

Ich wusste, dass Mr Chiave ihn jeden Nachmittag ins Freie ließ, damit sich der Kleine etwas austoben konnte. Einmal hatte ich ihn beobachtet, wie er durch den Schnee gesprungen und vor Vergnügen gefiept hatte. Ich hatte auch mitbekommen, dass er sich niemals weit vom Haus entfernte, da er die Gefahr hinter dem Schutzwall anscheinend witterte.

Als ich Shakespeares frische Spuren im Schnee sah, atmete ich erleichtert auf und folgte ihnen. Da sich der Mond hinter einer dicken Wolkendecke verbarg, musste ich leicht gebückt gehen, um die Abdrücke im Schnee besser erkennen zu können. Aus einiger Entfernung hörte ich das laute Brüllen der Werwölfe, das stetig näherkam.

Die Gänsehaut, die mir über den Rücken lief, kam nicht von der Kälte. Wie weit sie wohl entfernt waren? Hoffentlich blieb mir genügend Zeit, um den kleinen Kerl zu finden und in Sicherheit zu bringen.

»Shakespeare, wo bist du? Komm her, mein Kleiner«, rief ich leise. Wohlerzogen wie der Gubi war, antwortete er mit einem ängstlichen Fiepen. Ich folgte dem Geräusch eine ganze Weile und entfernte mich immer weiter von der Hütte.

Schließlich entdeckte ich das zitternde Fellknäuel unter einer Ansammlung morscher Äste. Vorsichtig hob ich Shakespeare aus seinem Versteck, was er ohne Gegenwehr über sich ergehen ließ, und drückte ihn fest an meine Brust.

»Du bist ein schlauer Kerl. Jetzt bringen wir dich aber ganz schnell zu deinem Herrchen«, flüsterte ich und wollte mich gerade umdrehen und zum Haus zurückschleichen, als ich die vielen, rot leuchtenden Augenpaare zwischen den Bäumen erblickte.

Augenblicklich rutschte mir das Herz in die Hose. Mindestens zehn Werwölfe standen nicht weit von mir entfernt im Wald und starrten mich mit gefletschten Zähnen an.

»Scheiße«, entfuhr es mir. Mein Herz begann, zu rasen und meine Knie zitterten unkontrolliert. Ohne lange nachzudenken, packte ich Shakespeare und schob ihn am Halsausschnitt in meinem Pullover. Der zitternde kleine Kerl war ohnehin schon ängstlich genug und würde sich unter einem Pulli vielleicht etwas sicherer fühlen.

Außerdem hatte ich somit die Hände frei, auch wenn ich nicht wusste, wozu das gut sein sollte, denn gegen diese Bestien war ich machtlos. Ich sah mich vorsichtig um, dann wanderte mein Blick wieder zu den Kreaturen, die regungslos dastanden und mich anstarrten. Die Werwölfe griffen nicht an, sondern warteten, doch worauf?

Erneut schweifte mein Blick in die Richtung, wo die Blockhütte lag. Um zurück zum Haus zu gelangen, musste ich an den Bestien vorbei, was einem Himmelfahrtskommando gleichkommen würde und so gut wie unmöglich war. Ich verfluchte meine Gabe, die mir in dieser Situation völlig nutzlos schien. Und dann traf mich die Erkenntnis wie ein Faustschlag: Ich würde das hier nicht überleben.

Es gab keinen Ausweg. Seltsamerweise machte mir mein bevorstehendes Ableben nicht so großen Kummer wie die Tatsache, dass Shakespeare das gleiche Schicksal ereilen würde wie mich.

Mein Herz zog sich schmerzhaft zusammen, als ich an den Gubi in meinem Pullover dachte, dessen Zittern ich deutlich spüren konnte. Ich hatte den kleinen Kerl in mein Herz geschlossen und würde alles tun, das wenigstens er überlebte.

Vielleicht hatte er ja doch eine klitzekleine Chance, zu entkommen, sobald die Werwölfe damit beschäftigt waren, mich in Fetzen zu reißen? Dann würden sie sicher nicht auf den kleinen Kerl achten. Ich schluckte, und meine Knie begannen zu schlottern.

Als die Werwölfe sich langsam in Bewegung setzten und auf mich zukamen, schnürte mir die Panik die Kehle zu.

Ich konnte nur hoffen, dass es schnell ging und ich keinen allzu schmerzhaften Todeskampf überstehen musste. Sie schlichen vorsichtig auf mich zu, und ihre rot leuchtenden Augen musterten mich argwöhnisch. Wahrscheinlich nahmen sie an, dass auch ich eine aktive Fähigkeit besaß, die ihnen Schaden zufügen konnte, und waren deshalb so misstrauisch. Wie falsch sie doch lagen.

Als die Bestien nur noch ein paar Schritte von mir entfernt waren, spielte ich mit dem Gedanken, die Augen zu schließen und mich meinem Schicksal zu ergeben, als plötzlich ein lautes Fauchen erklang, gefolgt von einem schmerzhaften Brüllen. Ich sah den Schatten nur aus dem Augenwinkel. Er war so schnell, dass ich Mühe hatte, ihm zu folgen. Dann starrte ich auf die beiden Werwölfe, die blutüberströmt vor mir in den Schnee fielen.

Wieder huschte der Schatten durch die Kreaturen, und erneut ging eine von ihnen zu Boden. Die anderen Werwölfe brüllten auf, und ihre hektischen Kopfbewegungen zeigten, dass auch sie den Angreifer nicht lokalisieren konnten.

Als schließlich ein vierter Körper in den Schnee sackte, der sich daraufhin blutrot färbte, wichen die verbliebenen Werwölfe einige Schritte zurück. Doch den grausigen Lauten zufolge, die aus der Ferne erklangen, war bereits eine ganze Armee von ihnen auf dem Weg, um ihren Artgenossen zu Hilfe zu kommen. Der Schatten huschte an mir vorbei und kam neben mir schließlich zum Stehen.

»Naomi?«, stieß ich ungläubig aus, als ich die Vampirin erkannte. Ihre Augen waren jetzt vollkommen schwarz, und ihre sonst so gepflegten Fingernägel sahen aus wie lange, gekrümmte Dolche. Sie sah mich mit finsterem Blick an. Trotz der Dunkelheit konnte ich ihre Fangzähne deutlich erkennen und erschrak darüber, wie groß diese waren.

»Sieh zu, dass du zum Haus zurückläufst und dich in Sicherheit bringst«, zischte sie mich an.

»Aber ich ...«, begann ich zu stammeln, weil ich mir unsicher war, ob ich sie hier allein lassen sollte.

»Lauf – oder soll ich dir Beine machen?« Sie unterstrich ihren Befehl mit einem Knurren, das tief aus ihrem Inneren kam und so bedrohlich klang, dass ich erschrocken zurückwich.

Schließlich nickte ich und rannte los. Meine Hände lagen schützend auf dem kleinen Gubi, der sich noch immer unter meinem Pullover befand.

Einer der Werwölfe wurde auf meine Flucht aufmerksam und änderte schlagartig seine Richtung, doch kurz bevor er mich erreicht hatte, wirbelte Naomi an ihm vorbei und zog ihm ihre Krallen quer über den Oberkörper.

Wenn sie ihre Menschlichkeit ausschaltete und vollständig zum Vampir wurde, war Naomi nicht mehr zu wiederzuerkennen.

Mit ihrer übermenschlichen Kraft und der enormen Geschwindigkeit war sie ihren Angreifern gegenüber klar im Vorteil, denn bis die Werwölfe reagieren konnten, befand sie sich schon wieder an einer ganz anderen Stelle.

Als ich ungefähr die Hälfte der Strecke geschafft hatte, lief ich gegen eine unsichtbare Mauer. Ich konnte nicht sehen, worum es sich handelte, doch ich spürte das Hindernis deutlich.

Im ersten Moment war es hart und bremste mich abrupt ab, doch dann dehnte es sich aus, wie ein Netz.

Ich kämpfte mit aller Macht dagegen an und setzte mühsam einen Schritt vor den anderen. Die Barriere gab ein wenig nach und weitete sich, sodass ich Boden gewinnen konnte.

Trotzdem war es ein enormer Kraftaufwand, gegen dieses unsichtbare Hindernis anzukämpfen. Was war das? Waren die Werwölfe dafür verantwortlich?

Ich blieb stehen und holte tief Luft. Es musste doch

möglich sein, dieses Ding zu durchbrechen. Dann rannte ich los.

Die ersten Schritte kam ich noch gut vorwärts, doch dann wurde ich immer langsamer und kam fast zum Stehen. Ich biss die Zähne zusammen und kämpfte mit meinem ganzen Körpergewicht dagegen an. Es fühlte sich an, als würde ich gegen eine gummiartige Masse ankämpfen, die sich bis zu einem gewissen Grad dehnte.

Dann plötzlich gab das Hindernis nach, und ich stolperte nach vorn. Bevor ich auf dem Waldboden aufschlug, gelang es mir noch, mich zur Seite zu drehen, um den Gubi nicht mit meinem Körpergewicht zu zerquetschen. Etwas benommen richtete ich mich wieder auf und machte ein paar vorsichtige Schritte nach vorn. Als ich begriff, dass die unsichtbare Wand verschwunden war und mich nicht mehr behinderte, lief ich los.

Kurz bevor ich das Haus erreicht hatte, warf ich einen Blick über die Schulter, doch ich war bereits zu weit entfernt, und es war zu dunkel, als dass ich etwas erkennen konnte. Als ich hineinstürzte, prallte ich gegen David, der gerade auf dem Weg nach draußen war. Er packte mich an beiden Oberarmen, und sein Blick glitt suchend über meinen Körper.

»Bist du verletzt?«, fragte er besorgt.

Ich schüttelte den Kopf. »Naomi ist mir zu Hilfe gekommen. Sie kämpft ganz allein gegen die Bestien, und es werden immer mehr. Wir müssen ihr helfen!«

»Du wirst gar nichts tun«, sagte er bestimmt. »Sieh zu, dass du in den Schutzraum gehst.«

»Aber was ist mit Naomi?«, protestierte ich.

»Darum kümmere ich mich, und jetzt verschwinde«, befahl er und gab mir einen Schubs in Richtung Falltür. Als ich mich umdrehte, hatte die Dunkelheit ihn bereits verschluckt.

Ich stolperte zur Falltür und versuchte, diese unter lautem Ächzen zu öffnen, was mir jedoch nicht gelang. Mit geballten Fäusten hämmerte ich gegen das Metall. Durch die Mengen von Adrenalin, die mein Körper produzierte, bemerkte ich nicht einmal, dass die Haut an meinen Händen aufplatzte und zu bluten begann. Die Tür wurde einen Spalt weit geöffnet, und ich erkannte Chris, der mich argwöhnisch ansah. Ohne nachzudenken griff ich in meinen Pullover, zog den Gubi heraus und drückte ihn Christian in die Hand. Dann sprang ich auf, drehte mich um und rannte durch die Tür hinaus in den Wald.

Natürlich war das, was ich da tat, vollkommen unüberlegt, aber der Gedanke, dass David etwas zustoßen könnte, verlieh mir Flügel.

Und auch wenn Naomi und ich uns nicht ausstehen konnten, so hatte sie mir doch das Leben gerettet, und ich machte mir ebenfalls Sorgen um sie.

Außerdem war es meine Schuld, dass sich die beiden in dieser misslichen Lage befanden, denn ich war unüberlegt losgestürmt, um Shakespeare zu retten. Während ich rannte, überlegte ich fieberhaft, wie ich den beiden im Kampf gegen diese Bestien behilflich sein konnte.

Eine aktive Fähigkeit besaß ich nicht, und ich hatte auch keine Waffe zur Hand, mit der ich diesen widerlichen Kreaturen Schaden zufügen konnte. Doch vielleicht konnte ich meinen Mitschülern helfen, indem ich sie mit Energie versorgte. Dann sah ich sie plötzlich. David und Naomi standen Rücken an Rücken, umzingelt von dermaßen vielen Werwölfen, dass ich sie nicht zählen konnte.

Bei dem Anblick hielt ich erschrocken den Atem an. Es war um einiges schlimmer, als ich befürchtet hatte.

Naomi, die sich noch immer vollständig im Vampirmodus befand, hatte die Zähne gebleckt und hob angriffslustig ihre Klauen in die Höhe, bereit, jeden Angreifer damit unverzüglich zu zerfetzen

David hatte die Arme ebenfalls erhoben, und ich konnte deutlich die Energie erkennen, die zwischen seinen Handflächen flirrte. Auch er schien entschlossen, seine Gabe einzusetzen.

Etwas schien sich um meinen Brustkorb zu legen und diesen zusammenzuquetschen, als ich David dort stehen sah. Er war in Lebensgefahr, und das war ganz allein meine Schuld.

Selbst wenn er seine Fähigkeit gegen die Kreaturen einsetzte, so waren es doch zu viele. Früher oder später würde Davids Kraft nachlassen, und dann war er diesen Bestien schutzlos ausgeliefert. Bei dem Gedanken stockte mir der Atem. Ich versuchte, das Chaos aus meinem Kopf zu verbannen und dachte angestrengt nach, während ich mich hinter einem dicken Baumstamm versteckte.

Möglicherweise konnte ich David so lange mit Energie versorgen, bis er den größten Teil der Werwölfe ausgeschaltet hatte, aber dazu musste ich erst einmal den Kreis der Angreifer durchbrechen.

Ich stand regungslos da und suchte verzweifelt nach einem Ausweg, als einer der Werwölfe sich ganz langsam umdrehte und in meine Richtung sah. Genau in diesem Moment lugte ich hinter dem Baum hervor. Als er mich entdeckte, drang ein tiefes Grollen aus seiner Kehle. Sofort wirbelten einige seiner Artgenossen herum, und erneut waren unzählige rote Augenpaare auf mich gerichtet.

»Oje«, murmelte ich heiser. Mein Blick fiel auf David, in dessen Gesicht ich blankes Entsetzen sah. Auch Naomi starrte mich fassungslos an, als wäre ich ein Geist. Dann brach das Chaos los.

Drei der Werwölfe lösten sich aus dem Kreis, um sich auf mich zu stürzen. Den Bruchteil einer Sekunde danach schleuderte David seine Kraft gegen die Kreaturen, die daraufhin ins Straucheln gerieten. Naomi nutzte den Augenblick, um in übermenschlicher Geschwindigkeit den Kreis zu durchbrechen, und stand nur einen Wimpernschlag später an meiner Seite. Die drei Werwölfe hielten inne, als sie die Vampirin erkannten.

»Wie blöd bist du eigentlich?«, fauchte Naomi in meine Richtung.

»Es ... es tut mir leid. Ich konnte euch doch nicht allein lassen«, versuchte ich, zu erklären.

»Und stattdessen kommst du wieder angeschlendert und bringst uns damit in noch größere Schwierigkeiten?«, schnaubte sie, ohne ihre Gegner aus den Augen zu lassen.

»Ich ... ich ...«, begann ich, hilflos zu stammeln.

»Ich, ich, ich«, äffte sie mich nach und warf mir einen vernichtenden Blick zu. »Eines verspreche ich dir: Sollten wir diese Scheiße hier heil überstehen, dann bekommst du von mir die Abreibung deines Lebens.«

Das glaubte ich ihr aufs Wort. Es war keine leere Drohung. Doch falls wir wirklich überleben sollten, nahm ich dies gerne in Kauf. Ich beäugte unsere Angreifer so unauffällig wie möglich, um mir einen groben Überblick zu verschaffen. Mir wurde ganz flau, als ich feststellte, dass die Anzahl der Werwölfe mittlerweile auf mindestens fünfzig angestiegen war. Es war einfach unmöglich, sie alle zu besiegen. Die drei Werwölfe, die sich mir und Naomi genähert hatten, griffen an.

Ich kreischte entsetzt auf, doch die Vampirin reagierte blitzschnell. Ehe ihre Gegner sich versahen, schoss sie nach vorn, und ihre Klauen gruben sich tief in die Oberkörper ihrer Gegner.

Entsetzt und fasziniert zugleich beobachtete ich, wie sie zwei Werwölfen gleichzeitig das Herz mit bloßen Händen herausriss. Bei dem Anblick musste ich würgen und drehte den Kopf angewidert zur Seite. Mit einem schmatzenden Geräusch landeten die noch pochenden Organe der Ungeheuer vor ihr im Schnee.

Dieses blutige Gemetzel hatte jedoch zur Folge, dass sich noch mehr wütende Werwölfe auf sie stürzten, um ihre Artgenossen zu rächen.

Der Kreis, der sich immer enger um David geschlossen hatte, löste sich auf. Irgendwie schaffte er es, den verbliebenen Angreifern zu entkommen, denn er stand plötzlich neben mir und schleuderte seine Energie auf die nächsten Kreaturen, die mir bedrohlich nahegekommen waren.

»Bleib dicht hinter mir«, befahl er völlig außer Atem. Instinktiv legte ich meine Hand auf seinen Arm und übertrug ihm etwas von meiner Kraft. Ich unterbrach die Energieübertragung, als ein markerschütternder Schrei erklang. Mein Kopf schoss herum, und ich sah Naomi, die zwischen zwei Bäumen am Boden lag. Einer der Werwölfe hatte sie niedergerungen und verbiss sich in diesem Moment in ihre Schulter.

»Nein!«, schrie David entsetzt und richtete seine Energie auf die Kreatur, die daraufhin stöhnend auf Naomi zusammenbrach.

Gestärkt durch meine Kraftübertragung, schleuderte er seine Angriffe jetzt wahllos auf die Bestien, die er damit völlig aus dem Konzept brachte. Sie stoben auseinander, versuchten jedoch weiterhin, David von allen Seiten zu attackieren.

»Sieh nach Naomi!«, befahl er mir und schoss mir den Weg frei. Ich tat, was er verlangte und ging neben der Vampirin zu Boden, die sich mit schmerzverzerrtem Gesicht die Schulter hielt. Dann schob ich den mittlerweile leblosen Körper des Werwolfs von ihr, der mit einem dumpfen Laut in den Schnee fiel.

»Wieso bist du immer noch hier?«, stöhnte sie ungläubig.

»Wo sollte ich denn sonst sein?« Ich zog ihr Shirt beiseite, um mir die Wunde etwas genauer anzusehen. Zu meiner Erleichterung handelte es sich um keine tiefe Bisswunde, und da ich wusste, dass Verletzungen bei Vampiren sehr schnell heilten, beruhigte ich mich ein wenig.

»Sieht halb so schlimm aus«, sagte ich. Naomi stieß ein freudloses Lachen aus, das in ein röchelndes Husten überging.

»Hast du niemals *Vampire Diaries* gesehen?«, fragte sie spöttisch. Ich warf einen raschen Blick zu David, um zu sehen, ob er erneut meine Hilfe benötigte, doch momentan hielt er die Werwölfe ganz gut in Schach.

Sie hatten sich etwas zurückgezogen und planten höchstwahrscheinlich einen neuen Angriff. Ich wandte mich wieder zu Naomi.

»Was meinst du?« Natürlich hatte ich diese Serie gesehen. Seit ich erfahren hatte, dass es Menschen mit übernatürlichen Fähigkeiten gab, hatte ich jeden Film und jede Serie geschaut, die sich auch nur im Entferntesten mit diesem Thema beschäftigte.

Bei einigen war ich mir sogar ziemlich sicher, dass Übernatürliche bei der Produktion ihre Hände im Spiel hatten, denn die teilweise sehr detaillierten und wahrheitsgetreuen Ausführungen konnten kein Zufall sein.

Vampire Diaries liebte ich ganz besonders, dennoch war es mir ein Rätsel, warum Naomi die Serie gerade jetzt erwähnte. Dann plötzlich dämmerte es mir, und ich riss ungläubig die Augen auf.

»Willst du etwa damit sagen ...« Ich war nicht fähig, die Frage zu Ende zu stellen.

»Ein Werwolfbiss ist für einen Vampir tödlich«, bestätigte sie meine Vermutung.

Ich starrte sie an und wurde kreidebleich, wusste aber nicht, was ich tun sollte. Naomi spürte mein Unbehagen, und zum ersten Mal überhaupt schenkte sie mir ein aufrichtiges Lächeln.

»Mach dir keinen Kopf deswegen. Mir war durchaus klar, worauf ich mich hier einlasse. Außerdem wird es noch ein paar Stunden dauern, bis das Gift wirkt.«

»Aber wenn wir dich schnellstmöglich zu Sarah bringen, könnte sie dich doch heilen, oder?«

Naomi schüttelte traurig den Kopf. »Gegen einen Werwolfbiss kann selbst der erfahrenste Heiler nichts ausrichten.«

Ich schluckte, als ich begriff, was das bedeutete. Naomi würde sterben, und ich konnte nichts dagegen unternehmen. Hilfesuchend sah ich zu David, der immer noch vollauf damit beschäftigt war, einige der Bestien abzuwehren.

Dabei bewegte er sich ganz vorsichtig in unsere Richtung. Als er uns erreicht hatte, streckte er mir eine Hand entgegen, ohne mich anzusehen.

»Wärst du wohl so freundlich?« Ich verstand sofort und ergriff die Hand. Kaum berührten wir uns, spürte ich den Energieschub, der meinen Körper verließ und in seinen strömte.

»Danke, Lucy«, sagte er, als er genug hatte, und löste seine Hand aus meiner. Er warf einen kurzen Seitenblick auf Naomi. »Hat er dich erwischt?«, erkundigte er sich knapp.

»Ja«, flüsterte sie kaum hörbar.

David stieß einen derben Fluch aus, da er anscheinend genau wusste, was das bedeutete. »Kannst du aufstehen?« Als die Vampirin nicht sofort antwortete, sah er erneut zu ihr und runzelte die Stirn. »Wann hast du zum letzten Mal Blut zu dir genommen?«

Sie seufzte. »Bevor wir ins Haus der Angst aufgebrochen sind.«

David ließ die Werwölfe nicht aus den Augen, die sich zwischen den Bäumen neu zu formieren begannen. Er streckte den Arm aus und hielt der Vampirin sein Handgelenk vor die Nase.

»Trink«, befahl er.

Naomi sah ihn mit großen Augen an und schüttelte vehement den Kopf.

»Nein, du brauchst deine Kraft. Du weißt ganz genau, wie schlapp du dich immer fühlst, wenn du mir dein Blut gegeben hast.«

Ich sah zwischen den beiden hin und her. Die Tatsache, dass David Naomi von sich trinken ließ, war mir neu und verursachte mir fast körperliche Schmerzen. Den Gedanken, wie sie wohlig seufzend an seinem Hals hing und trank, konnte ich kaum ertragen. Ich dachte nicht lange nach, sondern schob den Ärmel meines Pullis nach hinten. Anschließend hielt ich ihr mein Handgelenk direkt vors Gesicht.

»Dann trink von mir«, forderte ich sie auf. Sie zögerte einen Augenblick, unschlüssig, was sie tun sollte, doch schließlich packte sie meinen Arm mit beiden Händen und biss zu.

Kapitel 15

Nachdem ich zum ersten Mal von einem Vampir gebissen worden war, konnte ich eines nun mit Bestimmtheit sagen: Es ist nicht so, wie es in Romanen meist dargestellt wird. Dort ist immer die Rede davon, dass dieser Akt etwas Intimes sei, und der Spender in eine Art euphorische Trance verfällt. Alles Blödsinn. Tatsache ist, dass es einfach nur höllisch wehtut. Nachdem Naomi ihre Fänge in mein Handgelenk geschlagen hatte, saugte sie an der Wunde, und ich hätte um ein Haar laut aufgeschrien.

Ein brennender Schmerz breitete sich von der Bisswunde bis hinauf in meine Schultern aus und brachte mich fast um den Verstand. Mit jedem Schluck Blut, den sie mir nahm, verlangsamte sich mein Herzschlag. Nach einer gefühlten Ewigkeit übermannte mich eine bleierne Müdigkeit.

»Naomi, es reicht«, hörte ich David erschrocken rufen. Seine Stimme klang panisch und wütend zugleich. Sie knurrte widerwillig, gab mein Handgelenk schließlich aber wieder frei. Fast zärtlich strich sie mit der Zunge über die beiden Einstichlöcher, die sich daraufhin augenblicklich schlossen.

Diesbezüglich hatten viele der Vampir-Romane also recht. Als sie mich losließ, fiel ich seufzend auf meinen Hintern.

Meine Beine waren mit einem Mal schwer wie Blei,

ganz zu schweigen vom Rest meines Körpers.

»Das war krass«, murmelte ich benommen.

»Hilf ihr hoch, Naomi«, wies David sie an. Die Vampirin zog mich nach oben und schlang mir einen Arm um die Hüften, als ich bedenklich zu schwanken begann.

»Macht euch bereit. Die Werwölfe stehen kurz vor einem weiteren Angriff.«

Naomi, die nach der eben eingenommenen kleinen Blutmahlzeit recht passabel aussah, musterte mich. »Schaffst du es allein?«, erkundigte sie sich und nahm ganz vorsichtig die Hände von mir.

Mir war zwar noch etwas schwindelig, und ich taumelte ein wenig, aber ich fing mich rasch und nickte.

»Geht schon wieder«, versicherte ich ihr.

»Gut«, sagte sie. »Bleib dicht hinter uns, wenn es losgeht, und spiel nicht die Heldin.«

»In Ordnung«, gab ich lahm zurück, da ich zu sehr damit beschäftigt war, mein Gleichgewicht zu halten, als mich auf Naomis Worte zu konzentrieren. Meine Güte, wie viele Liter Blut hatte sie mir denn ausgesaugt?

Doch schon einige Sekunden später war der Blutmangel vergessen, als mein Körper Unmengen an Adrenalin zu produzieren begann, das in rasender Geschwindigkeit durch meine Adern schoss. Die Werwölfe stürmten laut brüllend zwischen den Bäumen hervor und stürzten sich auf uns. David, der dicht neben Naomi stand, hatte das Gesicht zu einer Fratze verzogen, so sehr konzentrierte er sich darauf, die Angreifer mit seinen Energiestößen außer Gefecht zu setzten.

Naomi wirbelte wie schon zuvor durch die Reihen, die sich deutlich lichteten, als sie unzähligen Werwölfen mit ihren Klauen die Kehle aufriss. Ich selbst stand nur reglos da und konnte nichts anderes tun, als mit offenem Mund auf die Szene vor mir zu starren.

Als Davids Angriffe schwächer wurden und er keuchend meinen Namen rief, zögerte ich nicht, sondern eilte zu ihm und legte ihm die Hand auf den Arm. Sofort übertrug sich meine Kraft auf ihn und seine Energiestöße wurden wieder stärker.

Ich wunderte mich, dass ich nach all den körperlichen Strapazen der letzten Stunde immer noch aufrecht stehen konnte.

Wieder fielen zwei der Werwölfe blutüberströmt in den Schnee. Naomi leistete wirklich ganze Arbeit. Als ich mich umsah, zählte ich mehr als zehn dieser Kreaturen, die ihren Angriff nicht überlebt hatten, und doch wurde die Anzahl unserer Angreifer einfach nicht weniger.

Plötzlich veränderte sich alles. Die Werwölfe wichen zurück und machten Platz für einen Neuankömmling. Einige von ihnen senkten ehrfürchtig die Köpfe, andere ließen ein bewunderndes Knurren verlauten.

Beim Anblick des Werwolfes, der nun zwischen den Bäumen auftauchte, konnte ich ein entsetztes Aufkeuchen nicht unterdrücken.

Die Kreatur war mindestens doppelt so groß wie

seine Artgenossen und strahlte eine derartige Entschlossenheit aus, dass ich augenblicklich jede Hoffnung verlor. Zielsicher bewegte er sich geradewegs auf David zu, der für einen Moment genauso fassungslos schien wie ich. Doch er hatte sich schneller wieder im Griff und erkannte die Gefahr, die von dem Neuankömmling ausging.

»Heilige Scheiße, was ist das denn?«, hörte ich Naomi neben mir sagen. Ihr Tonfall verriet mir, dass auch sie nicht glauben konnte, was sie da sah.

Als der Werwolf noch etwa dreißig Meter von uns entfernt war, beschleunigte er. David zögerte nicht und schleuderte ihm eine so starke Energiewelle entgegen, dass einige der anderen Kreaturen um ihn herum stöhnend zu Boden gingen. Doch der Neuankömmling zuckte lediglich kurz zusammen.

»Das ist gar nicht gut«, zischte Naomi, und in diesem Moment wurde mir klar, dass meine Freunde dem neuen Werwolf nichts entgegenzusetzen hatte.

Ich sah zu David, der einen Energieschub nach dem anderen abfeuerte, die jedoch alle ihre Wirkung verfehlten. Als auch er begriff, dass es keinen Sinn hatte und er nur seine Kraft vergeudete, ließ er die Arme sinken.

Da ich hinter ihm stand, konnte ich nicht in seinem Gesicht lesen, aber zu sehen, wie sein ganzer Körper erschlaffte, genügte mir.

David hatte aufgegeben.

Bilder von unserem Kuss schossen mir durch den Kopf, und ich erinnerte mich genau, wie sich seine Lippen auf meinen angefühlt hatten. Ich war bis über beide Ohren in ihn verliebt, egal wie mies er mich auch behandelte, und ich war nicht bereit, ihn jetzt zu verlieren.

Als der riesige Werwolf einige Meter vor David innehielt und ein furchteinflößendes Brüllen von sich gab, spannte sich jeder Muskel meines Körpers an. Die Bestie würde David töten, wenn ich nichts unternahm. Aber was um alles in der Welt konnte ich tun, um ihn aufzuhalten? Der Gedanke, dass David von dieser Kreatur zerfetzt werden würde, ließ mich heftig erzittern, und dann spürte ich es plötzlich.

Tief in mir begann, ein heißes Feuer zu lodern. Es fühlte sich an, als würde ich innerlich verbrennen. Während mein Körper immer gewaltiger erbebte, breitete sich die Hitze in mir immer weiter aus.

»Lucy?«, hörte ich Naomi rufen, doch ich nahm ihre Stimme nur noch am Rande meines Bewusstseins wahr. Verschwommen erkannte ich, dass David sich zu mir umgedreht hatte und mich aus weit aufgerissenen Augen entsetzt ansah.

Genau wie der riesige Werwolf, dessen bedrohliches Brüllen schlagartig verstummt war, als mein heftiges Zittern jetzt auch noch von einem tiefen Summen untermalt wurde.

Ein unwirklicher Ton, der jeden einzelnen meiner Knochen vibrieren ließ. Die Hitze in mir wurde inzwischen unerträglich. Ich stöhnte gequält auf. David machte einen Schritt auf mich zu, doch Naomi packte ihn am Arm und hielt ihn zurück.

»Nicht!«, warnte sie ihn.

Alle Blicke waren jetzt nur noch auf mich gerichtet.

Niemand wagte, sich zu bewegen. Es war, als hätte jemand die Zeit angehalten.

Dann wurde das Feuer in mir übermächtig. Ich schrie auf, als die Hitze ihren Höhepunkt erreicht hatte. Automatisch breitete ich die Arme aus und schloss die Augen.

Mit einer alles erschütternden Explosion bahnte sich die Energie, die sich in mir aufgestaut hatte, ihren Weg nach draußen.

Die Erleichterung, als diese gigantische Kraft und mit ihr die qualvollen Schmerzen meinen Körper verließen, war unbeschreiblich. Als ich auf die Knie fiel, hatte ich die Augen noch immer geschlossen. Ich nahm die Schreie um mich herum zwar wahr, doch ich war zu erschöpft, um zu verstehen, was gerade geschah oder was sie bedeuteten.

Dann kippte ich zur Seite.

Bevor mein Körper unsanft auf dem Boden aufschlug, hatten sich zwei starke Hände um mich gelegt. Ich wurde nach oben gezogen, und als mir der Duft von frischem Holz und Zitronen in die Nase stieg, wusste ich, dass es David war, der mich in seinen Armen hielt und mich fest an sich presste.

Ich verstand nicht, was geschehen war. Das Gesicht fest an seine Brust gepresst, lauschte ich auf die Geräusche um uns herum. Doch ich hörte nichts außer Davids Atemzüge an meinem Ohr und Naomis erstaunte Ausrufe. Kein Knurren, kein gefährliches Brüllen.

Träge blinzelnd versuchte ich, die Augen zu öffnen und hob erschöpft den Kopf. Als es mir endlich gelang, und sich der trübe Schleier etwas gelegt hatte, sah ich mich um. In einem Radius von ungefähr fünfzig Metern stand kein Baum mehr, und der Schnee, der eben noch wie eine weiße Lage Stoff den Waldboden bedeckt hatte, war verschwunden.

Kein einziger Werwolf war zu sehen. Stattdessen entdeckte ich überall blutige Fleischfetzen, die sogar teilweise in den Ästen hingen. Und ich hatte irgendwie das Gefühl, als wäre ich kleiner geworden. Stirnrunzelnd sah ich nach unten auf meine Füße und stellte erstaunt fest, dass David und ich in einem kleinen Krater standen, genau wie Naomi, die sich ebenfalls völlig überrascht umsah.

Die ganze Umgebung sah aus, als hätte ein Meteorit eingeschlagen und als wäre alles um uns herum durch die darauffolgende Druckwelle zerstört worden.

»Was ist passiert?«, flüsterte ich erschüttert.

»Sag du es mir«, entgegnete David und strich mir sanft mit dem Handrücken über die Wange. Ruckartig riss ich den Kopf hoch und sah ihn an.

»Wieso ich?«

»Weil du das gewesen bist«, antwortete er.

»Ich? Aber wie?«

Anstatt mir zu antworten, beugte er sich zu mir und küsste mich. Diese zärtliche Geste traf mich völlig unvorbereitet.

Ich schlang die Arme um seinen Hals. Die Erleichterung darüber, dass er noch am Leben war und mich in seinen Armen hielt, war grenzenlos. Er legte seine Hände auf meine Taille und zog mich fester an sich.

»Hallo? Könnt ihr damit nicht warten, bis wir wieder bei den anderen sind?«, schnaubte Naomi. Widerwillig löste sich David von mir.

Die Vampirin stand neben uns, die Fäuste in die Hüften gestemmt und schüttelte missbilligend den Kopf. Augenblicklich wallten Schuldgefühle in mir auf. Ich wusste ja immer noch nicht, was zwischen den beiden eigentlich lief.

David, der mein Unbehagen zu spüren schien, zwang mich, ihn anzusehen. Sein sanftes Lächeln beruhigte mich, und seine strahlend grünen Augen zogen mich sofort wieder in seinen Bann.

»Zwischen Naomi und mir war niemals mehr als nur Freundschaft«, beantwortete er meine unausgesprochene Frage.

Ich zog die Augenbrauen nach oben und sah ihn erstaunt an.

»Aber ich dachte ... «, stammelte ich verwirrt, verstummte jedoch mitten im Satz, während mein Herz bereits wieder begann, wilde Purzelbäume zu schlagen.

»Es war notwendig, den Anschein zu erwecken, als wäre es anders«, erklärte er knapp.

Nun war ich völlig konfus. Was sollte das denn bedeuten? »Wieso?«

Erneut lächelte er. »Das erklären wir dir unterwegs. Jetzt müssen wir uns aber schleunigst auf den Weg machen und hoffen, dass Jason auf uns gewartet hat, sonst dürfen wir den ganzen Weg zu Fuß gehen.«

Ich blickte zu Naomi, die mich breit grinsend ansah. »Und nur damit du es weißt, ich hasse dich nicht«, sprudelte es aus ihr heraus.

»Wie bitte?« Ich verstand nur noch Bahnhof und kam mir vor, als hätte ich irgendetwas Wichtiges verpasst.

»Ich finde dich ganz okay, auch wenn du manchmal ein wenig seltsam bist.«

»Warum sagst du das?«

»Was? Dass du dich hin und wieder etwas komisch benimmst?«

»Nein, dass du mich magst.«

»Ich habe nicht gesagt, dass ich dich mag, sondern dass ich dich ganz okay finde«, antwortete sie mit einem schelmischen Grinsen. Dann seufzte sie und ihr Lächeln verschwand. »Ich dachte, ich sollte dir die Wahrheit sagen, bevor ich ...« Sie beendete den Satz nicht, aber ich wusste, was sie meinte. Automatisch wanderte mein Blick zu ihrer Schulter, wo das Shirt zerrissen und blutbefleckt war. Für einen Moment hatte ich völlig vergessen, dass sie gebissen worden war. Die Hochstimmung, in die mich Davids Worte versetzt hatten, verschwand schlagartig. Stattdessen fühlte ich jetzt eine tiefe Beklommenheit.

Naomi machte einen Schritt auf mich zu und legte freundschaftlich ihre Hand auf meinen Arm. »Hör auf, dir darüber den Kopf zu zerbrechen. Ich habe mein Schicksal akzeptiert, also kannst du das auch. Sei mir in meinen letzten Stunden einfach nur eine Freundin, und gib mir nicht das Gefühl, als würde ich jeden Moment tot umfallen.«

Ich schluckte bei ihren Worten und nickte. »Ist gut«, krächzte ich mit belegter Stimme.

David legte den Arm beschützend um meine Schulter und küsste mich sanft auf die Stirn. »Lasst uns gehen. Wir müssen noch einen Schlüssel finden, damit dieser Albtraum hier endlich ein Ende findet.«

Auf dem Weg zurück zur Hütte erzählten sie mir einige Neuigkeiten, die mich wortwörtlich fast aus den Latschen kippen ließen. So erfuhr ich zum Beispiel, dass Naomi und David nur aus einem einzigen Grund mit ins Haus der Angst gekommen waren, nämlich meinetwegen. Ihre Aufgabe war es, mich zu beschützen und Sorge dafür zu tragen, dass mir nichts geschah. Naomi hatte diesen Job bisher allein erledigt. Sie war mir, wann immer es möglich war, unauffällig gefolgt und hatte fast jeden meiner Schritte überwacht. Vor Kurzem war dann auch David abberufen worden und ans *Woodland College* gekommen, um ebenfalls ein Auge auf mich zu haben.

Damit niemand Verdacht schöpfte, dass beide Wächter waren und sich nur an der Schule befanden, um mich zu bewachen, waren sie auf Abstand gegangen und hatten so getan, als könnten sie mich auf den Tod nicht ausstehen. Wobei Naomi wesentlich überzeugender gewesen war, als David. Noch sprachloser wurde ich jedoch, als sie mir erzählten, dass unsere Rektorin, Mrs Jackson, diesen Personenschutz angeordnet hatte.

»Was hat sie denn damit zu tun?«, erkundigte ich mich, als ich den ersten Schock überwunden hatte.

»Sie ist eine der Ratsvorsitzenden, und seit diese

seltsame Prophezeiung aufgetaucht ist, hat sie ein Auge auf dich.«

Bei seinen Worten blieb ich ruckartig stehen. Ich wusste natürlich, dass Mrs Jackson dem Rat angehörte. Wofür dieser zuständig war, hatte ich gleich zu Anfang gelernt, als ich aufs *Woodland College* gekommen war. Der Rat war nichts anderes als eine Art Regierung der Übernatürlichen.

Er sorgte dafür, dass es Regeln und Gesetze gab, die jeder von uns befolgen musste. Mit diesen Gesetzen wollte man verhindern, dass wir unsere Gaben missbrauchten. Der Rat setzte zudem die Höhe der Bestrafung fest, falls es doch zu einem Regelverstoß kam. Es gab sogar Gefängnisse.

Wie in jeder Gesellschaft gab es natürlich auch unter den Übernatürlichen schwarze Schafe, die ihre Kräfte einsetzten, um sich zu bereichern oder um an mehr Macht zu gelangen. Im Laufe der Zeit war daraus eine Gruppierung entstanden, die es sich zum Ziel gemacht hatte, die Macht an sich zu reißen. Alle nannten sie nur die dunkle Seite.

Die Angehörigen dieser Gruppierung waren der Meinung, wir Übernatürlichen stünden weit über den gewöhnlichen Menschen und uns allein stünde das Recht zu, die Unbegabten zu unterjochen. Sie suchten nach Begabten mit außergewöhnlichen Fähigkeiten, um sie sich zunutze zu machen.

Und wenn ein Begabter sich weigerte, dann zwangen sie ihn einfach. Es gab genügend Mittel und Wege, um den Willen eines Übernatürlichen zu brechen.

Genau aus diesem Grund hatte der Rat die Wächter ins Leben gerufen. Sie sorgten für Schutz und Sicherheit. Es gab nur wenige übernatürlich Begabte, die die notwendigen Voraussetzungen mitbrachten, um gute Wächter zu werden.

Fast jeder musste sich einer einjährigen Ausbildung unterziehen, um all das zu lernen, was man für diesen Job so brauchte. Naomi verriet mir auch, dass herkömmliche Vampire niemals zu Wächtern gemacht wurden. Auf meine Frage hin, was es mit dem Begriff *normal* auf sich hatte, erklärte sie mir, dass es zwei unterschiedliche Arten von Vampiren gab. Die einen, die gebissen und durch das Blut eines Vampirs verwandelt wurden, und die anderen, die von Geburt an ein Vampir waren.

Naomi zählte zu Letzteren und war damit etwas Besonderes. Denn geborene Vampire kamen nur sehr selten vor und waren um ein Vielfaches stärker und schneller als ihre erschaffenen Artgenossen. Geborene Vampire zählte man zu den Übersinnlichen, und im Gegensatz zu den herkömmlich verwandelten Vampiren hatten sie das Privileg, eine Schule für übernatürlich Begabte besuchen zu dürfen. Und durch ihre extrem ausgeprägten Sinne besaßen sie die besten Voraussetzungen, um gute Wächter zu werden, so wie Naomi.

»Vampire können Kinder bekommen? Ich dachte immer, dass sei unmöglich, weil ihr keinen eigenen Blutkreislauf besitzt?«, fragte ich stirnrunzelnd.

Naomi verdrehte die Augen. »Sag mal, passt du eigentlich nie im Unterricht auf? Vampire können sehr wohl Nachwuchs bekommen, genauso wie Hexen und Gestaltwandler. Es ist zwar selten, aber es hat nichts mit unserem Blutkreislauf zu tun. Wie du ja bereits festgestellt haben wirst, bin ich keine wandelnde Tote. Wir heilen zwar wesentlich schneller als gewöhnliche Menschen, aber auch wir können sterben. Das mit der Unsterblichkeit bei Vampiren ist alles nur ein dummes Ammenmärchen. Mein Herz schlägt genauso wie deines, und es pumpt Blut durch meine Adern. Der einzige Unterschied ist, dass ich kein eigenes Blut erzeugen kann und mich deshalb von Blut ernähren muss, um es aufzufüllen. Die meisten Vampire sind unfruchtbar, aber hin und wieder gibt es Ausnahmen. Dann handelt es sich bei dem geborenen Kind um einen Vampir«, antwortete sie und klang dabei ein wenig gekränkt.

»Sorry«, murmelte ich beschämt. Ich hatte tatsächlich nicht großartig aufgepasst, als es im Unterricht um Vampire gegangen war. Doch was die Prophezeiung anbelangte, die David zur Sprache gebracht hatte, tappte ich erst recht völlig im Dunkeln. Das hatten wir im Unterricht bestimmt nicht durchgenommen.

»Moment mal«, sagte ich verwirrt. »Von was für einer Prophezeiung hast du da eben gesprochen?«

David drehte sich zu mir. »Ich kenne den genauen Wortlaut nicht, aber ich weiß, dass du darin namentlich erwähnt wirst.«

»Wie bitte? Du musst dich irren. Weshalb sollte mein Name in einer Prophezeiung genannt werden? Dafür gibt es doch gar keinen Grund?«

Naomi schüttelte seufzend den Kopf. »Lucy, hast du vergessen, was du vor ein paar Minuten veranstaltet hast?«

Ich knabberte nachdenklich auf einem Fingernagel. Natürlich hatte ich es nicht vergessen, wie denn auch?

Nur zu deutlich sah ich das Chaos noch vor mir, das auf meinen Mist gewachsen war.

Aber ich wusste ja nicht einmal, wie ich dazu imstande gewesen war.

Mir war klar, dass die Zerstörung, die ich bewirkt hatte, unbeschreiblich war, was zwangsläufig bedeutete, dass die Energie in mir unglaublich stark sein musste. Doch wie es mir gelungen war, diese Kraft zu erzeugen und anschließend freizulassen, war mir ein Rätsel.

»Wovon ist in der Prophezeiung die Rede?«, wollte ich wissen. David und Naomi sahen sich an. Als die Vampirin kaum merklich nickte, wandte sich David zu mir.

»Dort wird vorausgesagt, dass du eine der Vier bist.«

»Meine Güte, muss ich dir denn jedes Wort aus der Nase ziehen?«, fragte ich genervt, als David nicht weitersprach. »Wer sind diese Vier, und weshalb hetzt Mrs Jackson mir Wächter auf den Hals?«

Bei meinen Worten zuckte David zusammen. Sofort entschuldigte ich mich leise murmelnd und versicherte ihm, dass ich es nicht so gemeint hatte. Ich war froh, die beiden an meiner Seite zu haben, und ich verdankte ihnen mein Leben.

»Die vier mächtigsten Übernatürlichen, die es je gab – und so wie es aussieht, bist du eine davon«, erklärte Naomi.

»Jeder von euch allein hat unglaubliche Macht, aber solltet ihr eure Energie jemals bündeln, wäre dies eine überdimensionale, noch nie da gewesene Kraft. So unfassbar machtvoll, dass ihr damit ganze Kontinente dem Erdboden gleichmachen könntet«, fügte David hinzu und sah mir dabei tief in die Augen, um darin meine Reaktion auf seine Worte abzulesen.

»Du verarschst mich.« Ich grinste ihn erwartungsvoll an, doch als er nicht lächelte, wurde ich schlagartig wieder ernst. »Nein, tust du nicht«, stellte ich leise fest.

»Alles, was ich dir eben erzählt habe, ist die Wahrheit. Der Grund, warum Mrs Jackson uns zu deinem Schutz abgestellt hat, ist, dass die dunkle Seite von dir weiß. Wir haben keine Ahnung, wie das möglich war, aber sie wissen, dass es dich gibt und wer du bist – und sie wollen dich. Wir haben Informationen zugespielt bekommen, dass einer der Schüler des *Woodland College* zu ihnen gehört und auf dich angesetzt wurde. Was höchstwahrscheinlich auch bedeutet, dass er dich niemals aus den Augen lässt und sich zusammen mit uns hier im Haus der Angst befindet.«

»Sie haben jemanden auf mich angesetzt?«, entgegnete ich schockiert.

Fast im gleichen Augenblick erinnerte ich mich wieder an meine Schulleiterin, die mir im Schlaf erschienen war.

»Sie war in meinem Traum und wollte mich

warnen, aber ich konnte sie nicht richtig verstehen«, murmelte ich nachdenklich.

»Was?« Naomi sah mich fragend an.

»Mrs Jackson. Ich habe von ihr geträumt«, versuchte ich, zu erklären.

David nickte. »Es ist eine ihrer Gaben, anderen im Traum zu erscheinen.«

Ich sah ihn verblüfft an. Von dieser Gabe hatte ich ebenfalls noch nie etwas gehört. Was gab es denn sonst noch alles, wovon ich keine Ahnung hatte? Ich musste offensichtlich noch eine ganze Menge lernen.

»So etwas gibt es?«

»Es gibt noch so einiges, das du nicht weißt«, erklärte er milde lächelnd. »Du solltest vielleicht auch erfahren, dass bereits zwei der Vier zur dunklen Seite gewechselt sind. Niemand weiß, wie die dunkle Seite das geschafft hat. Wir tippen auf eine Art Gehirnwäsche. Mit Zauberei ist ja bekanntermaßen alles machbar.«

»Dann haben sie es auf mich und den verbliebenen Begabten abgesehen, weil sie die Macht der Vier für sich nutzen möchten«, schlussfolgerte ich nachdenklich.

»Genau«, meinte Naomi und nickte. »Und falls ihnen das jemals gelingen sollte, dann gnade uns Gott.«

Ich schwieg, weil ich damit beschäftigt war, die ganzen Neuigkeiten zu verarbeiten. Ich konnte noch immer nicht so recht glauben, dass ich eine der vier mächtigsten Übernatürlichen sein sollte.

Doch wenn ich an die unglaubliche Energie dachte,

mit der ich alle Werwölfe getötet und den Wald um uns herum in Schutt und Asche gelegt hatte, war es vielleicht doch die Wahrheit.

Was mich zu einer neuen Frage brachte.

»Warum seid ihr nicht umgekommen, als meine Energie die Werwölfe vernichtet hat?«

»Weil unsere und auch deine Gabe ähnlich wie Schutzzauber funktionieren. Die Fähigkeit konzentriert sich nur auf das Böse. Alles andere bleibt verschont, es sei denn, du willst deine Macht gegen jeden einsetzen, der sich in deiner Nähe befindet. Es liegt allein an deinem Willen.«

»Das ist ganz schön viel Input in so kurzer Zeit«, seufzte ich.

»Auf jeden Fall solltest du das alles erst einmal für dich behalten, solange wir nicht wissen, wer von den anderen für die dunkle Seite arbeitet«, schlug David vor.

»Und was ist mit Mona? Darf ich es ihr erzählen?«

»Nein«, antwortete David ernst.

Ich blies die Backen auf wie ein Hamster und atmete tief durch. »Das wird schwer«, gab ich zu bedenken.

»Du schaffst das schon«, teilte Naomi mir mit und klopfte mir freundschaftlich auf den Rücken. Leider hatte sie wieder einmal vergessen, wie stark sie war. Ich stolperte und fiel vornüber.

Zum Glück konnte ich mich auf David verlassen, der blitzschnell die Arme um mich geschlungen hatte und mich festhielt.

»Sorry«, murmelte Naomi verlegen und presste die

Lippen fest aufeinander, um sich ein Lachen zu verkneifen. Ich kniff die Augen zusammen und sah sie vorwurfsvoll an. Manchmal hatte es den Anschein, als würde sie das absichtlich machen. Dann wurde sie plötzlich ernst. »Du solltest auch noch wissen, dass es verboten ist ...«, begann sie, doch David fiel ihr barsch ins Wort.

»Nicht jetzt, Naomi!«, sagte er drohend und funkelte sie wütend an. Die Vampirin sah ihn kurz an, dann seufzte sie und nickte. Ich blickte zwischen den beiden hin und her.

»Was ist verboten?«, wollte ich schließlich an Naomi gewandt wissen, doch sie zuckte lediglich die Achseln und schwieg.

»Später«, antwortete David knapp.

Ich öffnete den Mund, um etwas zu entgegnen, doch da tauchte Mr Chiaves Blockhaus auf, und ich vergaß, was ich sagen wollte. Ich atmete erleichtert auf. Wir hatten es geschafft.

»Jetzt hoffen wir mal, dass Jason auf uns gewartet hat«, sagte David. Wir traten vorsichtig durch die Tür und sahen uns angespannt um. Bei dem Durcheinander, das im Innern der Hütte herrschte, war es offensichtlich, dass einige Werwölfe in das Haus vorgedrungen waren.

»Meine Güte, wie sieht es denn hier aus?« Naomi verzog angewidert das Gesicht.

Tische und Stühle waren umgekippt, und die Türen zu den angrenzenden Zimmern hatte jemand aus den Angeln gehoben.

Sie lagen zertrümmert am Boden, genauso wie

Schubladen und Schränke, deren Inhalt sich überall im Raum verteilt hatte. Als wir an der Falltür ankamen, sahen wir darauf tiefe Kratzer im Metall, doch sie war immer noch fest verschlossen, was uns neuen Mut gab. Anscheinend war es den Kreaturen nicht gelungen, in Mr Chiaves Versteck vorzudringen.

Naomi hämmerte mit all ihrer Kraft gegen die Tür, woraufhin sich unverzüglich eine Delle bildete. Wir hörten, wie der Riegel zurückgeschoben wurde und kurz darauf sah uns Jason freudestrahlend an. Mir fiel ein Stein vom Herzen.

»Wird aber auch Zeit«, begrüßte er uns grinsend.

Kapitel 16

Mona fiel mir laut kreischend um den Hals.

»Mach so etwas nicht noch einmal, hörst du? Ich dachte, ich sehe dich niemals wieder!«

Auch unsere anderen Freunde schienen sichtlich erleichtert, dass wir noch am Leben waren. Verstohlen sah ich mich um und betrachtete jeden einzelnen unserer Mitschüler. Ich fragte mich, wer von ihnen wohl für die dunkle Seite arbeitete. Mein Blick fiel auf die Zwillinge William und Benjamin. Nein, die beiden waren ganz sicher keine Verräter.

Dann sah ich verstohlen zu Tim, der sich gerade eine braune Haarsträhne aus der Stirn strich. Dass er etwas für mich empfand und daraus auch keinen Hehl machte, wusste ich bereits, aber vielleicht spielte er diese Rolle nur, um in meiner Nähe zu sein?

Wieder verwarf ich den Gedanken und schnaubte innerlich. Das traute ich meinem Freund einfach nicht zu. Er müsste schon ein hervorragender Schauspieler sein, um sich derart zu verstellen.

Wilson und Sarah schloss ich ebenfalls aus. Die Heilerin war viel zu ängstlich. Und Wilson, der offensichtlich bis über beide Ohren in Mona verknallt war, würde so etwas niemals in Erwägung ziehen. Auch Sean, unser Gestaltwandler, war mit Sicherheit kein Abtrünniger. Der schlaksige junge Mann mit den strohblonden Locken vergötterte unsere Rektorin und war stolz, ein Teil des *Woodland College* zu sein. Er kam für so etwas definitiv nicht infrage.

Naomi und David hatten sich mir gegenüber als Wächter geoutet, also konnte ich die beiden ebenfalls ausschließen. Jason und Mr. Chiave hatten wir erst im Haus kennengelernt, sie konnten es also auch nicht sein. Und meine beste Freundin Mona war über jeden Zweifel erhaben. Blieb also nur noch Chris.

Mit zusammengekniffenen Augen musterte ich meinen herrischen Mitschüler. War er der Spion der dunklen Seite? Er war der einzige meiner Mitschüler, dem ich so etwas zutrauen würde.

Ich seufzte und sah auf meine Hände. Spekulationen brachten mich jetzt nicht weiter, ich benötigte einen klaren Beweis. Andererseits wäre es nicht das erste Mal, dass mein Instinkt mich im Stich ließ. Ich würde meine Freunde jedenfalls im Auge behalten und darauf achten, ob sich einer von ihnen verdächtig benahm.

»Nachdem wir nun endlich vollzählig sind, sollten wir diesen bescheuerten Raum schnellstmöglich wieder verlassen«, schlug Tim vor. Alle nickten zustimmend.

Jason teleportierte uns nacheinander zum Ausgang. Hin und wieder versorgte ich ihn mit Energie, was er mit einem dankbaren Lächeln quittierte. Nachdem wir alle vor dem Ausgang versammelt waren, trat Tim vor und die Tür öffnete sich. Erleichtertes Aufseufzen war zu hören, als wir uns kurz darauf im Flur des Hauses der Angst wiederfanden.

»Ich bin echt froh, wenn dieser ganze Spuk endlich

vorbei ist«, erklärte Benjamin und erntete ein zustimmendes Nicken von Wilson.

»Geht mir auch so. Ich mache drei Kreuze, sobald ich wieder in meinem Bett in der Schule liege«, meinte Sean.

Ich drehte mich zu Naomi, die breit grinsend in ein Gespräch mit Sean vertieft war, und mein Herz wurde schwer. Sie hatte nicht so viel Glück gehabt wie David und ich.

Wie lange würde sie sich wohl noch auf den Beinen halten können? Naomi hatte mir zwar erzählt, dass es für ihren Werwolfbiss keine Heilung gab und sie zwangsläufig sterben würde, aber ich wollte nichts unversucht lassen und schlenderte unauffällig zu Sarah. Die Heilerin saß mit dem Rücken zur Wand und nippte hin und wieder an ihrer Wasserflasche. Ich setzte mich neben sie.

»Hi«, begrüßte ich sie lächelnd.

»Oh, du bist es. Schön, dass ihr wohlauf zurück seid«, entgegnete sie.

»Ich habe eine Bitte an dich«, fiel ich gleich mit der Tür ins Haus.

»Klar, wie kann ich dir helfen?«

Ich kratze mich am Kinn und suchte nach der passenden Formulierung für mein Anliegen. »Heiler können doch auch eine Art Bestandsaufnahme vom Gesundheitszustand einer Person machen, sobald sie diese berühren, oder?«

»Stimmt, wenn ich jemanden anfasse und mich fest auf die besagte Person konzentriere, kann ich sozusagen ihren Körper nach Verletzungen, Krankheiten und Gebrechen absuchen. Wieso fragst du? Geht es dir nicht gut?«

Ich winkte ab. »Mit mir ist alles in Ordnung. Es geht um Naomi«, erklärte ich.

Die Heilerin runzelte die Stirn und sah mich fragend an.

Ich berichtete Sarah, was im Wald geschehen war, bat sie jedoch, es für sich zu behalten. Obwohl Sarah von Haus aus ein dunkler Hauttyp war, wurde ihre Gesicht kalkweiß, als ich schilderte, wie der Werwolf Naomi gebissen hatte. Sie schlug sich entsetzt die Hand vor den Mund und sah mich mit großen Augen an.

»Aber das ist ja schrecklich«, flüsterte sie und warf einen verstohlenen Blick hinüber zu Naomi.

»Könntest du so eine lebensgefährliche Verletzung erkennen, wenn du sie berührst? Würdest du spüren, dass sie von einem Werwolf gebissen wurde und sterben muss?«

Sarah nickte. »Natürlich«, antwortete sie. »Aber ich könnte sie nicht heilen«, fügte sie traurig hinzu. »Ein erfahrener Heiler kann womöglich helfen, aber ich bin noch nicht so weit. Verletzungen, die jemandem von anderen magischen Wesen zugefügt wurden, sind sehr schwer zu heilen, wenn überhaupt.«

Ich holte tief Luft. »Könntest du Naomi wenigstens unauffällig berühren und nachsehen, ob sie wirklich bald sterben muss?

»Lucy, wenn Naomi tatsächlich von einer solchen Kreatur gebissen wurde, dann kann ich ihr nicht helfen«, erklärte sie traurig.

»Ich weiß, aber ich wäre dir sehr dankbar, wenn du sie trotzdem durchcheckst. Ich will einfach nur Gewissheit haben. Du müsstest es allerdings so machen, dass Naomi nicht bemerkt, dass du in ihrem Körper herumspionierst.«

»Hast du die Bisswunde gesehen?«, wollte sie wissen. Ich nickte. »Weshalb soll ich sie dann untersuchen?«, entgegnete Sarah und sah mich verständnislos an.

»Bitte, tu es einfach. Für mich«, bat ich die Heilerin und sah sie flehend an. »Du musst es aber ganz unauffällig machen, denn sie wird sich nicht freiwillig von dir untersuchen lassen. Du weißt doch, wie dickköpfig sie sein kann, und sie hat sich bereits mit ihrem Tod abgefunden. Ich will einfach nur Gewissheit haben, deshalb bitte ich dich darum«, erklärte ich.

»Warum machst du dir eigentlich solche Sorgen um Naomi? Ich dachte, ihr beide könnt euch nicht ausstehen.«

Ich machte eine wegwerfende Geste. »Das ist eine lange Geschichte«, wiegelte ich ab.

Auf Sarahs Züge legte sich ein sanftes Lächeln. »Okay, ich werde dir helfen«, lenkte Sarah schließlich ein. »Wann soll ich es tun?«

»Jetzt sofort«, entgegnete ich.

Die Heilerin zog erstaunt die Brauen nach oben. Anschließend nickte sie und fuhr sich mit der Hand durch ihr langes schwarzes Haar, bevor sie aufstand.

»Das wird bestimmt kein Zuckerschlecken, aber ich tue mein Bestes.« Sarah tänzelte hinüber zu Naomi.

Ich beobachtete, wie sie einer völlig überrumpelt wirkenden Naomi um den Hals fiel. Anschließend griff sie deren Hand und redete wild auf die sichtlich verwirrte junge Vampirin ein, die ab und zu nickte und sich sogar ein Lächeln abringen konnte. Verwundert betrachtete ich die Szene, und wieder einmal musste ich mir eingestehen, dass mich meine Menschenkenntnis im Stich gelassen hatte. Sarah war gar nicht so hilflos und einfältig, wie wir alle dachten. Und sie war eine perfekte Schauspielerin, wie sie nun bewies. Kurz darauf kam sie wieder zurück und setzte sich neben mich. Mit einer tiefen Falte auf der Stirn lehnte sie sich gegen die Wand.

»Was ist los?«, erkundigte ich mich alarmiert.

Sarah wandte sich zu mir. »Ich konnte rein gar nichts finden. Wurde sie wirklich von einem Werwolf gebissen?«

Ich nickte eifrig. »Ich habe es mit eigenen Augen gesehen«, versicherte ich ihr.

Die Falten auf Sarahs Stirn wurden noch tiefer. »Das verstehe ich nicht. Ich habe extra zweimal nachgesehen, aber da war nichts, bis auf ...«

»Bis auf was?«, fragte ich aufgeregt.

Sarah knetete sich unsicher die Hände, bevor sie mich ansah. »Na ja, ich kann es nicht mit Bestimmtheit sagen, aber ich bin mir relativ sicher, die Rückstände einer erst kürzlich stattgefundenen Heilung entdeckt zu haben. Naomi ist kerngesund.«

»Sie wird nicht sterben?«, flüsterte ich verwirrt. Konnte das wirklich möglich sein? »Bist du dir ganz sicher?«, hakte ich aufgeregt nach.

Sarah verdrehte die Augen. »Ja, bin ich. Absolut sicher.« Ich sah sie noch einen Moment fassungslos an, dann schenkte ich ihr ein breites Grinsen.

»Danke für deine Hilfe. Du hast was gut bei mir«, entgegnete ich euphorisch und sprang auf. Ich schlenderte zu David und versuchte, mich völlig unauffällig zu benehmen, was gar nicht so leicht war. Am liebsten wäre ich losgestürmt und ihm laut jubelnd um den Hals gefallen. Als ich ihn endlich erreicht hatte, warf ich einen Blick zu den anderen, um mich zu versichern, dass niemand uns belauschte. Dann erzählte ich ihm, was Sarahs heimliche Untersuchung ergeben hatte. Ich war so aufgeregt, dass ich mich mehrmals verhaspelte, aber schließlich beruhigte ich mich ein wenig. Ich konnte gar nicht erwarten, Naomi die Neuigkeit mitzuteilen.

»Und Sarah ist sich absolut sicher?«, wollte David wissen.

»Ja, ist sie«, beantwortete ich seine Frage. Er überlegte kurz, dann lächelte er.

»Dann sollten wir Naomi die gute Nachricht mitteilen.«

Breit grinsend liefen wir zu der Vampirin, die bei unserem Anblick argwöhnisch die Augen zusammenkniff.

»Was habt ihr jetzt schon wieder ausgeheckt?«, fragte sie misstrauisch.

Ich sah kurz zu David. Als dieser mir aufmuntert zunickte, sprudelten die Neuigkeiten aus mir heraus. Naomis Kinnlade klappte nach unten, als ich erzählte, was Sarah herausgefunden hatte. Als ich meine

Ausführungen beendet hatte und Naomi nun wusste, dass sie nicht sterben würde, stand sie einfach nur da und glotzte Löcher in die Luft.

»Naomi?« David winkte mit seiner Hand vor ihrem Gesicht. Sie blinzelte, als würde sie gerade erst wieder zu sich kommen.

»Was, wenn Sarah sich täuscht?«, hörte ich sie leise fragen.

»Sie ist sich absolut sicher. Du bist gesund«, versicherte ich ihr.

Sie sah mich an, als forschte sie in meinem Gesicht, ob ich auch wirklich die Wahrheit sagte, dann begann sie zu lachen und fiel mir laut juchzend um den Hals. Wie immer achtete sie nicht darauf, dass sie im Gegensatz zu mir übermenschliche Kraft besaß. Als sie mich ruckartig an sich zog, entwich sämtliche Luft aus meinen Lungen, und ich stieß ein dumpfes »Uff« aus. David kam mir zu Hilfe und befreite mich aus Naomis Umklammerung. Einen Arm um meine Schultern gelegt, zog er mich beschützend an sich.

»Schalt mal einen Gang runter. Lucy ist nicht so robust wie du«, erklärte er grinsend. Ich genoss seine Nähe und die Wärme seines Körpers, doch dann plötzlich ließ er mich los und trat rasch beiseite. Ich sah ihn verwundert an, doch er wich meinem fragenden Blick aus.

»Entschuldige bitte, aber das ist eine so gute Neuigkeit. Ich könnte die ganze Welt umarmen«, meinte Naomi.

Ich grübelte noch einen Augenblick über Davids seltsame Reaktion nach und suchte nach einer Erklärung für sein eigenartiges Verhalten. Dann schüttelte ich innerlich den Kopf.

Ich interpretierte wahrscheinlich wieder viel zu viel in diese Geste hinein und machte mir unnötig Sorgen. Anschließend richtete ich meine Aufmerksamkeit wieder auf die Vampirin.

»Mach das lieber nicht, sonst gibt es noch mehr Verletzte«, brummte ich hüstelnd und rieb mir den schmerzenden Brustkorb.

Plötzlich hielt Naomi inne und sah mich mit geweiteten Augen an.

»Was ist?«, wollte ich wissen und wischte mir hastig mit der Hand über die Nase. Hoffentlich baumelte da nichts, was dort nicht hingehörte.

»Das warst du!«, stellte sie erstaunt fest.

»Ich war was?« Hilfesuchend blickte ich zu David. »Hast du eine Ahnung, wovon sie redet?«

Er sah plötzlich sehr ernst und nachdenklich aus. »Ich glaube schon«, murmelte er.

»Ja, und?« Ich wedelte auffordernd mit den Händen.

Bevor er etwas sagen konnte, trat Naomi einen Schritt auf mich zu, packte mich an den Oberarmen und begann, mich leicht zu schütteln.

Und wieder einmal dachte sie dabei nicht an ihre Stärke.

Ich kam mir vor, als würde ich den stärksten Schleudergang in der Waschmaschine durchlaufen. Als ich etwas sagen wollte, kamen lediglich vibrierende Laute aus meiner Kehle.

»Verstehst du denn nicht? Ich war so gut wie tot,

aber dann hast du mir von deinem Blut zu trinken gegeben.«

Ich schüttelte verständnislos den Kopf, da ich immer noch nicht in der Lage war, zu sprechen. »Ja, und weiter? Was hat denn jetzt mein Blut mit deiner Genesung zu tun?«

Erneut war es David, der mich rettete und von Naomi wegzog. »Ich glaube, Naomi hat recht«, sagte David. »Deine Energie ist auch in deinem Blut, und damit hast du Naomi geheilt, als sie davon getrunken hat. Anders ist das nicht zu erklären.«

Die Vampirin nickte zustimmend. »Richtig! Sobald ich von dir getrunken hatte, fühlte ich mich wieder pudelwohl. So als wäre nichts geschehen. Du hast mich geheilt«, flötete sie und hing im nächsten Moment schon wieder kletterartig an meinem Hals.

Mit schmerzverzerrter Miene löste ich mich aus ihrer überschwänglichen Umarmung. »Ihr behauptet also, dass ich mit meiner Gabe auch heilen kann?«, erkundigte ich mich verblüfft.

»Nicht direkt.« David suchte händeringend nach einer passenden Erklärung. »Ich würde sagen, es war ein glücklicher Zufall, dass Naomi von deinem Blut getrunken hat. Wahrscheinlich hat sie dadurch so viel von deiner Energie zu sich genommen, dass diese das Werwolfgift in ihr bekämpfen konnte.«

»Was auch immer es war. Hauptsache sie ist wieder gesund.« Ich wollte nicht mehr darüber nachdenken, dass ich es womöglich gewesen war, die Naomi geheilt hatte, denn langsam bekam ich eine Heidenangst vor meinen eigenen Kräften. Ich fragte mich, welche Überraschungen diesbezüglich noch auf mich warteten.

Natürlich hatte ich mir eine spektakuläre Gabe gewünscht, aber jetzt besaß ich eine der stärksten, die es überhaupt gab, und gehörte angeblich auch noch zu den mächtigsten vier Übernatürlichen. Das alles wurde mir irgendwie zu viel. Zum Glück wurden wir wieder einmal von unserem selbsternannten Anführer unterbrochen, der sich genau in diesem Moment mit einem grellen Pfiff Gehör verschaffte. Ich war dankbar, dass ich dadurch den Spekulationen vorerst ein Ende setzen konnte.

Es brachte nichts, sich hier und jetzt den Kopf zu zerbrechen. Sobald wir wieder zurück im College wären, würde ich zu Mrs Jackson gehen und einige Antworten verlangen. So lange musste ich mich gedulden.

Doch dazu mussten wir erst das Haus der Angst verlassen, und bisher hatten wir noch keine Ahnung, wie uns das gelingen sollte. Ich seufzte und sah zu Christian, der vor der letzten, ungeöffneten Tür stand und streng in die Runde blickte. Als völlige Ruhe eingekehrt war, nickte er zufrieden.

»Es ist so weit«, rief er bedeutungsvoll, und seine Augen funkelten vor Aufregung. »Wie auch in den vorangegangenen Räumen bitte ich euch, dicht beieinander zu bleiben und keine Alleingänge zu unternehmen.« Dabei sah er vorwurfsvoll in meine Richtung. Ich verdrehte genervt die Augen.

Christians Gehabe ging mir wirklich ganz schön auf die Nerven. Ich war versucht, ihm gehörig die

Meinung zu sagen, belehrte mich aber eines Besseren und schwieg.

Natürlich war es leichtsinnig gewesen, die Gruppe im Alleingang zu verlassen, um Shakespeare zu retten, aber ich hatte es nun einmal getan und bereute es auch nicht. Allein Mr Chiaves glücklicher Blick hatte mich für alles entschädigt.

Um uns herum begannen einige meiner Freunde, zu flüstern. Chris räusperte sich laut und augenblicklich war es wieder mucksmäuschenstill. Mit seinem militärischen Kurzhaarschnitt und den albernen Tarnklamotten sah er tatsächlich aus wie ein Feldwebel. Obwohl auch er sich bereits einige Male umgezogen hatte, trug er ununterbrochen Militärkleidung, was wohl einiges über seinen Charakter aussagte. Anscheinend hatte er seine komplette Tasche mit dem Zeug vollgestopft.

Als meine Freunde sich in Bewegung setzten und brav vor der dritten Tür in Stellung gingen, nahm auch ich meinen Rucksack und gesellte mich zu ihnen. Ich stellte mich neben David, und unsere Hände berührten sich kurz. Ich sah ihn erwartungsvoll an, doch er machte keine Anstalten, seine Finger mit meinen zu verschränken. Was war denn nur los mit ihm?

»Alles klar bei dir?«, erkundigte er sich, als er den grüblerischen Ausdruck auf meinem Gesicht bemerkte.

»Alles bestens«, antwortete ich knapp.

Mein Blick fiel auf Mr Chiave, der unsicher von einem Bein auf das andere trat. Er hatte Shakespeare auf dem Arm und strich dem Tier geistesabwesend über den Kopf. Während Christian noch einmal alle von ihm aufgestellten Regeln herunterleierte, beobachtete ich den alten Mann. Konnten wir ihm wirklich zumuten, uns in den dritten Raum zu begleiten? Er hatte so unbeschreiblich lang in dieser Hütte gelebt und jeden Tag gegen die Angst ankämpfen müssen, dass es den Werwölfen eines Tages vielleicht gelingen könnte, den Zauber zu durchbrechen. Und jetzt, da er mit unserer Hilfe den Raum endlich verlassen hatte, wollten wir ihn gleich in den nächsten schleppen?

»Was ist denn los?« David sah mich fragend an.

»Ich habe kein gutes Gefühl bei dem Gedanken, dass Mr Chiave uns begleitet«, gab ich zu bedenken.

David sah zu dem alten Mann, der nun langsam durch den Gang schlenderte und dabei ununterbrochen auf Shakespeare einredete.

»Der Typ ist hart im Nehmen und wird das schon schaffen«, versuchte David, mich zu beruhigen. Ich seufzte, weil ich mir da nicht so sicher war.

»Es wäre wunderbar, wenn auch Lucy und David mir für einen kurzen Moment ihre Aufmerksamkeit schenken könnten«, rief Christian und warf uns einen finsteren Blick zu. »Ich habe keine Lust, alles noch mal zu erzählen, nur weil ihr nicht bei der Sache seid.«

»Ach, halt doch die Klappe, du Idiot«, brummte David ungehalten.

Christian kroch die Röte ins Gesicht, und an seinem Hals bildeten sich hektische Flecken.

»Bist du etwa der Ansicht, dass du diesen Job besser erledigen könntest, als ich? Dann nur zu!«, keifte er aufgebracht.

»Jeder hier kann das besser als du«, murmelte David gerade so laut, dass alle ihn verstehen konnten.

Christian quollen fast die Augen aus den Höhlen. Er schnappte einige Male empört nach Luft und sah dabei aus wie ein Fisch, den man aus dem Wasser gezogen hatte.

»Willst du jetzt wirklich einen Streit vom Zaun brechen?« Wütend fuhr er sich mit der Hand über sein kurz geschorenes Haar.

Die anderen starrten fasziniert zwischen den beiden Streithähnen hin und her. Nur ich achtete nicht auf die Auseinandersetzung, sondern sah mich nach Mr Chiave um.

Der alte Mann hatte mittlerweile das Ende des Flurs erreicht. Er redete weiterhin beruhigend auf den Gubi ein und betrachtete dabei neugierig die rote Tür. Christian und David brüllten sich mittlerweile so laut an, dass mir die Ohren schmerzten. Kurzerhand drehte ich mich um und schlenderte zu Mr Chiave. Je weiter ich mich entfernte, desto leiser wurde das Geschreie, wie ich zufrieden feststellte. Als ich bei der Tür angekommen war, stellte ich mich direkt neben den alten Mann und musterte ihn.

»Geht es Ihnen gut?«, wollte ich wissen und streichelte Shakespeare liebevoll über den Kopf. Mit einem zufriedenen Gurren bedankte sich der Gubi für die Zuwendung.

»Bisher geht es mir fantastisch, mein Kind. Ich habe

lediglich meine Bedenken, was den dritten Raum anbelangt, den wir gleich betreten werden«, gestand er.

»Geht mir genauso«, antwortete ich. »Wer weiß, was hinter der Tür auf uns wartet?«

Mr Chiave stieß ein bellendes Lachen aus und atmete anschließend tief durch.

»Nichts Gutes, fürchte ich.« Er fuhr gedankenverloren mit der Hand über die glatte, rote Oberfläche der Tür. Ich beobachtete ihn dabei, und erstarrte.

»Ich fasse es nicht«, rief ich so laut, dass sowohl Mr Chiave als auch Shakespeare erschrocken zusammenfuhren.

Einen Augenblick später war David an meiner Seite, der meinen erstaunten Ausruf ebenfalls mitbekommen hatte.

»Was ist los, Lucy?«, fragte er besorgt, dann folgte er meinem Blick, und seine Augen wurden riesig.

»Könnte mir wohl jemand erklären, was der Scheiß soll ...«, begann Chris, der mit energischen Schritten auf uns zukam, aber er beendete den Satz nicht. Sein Mund stand weit offen, als er die Türklinke erblickte, die wie aus dem Nichts erschienen war.

»Da brat mir doch einer einen Storch«, rief Mr Chiave erstaunt. »Wie ist das denn möglich?«

Mittlerweile waren auch alle anderen zu uns geeilt und verrenkten sich fast die Hälse, um einen Blick auf die Tür zu werfen.

»Vielleicht ist es eine Falle?«, mutmaßte Wilson und fuhr sich nachdenklich durch sein feuerrotes Haar.

»Blödsinn!« Benjamin tat die Bemerkung seines

Bruders mit einer wegwerfenden Geste ab.

»Wollen wir die Tür nicht öffnen?«, schlug Mona vor, die David zur Seite gedrängt und sich bei mir untergehakt hatte.

David legte eine Hand auf Mr Chiaves Schulter und sah ihn neugierig an.

»Sind Sie im Besitz des Schlüssels?«

Der alte Mann sah ihn verwirrt an, dann runzelte er die Stirn.

»Nein, ich habe keinen Schlüssel«, beteuerte er kopfschüttelnd. Um allen zu beweisen, dass er die Wahrheit sagte, drückte er Mona den Gubi in die Hand und leerte all seine Taschen. »Siehst du, kein Schlüssel«, wiederholte er und hielt David die offenen Handflächen hin, auf denen diverse Kleinigkeiten, wie ein einzelnes Bonbon, ein Nagelknipser und ein Brillenputztuch lagen.

»Das ist seltsam«, murmelte David nachdenklich. Eine tiefe Falte bildete sich zwischen seinen Brauen. »Wenn Sie nicht den gesuchten Schlüssel bei sich haben, wie ist es dann möglich, dass die Klinke erscheint?«

»Ich weiß es nicht, mein Junge«, erwiderte Mr Chiave. »Vielleicht bin *ich* ja der Schlüssel«, fügte er scherzhaft hinzu.

Kaum hatte er den Satz beendet, schlug sich Sarah laut klatschend die Handfläche gegen die Stirn. »Mein Gott, bin ich dämlich. Wie habe ich das nur übersehen können!«, schalt sie sich selbst.

»Was meinst du?«, erkundigte ich mich.

Alle Blicke waren auf die dunkelhaarige Heilerin

gerichtet, die weiterhin ungläubig den Kopf schüttelte. »Mr Chiave liegt mit seiner Vermutung richtig. Ihr wisst, dass ich aus Südamerika komme?«

Alle nickten, denn diese Tatsache war uns allen bekannt. Aber was hatte ihre Herkunft mit dieser Situation zu tun?

»Um genau zu sein, stamme ich aus einem kleinen Ort namens Catagalo. Das liegt in der Nähe von Rio de Janeiro. Dort ist es wirklich sehr schön ...«, fing sie an zu schwärmen.

»Sarah, worauf willst du hinaus?«, drängte David.

Die Heilerin zuckte zusammen. »Entschuldigung. Was ich damit sagen wollte ist, dass in unserem Land Portugiesisch gesprochen wird.«

»Sarah!« Davids Tonfall klang warnend.

»Lass mich, das ist wichtig«, zischte sie ihn an. »Wie gesagt, in Brasilien spricht man Portugiesisch. Als ich Mr Chiaves Namen zum ersten Mal hörte, dachte ich mir, dass es dem portugiesischen Wort für Schlüssel sehr ähnelt, das in unserer Landessprache Chave lautet.«

Einen Moment lang waren wir alle ganz still, dann fiel auch bei uns der Groschen.

David wandte sich zu dem alten Mann, der die Diskussion neugierig verfolgt hatte.

»Hat sie recht? Ist es so, wie Sarah sagt?«

Mr Chiave schien nicht so recht zu wissen, was David von ihm wollte. Doch dann schien er endlich zu begreifen und seine Miene hellte sich auf.

»Du meinst die Bedeutung meines Nachnamens«, stellte er lächelnd fest.

David nickte. »Ja«, antworte er und drehte sich zu Sarah.

»Die kleine Heilerin hat vollkommen recht mit ihrer Vermutung. Chiave ist das italienische Wort für Schlüssel.«

Christian stöhnte, David schloss kurz die Augen und einige andere jubelten lautstark, als auch sie verstanden, was das bedeutete. Ich selbst war völlig sprachlos und versuchte, das plötzlich aufwallende Gefühlschaos in meinem Kopf zu ordnen. Konnte es wirklich so einfach sein? War der alte Mann unser Weg zurück in die reale Welt?

»Wir hatten den Schlüssel also die ganze Zeit und wussten es nur nicht«, seufzte Sean.

»Lasst uns endlich von hier verschwinden. Ich habe die Nase voll von diesem Haus und seinen Bewohnern«, erklärte Naomi mit fester Stimme. Zustimmendes Gemurmel erklang.

»Ja, sehen wir zu, dass wir wieder in unsere eigene Welt kommen«, stimmte Tim zu und sah erwartungsvoll zu Mr Chiave. Der legte die Hand auf den Türknauf und warf uns einen letzten fragenden Blick zu. Als wir alle aufgeregt nickten, drückte er die Klinke nach unten und öffnete die Tür.

Kapitel 17

Kaum hatte Mr Chiave die Tür geöffnet, zog urplötzlich dichter Nebel auf. Ich spürte ein unangenehmes Kratzen im Hals und hustete laut, genau wie meine Mitschüler. Als der Dunstschleier sich langsam verzog, fiel mein erster Blick auf die Holzdielen unter meinen Füßen, und ich atmete erleichtert aus. Wir hatten das Haus der Angst verlassen und befanden uns wieder auf dem Dachboden des *Woodland College*.

»Alles in Ordnung bei dir?«, erkundigte sich David neben mir. Als ich nickte, schenkte er mir sein unwiderstehliches Lächeln. »Wir haben es tatsächlich geschafft«, flüsterte er und sah sich erstaunt um, als könne er immer noch nicht glauben, dass wir das Haus der Angst hinter uns gelassen hatten. Ich fiel ihm erleichtert um den Hals. Kurz schloss er mich in seine Arme, doch dann versteifte sich sein ganzer Körper, und er schob mich sanft von sich. Ich sah ihn verwirrt an, doch ich bekam keine Erklärung für sein seltsames Verhalten. Ich hatte bereits den Mund geöffnet, um David zu fragen, warum er sich plötzlich so abweisend benahm, da wurde meine Aufmerksamkeit auf Sarah gelenkt. Sie stand dicht bei uns, heulte laut und bekreuzige sich ununterbrochen.

»Wir sind tatsächlich wieder zurück, und wir leben noch«, schluchzte sie.

Tim reichte ihr ein Taschentuch. Sie nahm es dankend an und putzte sich lautstark die Nase. Ich warf einen raschen Blick in Monas Richtung und zog erstaunt die Brauen nach oben. Sie hatte die Arme um Sean geschlungen, und die beiden küssten sich.

»Das wird aber auch Zeit«, murmelte ich grinsend.

David sah mich fragend an. »Was meinst du?«

Ich deutete auf das knutschende Pärchen. Als er verstand, was ich meinte, nickte er lächelnd. Doch gleichzeitig wirkte David traurig, was mich stutzig machte. Was war denn nur los mit ihm?

Jason atmete lautstark aus und sah sich neugierig auf dem Dachboden um. Er fuhr mit den Fingern über das alte Skelett an der Wand, um sich zu versichern, dass wir uns tatsächlich wieder in der Schule befanden.

»Ich danke Gott, dass uns der letzte Raum erspart geblieben ist«, seufzte er erleichtert.

»Was ist denn im letzten Zimmer?«, erkundigte sich Wilson neugierig.

»Glaub mir, das willst du nicht wissen. Ich sage nur so viel: Wenn du auf die Kreaturen im letzten Raum triffst, kommen dir die Werwölfe und der Nebel wie ein fröhlicher Familienausflug vor.«

Ich sah den blonden Mann an. Was er durchgemacht hatte, mochte ich mir gar nicht vorstellen. Jahrelang im Haus der Angst festzusitzen und nicht zu wissen, ob man den nächsten Tag überlebt, musste grausam gewesen sein.

Neben uns fiel Benjamin auf die Knie und küsste laut schmatzend die staubigen Holzdielen unter sich.

»Ich liebe dich, du altes, verwanztes College. Zum Dank, dass ich wieder heil aus dieser Scheiße herausgekommen bin, gelobe ich, mich zukünftig im Unterricht mehr anzustrengen«, schwor er dankbar. Wir kicherten.

»Ihr Wort in Gottes Ohr«, rief eine mir sehr vertraute Stimme. Wir wirbelten herum und erblickten unsere Rektorin in der Tür, umringt von vier schwarz gekleideten Männern, die uns unheilvoll anstarrten.

»Mrs Jackson!«, rief Sarah überglücklich und fiel unserer Schulleiterin um den Hals. Die schwankte bedenklich, fing sich aber schnell wieder und tätschelte der Heilerin lächelnd den Rücken.

»Woher wussten Sie ...«, begann Tim, brach jedoch abrupt ab, als die Rektorin die Hand hob.

»Ich weiß so einiges, doch das tut jetzt nichts zur Sache. Sie alle haben gegen so ziemlich jede Regel unserer Schulverordnung verstoßen, und Ihnen ist hoffentlich klar, dass dies Konsequenzen nach sich ziehen wird?« Die Schulleiterin ließ den Blick über uns wandern und verharrte bei jedem einige Sekunden. Wir senkten beschämt die Köpfe. Mrs Jackson seufzte laut. »Über die Bestrafung werden wir uns später unterhalten. Jetzt möchte ich Sie bitten, den Dachboden zu verlassen und auf Ihre Zimmer zu gehen. Sollten Sie hungrig sein, so können Sie noch einen kurzen Abstecher zur Cafeteria machen. Mrs Bennett ist eigens aus diesem Grund aufgestanden und wartet dort auf Ihre Bestellungen. Wenn Sie ausreichend versorgt sind, dann begeben Sie sich umgehend auf Ihre Zimmer. Diese Herren ...« Sie deutete auf die Männer in Schwarz, die uns noch immer finster musterten. »Diese Herren werden Sie alle irgendwann in den nächsten Stunden aufsuchen und Ihnen einige Fragen stellen. Bitte seien Sie so kooperativ wie möglich.«

Ich musterte die dunkel gekleideten Typen und fragte mich, wer sie wohl waren. David, der wieder einmal meine Gedanken zu lesen schien, beugte sich zu mir und flüsterte: »Das sind Wächter.«

»So wie du und Naomi?«, wollte ich wissen. Er nickte.

Als Mrs Jackson lautstark in die Hände klatschte und uns damit zu verstehen gab, dass wir uns auf den Weg machen sollten, griff ich nach Davids Hand. Naomi beobachtete uns, dann warf sie David einen warnenden Blick zu, und er ließ meine Hand los. Verstört sah ich ihn an, doch er wich mir aus. Was war denn nur los mit ihm? Wieso war er so abweisend, und weshalb ging er jeder Berührung aus dem Weg? Lag es an den anderen Wächtern? Als wir die Tür erreicht hatten, legte sich Mrs Jacksons Hand auf meinen Arm.

»Sie drei kommen bitte mit in mein Büro«, sagte sie. Ich schluckte und sah erschrocken zu Naomi und David.

Auch uns hatte Mrs Jackson zugestanden, noch rasch einen Abstecher in die Cafeteria zu machen, was wir natürlich nicht abgelehnt hatten.

Eskortiert wurden wir von zwei der schwarz

gekleideten Männer, die uns keine Sekunde aus den Augen ließen. Ich biss in mein Sandwich und wagte einen kurzen Blick über meine Schulter. Die beiden Wächter hatten sich neben der Tür postiert und starrten ausdruckslos vor sich hin.

Fünfzehn Minuten später saßen wir im Büro der Rektorin. David und ich hatten auf den beiden Stühlen Platz genommen, während die Rektorin Naomi gebeten hatte, vor der Tür zu warten, da sie erst mit uns unter vier Augen sprechen wollte.

Mrs Jackson hatte hinter ihrem Schreibtisch Platz genommen. Sie musterte uns eindringlich, sagte aber kein Wort. Ich krümmte mich innerlich unter ihren Blicken und fragte mich, welche Bestrafung uns nun wohl erwarten würde. Die Rektorin wirkte erschöpft und müde, als sie uns eingehend musterte. Sie rieb sich den Nasenrücken und schloss seufzend die Augen. Dann sah sie mich an.

»Wie konnten Sie sich nur auf so ein gefährliches Abenteuer einlassen, Lucy?«

Ich rutschte noch tiefer in meinen Stuhl und versuchte, mich so klein wie möglich zu machen. Die ganze Situation war mir mehr als unangenehm, und ich hatte keine Ahnung, was ich auf ihre Frage antworten sollte. Dass Mona so lange auf mich eingeredet hatte, bis ich schlussendlich nachgegeben und eingewilligt hatte? Dann würde meine Freundin Ärger bekommen und das war das Letzte, was ich wollte. Außerdem war es meine eigene Entscheidung gewesen. Niemand hatte mich gezwungen.

»Es tut mir leid«, nuschelte ich leise.

»Das will ich hoffen«, antwortete Mrs Jackson streng. »Und jetzt berichten Sie mir ganz genau, was Sie im Haus der Angst erlebt haben. Lassen Sie kein Detail aus, auch wenn es Ihnen noch so unwichtig erscheint.«

Ich warf einen ängstlichen Blick zu David. Er nickte mir aufmunternd zu, und ich begann zu erzählen.

David sprang immer dann ein, wenn ich etwas vergaß, wofür ich ihm sehr dankbar war. Alles zu erzählen bedeutete gleichzeitig, dass ich den Ausflug gewissermaßen noch einmal erlebte. Zum Glück war David an meiner Seite, der mich beschützend in die Arme nahm, als ich von den Werwölfen berichtete und zu weinen begann.

Mrs Jackson stellte keine Fragen und unterbrach mich nicht ein einziges Mal. Sie nickte lediglich hin und wieder, als wüsste sie nur zu genau, wovon ich redete. Als ich bei dem Punkt angekommen war, an dem ich die Werwölfe dank meiner Gabe vernichtet hatte, meinte ich ein kaum sichtbares Lächeln bei ihr entdeckt zu haben. Nachdem ich meine Ausführungen beendet hatte, fühlte ich mich völlig ausgepowert.

David nahm meine Hand und drückte sie. Ich warf ihm einen dankbaren Blick zu, den er mit einem zaghaften Lächeln quittierte. Eigentlich rechnete ich damit, dass er meine Hand jeden Moment loslassen und sich abwenden würde, wie er es in letzter Zeit öfter getan hatte, doch dem war nicht so. Seine warmen Finger umschlossen meine, und ich genoss diese beruhigende Geste.

»Können Sie jedem im Traum erscheinen?«, fragte ich Mrs Jackson.

Ich fand es ein wenig beängstigend, dass diese Frau jederzeit in meine Träume eindringen konnte, wenn sie es wollte.

»Normalerweise ja, aber bei Ihnen war das ein klein wenig anders«, antwortete sie.

»Wie meinen Sie das?«

»Nun ja, zum einen haben Sie sich im Haus der Angst befunden, was ohnehin schon eine Barriere darstellte und zum anderen hat Ihre Gabe, auch wenn Sie diese noch nicht bewusst kontrollieren konnten, mein Eindringen in Ihren Traum blockiert.«

»Aber Sie sind mir doch erschienen, auch wenn die Verbindung, oder wie immer man das nennen mag, nicht sehr gut war«, widersprach ich.

»Das konnte ich nur, weil Sie das Schutzamulett trugen«, erklärte sie und deutete auf mein Oberteil, unter dem sich die Kette mit dem verzierten Pentagramm befand.

Ich dachte einen Augenblick nach.

»Dann ist es ähnlich wie bei Jason und seiner Gabe? Er konnte sich direkt zu mir teleportieren, weil er einen Gegenstand von mir hatte. Und das Amulett, das ich trage, ermöglicht es Ihnen, mich im Traum zu besuchen, auch wenn ich mich an einem Ort befinde, an dem das eigentlich unmöglich ist«, schlussfolgerte ich.

Die Rektorin nickte. »Das Amulett ermöglicht mir zum einen, Sie überall zu lokalisieren, und zum anderen wehrt es dunkle Zauber von Ihnen ab. Aus diesem Grund ist es ungemein wichtig, dass Sie es niemals ablegen!«

Sofort bekam ich ein schlechtes Gewissen. Schließlich hatte ich es vor unserem Ausflug nur sporadisch angelegt, und die meiste Zeit war es in meinem Nachttisch gelegen. Aber jetzt, da ich von seiner immensen Bedeutung wusste, würde ich es dauerhaft tragen. Mrs Jackson betrachtete mich eine ganze Weile. Ich krümmte mich innerlich unter ihren intensiven Blicken, doch ich ließ mir nichts anmerken.

»Sie wissen hoffentlich, was für ein Privileg es ist, mit einer solch mächtigen Gabe gesegnet zu sein?«

»Privileg?« Ich spie das Wort aus, als wäre es etwas Bitteres in meinem Mund. »Eine Gabe, die ich nicht beherrsche und von der ich eigentlich gar nichts weiß, würde ich nicht unbedingt als Privileg bezeichnen.«

Mrs Jackson legte den Kopf zur Seite und lächelte. »Irgendwann werden Sie ihre Fähigkeit kontrollieren können. Jetzt ist das alles noch neu für Sie, und Sie wissen nicht, wie Sie damit umgehen sollen, aber das wird sich ändern, sobald Sie gelernt haben, Ihre Gabe zu beherrschen.« Sie sah auf unsere Händen, die noch immer ineinander verschränkt waren. Sie hob fragend eine Braue.

»Sie sind sich nähergekommen?« Ihr Blick war fest auf David geheftet, während sie die Frage stellte. Er zuckte kaum merklich zusammen und ließ sofort meine Hand wieder los.

Sofort überkam mich ein ungutes Gefühl, als mir siedend heiß einfiel, dass er nur hier war, weil es sein Job vorschrieb und er mich beschützen musste. Ich erinnerte mich an unseren Kuss und die vielen Gelegenheiten, in denen ich die panische Angst in seinen Augen erkannt hatte, als ich in Gefahr gewesen war. Für mich stand völlig außer Frage, dass David etwas für mich empfand, doch warum nur benahm er sich dann so seltsam?

Ich ließ meine Gedanken Revue passieren und schloss kurz die Augen, um mich ganz auf diese Erinnerung zu konzentrieren. Im Wald hatte Naomi etwas angedeutet, doch David hatte sie barsch unterbrochen, sodass sie den Satz nicht beenden konnte.

»Du solltest auch noch wissen, dass es verboten ist ...«, waren ihre Worte gewesen. Aber was hatte sie damit gemeint? Was war verboten? Plötzlich kam mir ein Verdacht.

Ich öffnete die Augen und sah zu David, der sich gerade mit unserer Rektorin ein Blickduell lieferte. Womöglich war es Wächtern nicht erlaubt, eine Beziehung mit einem Schutzbefohlenen einzugehen? Das würde zumindest sein eigenartiges Verhalten erklären.

Ich rutschte unruhig auf meinem Stuhl herum. Sobald wir wieder allein waren, würde ich ihn darauf ansprechen.

David starrte nachdenklich auf seine Hände und es schien, als würde er mit sich selbst ringen. Dann hob er den Kopf und atmete tief durch. »Ja, wir sind uns nähergekommen«, erklärte er mit fester Stimme und reckte trotzig das Kinn nach vorn.

Ich sah ihn erstaunt an. Die Entschlossenheit, mit der er dies gesagt hatte, zeigte mir, dass er tatsächlich etwas für mich empfand, und mein Puls beschleunigte sich. Er drehte den Kopf und zwinkerte mir zu.

»Ihnen ist aber bewusst, dass ...«, begann Mrs Jackson, doch David unterbrach sie.

»Ich weiß«, entgegnete er ungehalten.

Ich sah fragend von David zu unserer Rektorin, doch die beiden beachteten mich überhaupt nicht. Meine Augen verengten sich zu Schlitzen, und ich räusperte mich laut.

»Um was geht es hier eigentlich?«, fragte ich ernst.

Mrs Jackson und David sahen sich noch einige Sekunden lang an, dann richtete die Rektorin ihre Aufmerksamkeit auf mich.

»Es ist Wächtern untersagt, etwas mit ihren Schutzbefohlenen anzufangen«, erklärte sie kurz und bündig.

»Weshalb?«, wollte ich wissen.

Nun schien unsere Rektorin leicht verwirrt, denn sie öffnete den Mund, um etwas zu sagen, schloss ihn aber stirnrunzelnd wieder. »Ich weiß es nicht«, antwortete sie schließlich.

»Sie sitzen doch im Rat, der solche Regeln aufstellt, oder?«, konterte ich.

Sie seufzte. »Das ist wahr, aber dieses Verbot galt bereits, als ich Ratsmitglied wurde«, verteidigte sie sich.

Ich wurde wütend. »Dann hätten sie diese unsinnige Vorschrift schon längst rückgängig machen können. Ich lasse mir jedenfalls nicht vorschreiben, mit wem ich eine Beziehung haben darf und mit wem nicht.«

Mrs Jackson sah mich überrascht an. Ich selbst war nicht weniger erstaunt über mein resolutes Verhalten. David griff erneut meine Hand, und als ich ihn ansah, konnte ich erkennen, dass seine Mundwinkel zuckten. Die Rektorin gab ein lautes Seufzen von sich und nickte.

»Sie haben recht«, stimmte sie mir zu. »Ich werde sehen, was ich diesbezüglich tun kann. Aber bis es so weit ist, möchte ich Sie beide bitten, ihre Beziehung geheim zu halten. Niemand darf davon etwas erfahren, bis ich die Sache geklärt habe. Haben Sie das verstanden?«

Ihr warnender Tonfall ließ mich zusammenzucken. David neben mir nickte und tat es ihm gleich.

»Nehmen Sie meine Warnung bitte nicht auf die leichte Schulter. Solange diese Regel noch Gültigkeit besitzt, sollten Sie sich zurückhalten. Seien Sie bitte nicht leichtsinnig, denn die Folgen wären schwerwiegend und ich könnte nichts für Sie tun.«

Ich schluckte laut und warf einen beunruhigenden Blick zu David.

»Wir haben verstanden«, sagte er leise.

»Gut, dann sind wir uns diesbezüglich ja einig«, murmelte sie zufrieden und wandte sich anschließend an David. »Sie werden von nun an rund um die Uhr an Lucys Seite bleiben.«

»Dieser Aufforderung komme ich nur zu gerne nach«, antwortete David und grinste.

Mrs Jacksons Blick wanderte kurz zu mir, bevor sie das Wort wieder an David richtete. »Denken Sie an meine Worte«, warnte sie uns erneut. »Ihre Aufgabe besteht in erster Linie darin, Ms Carter zu beschützen«, sagte sie streng. Dann faltete sie die Hände auf der Tischplatte zusammen und beugte sich zu uns. »Verstehen Sie mich nicht falsch, ich persönlich habe nichts gegen Ihre Beziehung. Ganz im Gegenteil, ich freue mich für Sie beide. Jedoch dürfen Ihre Gefühle niemals der Grund dafür sein, dass Sie unaufmerksam werden. Sie wissen von Lucys Bedeutung für unsere Gemeinschaft und wie wichtig es ist, dass wir sie rund um die Uhr beschützen. Die dunkle Seite darf keine Gelegenheit erhalten, auch nur in ihre Nähe zu kommen. Ich hoffe, wir haben uns diesbezüglich verstanden?«

David und ich nickten, aber innerlich grinste ich wie ein Honigkuchenpferd. In meinem Kopf kreiste nur ein Gedanke: David würde Tag und Nacht bei mir sein.

Anschließend ließ Mrs Jackson Naomi hereinrufen. Sie nahm auf einem dritten Stuhl Platz. Mrs Jackson richtete das Wort an sie. »Sie werden vorerst auch hierbleiben und den anderen Wächtern zur Hand gehen, so lange Sie zu keinem anderen Auftrag abberufen werden.« Die Vampirin nickte eifrig und zwinkerte mir fröhlich zu.

Trotz der Hochstimmung, in der ich mich aufgrund dieser Neuigkeit befand, konnte ich ein Gähnen nicht unterdrücken. Ich hatte im Haus der Angst nur wenig geschlafen und nun, da ich mich wieder in Sicherheit befand, forderte mein Körper sein Recht auf Schlaf. Mrs Jackson sah auf ihre Uhr.

»Himmel, wie die Zeit vergeht. Sie sind sicher

todmüde. Ich würde sagen, wir verschieben das Gespräch auf morgen, und Sie ruhen sich erst einmal aus«, schlug sie milde lächelnd vor.

Ich warf einen Blick auf die Wanduhr. Es war fast Mitternacht, und ich war wirklich kurz vor dem Kollabieren. Dann fiel mir plötzlich etwas ein.

»Wenn David jetzt ... also da er ja rund um die Uhr bei mir sein soll, frage ich mich, wie ... na ja … was ...«, stammelte ich.

Mrs Jackson kicherte amüsiert. »Ich habe schon dafür gesorgt, dass Ihre Freundin Mona in Naomis Zimmer verlegt wurde. Ab heute ist sozusagen David Ihr neuer Zimmergenosse. Da Sie beide volljährig sind, sehe ich kein Problem darin, dass Sie einen Raum zusammen bewohnen. Und was Sie in Ihrem Zimmer treiben, geht mich nichts an.« Kaum hatte sie den Satz ausgesprochen, bemerkte auch Mrs Jackson, wie zweideutig er klang. Zum ersten Mal seit ich sie kannte, lief sie puterrot an, genauso wie ich. Sie räusperte sich verlegen und ordnete einige Papiere auf dem Schreibtisch.

»Wir versuchen, uns zu beherrschen«, versprach David schmunzelnd, woraufhin ich noch eine Nuance dunkler anlief.

Naomi sah verwirrt zu uns, sagte aber nichts.

»Fein, fein«, murmelte Mrs Jackson, doch dann wurde sie schlagartig wieder sehr ernst. »Eine Bitte habe ich noch an Sie beide. Ich möchte, dass Sie für die nächsten vierundzwanzig Stunden keinen Kontakt zu den Personen haben, die mit Ihnen im Haus der Angst waren.«

»Wieso nicht?«, riefen wir gleichzeitig.

»Wie Sie wissen, gibt es einen Verräter, und ich möchte nicht riskieren, dass er Lucy zu nahe kommt. Unsere Wächter werden sich darum kümmern und schnellstmöglich herausfinden, um wen es sich dabei handelt. Aber solange das noch nicht feststeht, muss ich darauf bestehen, dass zumindest Lucy keinerlei Kontakt zu den anderen hat. Ausgenommen natürlich zu Naomi.«

»Was ist mit Jason und Mr Chiave?«, wollte ich wissen. Die beiden konnten ja unmöglich etwas mit der Sache zu tun haben.

Die Rektorin spitzte die Lippen und dachte kurz nach. Schließlich entspannten sich ihre Züge, und sie nickte.

»Ich denke, diese beiden Personen sind über jeden Zweifel erhaben. Ich habe nichts dagegen, wenn Sie ihnen einen Besuch abstatten.«

»Prima«, entgegnete ich sichtlich erleichtert. David murmelte etwas Unverständliches, und die tiefe Falte auf seiner Stirn machte deutlich, dass er von dieser Idee nicht begeistert war.

Jedenfalls, was Jason betraf. Ich fand es unheimlich süß, dass er auf den Jumper eifersüchtig zu sein schien.

Nachdem wir uns verabschiedet hatten, machten wir uns auf den Weg.

In einigen kurzen Sätzen erklärten wir Naomi, was wir mit Mrs Jackson beredet hatten. Als die Sprache auf unsere noch frische Beziehung kam, sah sie uns erstaunt an.

»Sie hat wirklich nichts dagegen, wenn ihr diese Regel brecht?«

»Nein, aber wir sollen es nicht an die große Glocke hängen, ehe sie sich darum gekümmert hat. Das gilt auch für dich. Kein Wort zu irgendjemanden, verstanden?« David sah Naomi mit todernster Miene an.

»Ich werde niemandem etwas verraten«, versicherte sie uns.

David nickte und gähnte anschließend ausgiebig. »Verschwinden wir in unsere Betten.«

Naomi wünschte uns eine gute Nacht und verschwand in ihrem eigenen Zimmer. Händchen haltend und mit zwei Wächtern im Nacken schlenderten wir den Flur entlang und warfen uns immer wieder verstohlene Blicke zu. Bei unserem Zimmer angekommen öffnete ich die Tür. Die beiden Wächter stellten sich ohne ein weiteres Wort an die gegenüberliegende Wand.

»Bleiben die etwa hier stehen?«, erkundigte ich mich flüsternd bei David.

»Sieht ganz so aus«, antwortete er.

»Na ja, wenigstens bleiben sie draußen und kommen nicht mit rein«, murmelte ich. Ehe wir in unser Zimmer gingen, warf ich den Männern ein freundliches »Gute Nacht« entgegen, das beide mit einem höflichen Nicken quittierten.

Kaum hatte ich die Tür geschlossen, riss mich David auch schon in seine Arme und küsste mich leidenschaftlich. Vorsichtig, ohne den Kuss zu unterbrechen, schob er mich zum Bett, wo wir langsam auf die Matratze sanken. Als er seine Lippen von meinen löste und begann, meinen Hals zu liebkosen, stöhnte ich auf. Mein ganzer Körper vibrierte und begann, unter seiner Berührung zu kribbeln. In diesem Moment war ich überglücklich und hätte es gerne in die ganze Welt hinausgeschrien. David sah auf und lächelte mich liebevoll an.

»Was denkst du gerade?«, wollte er wissen.

Gute Frage. Mir schwirrten so einige Dinge im Kopf herum. Wie würde es jetzt weitergehen? »War dieses Verbot, dass Wächter und Schutzbefohlene keine Beziehung eingehen dürfen, der Grund für dein seltsames Verhalten in letzter Zeit?«

Er nickte betrübt. »Ja, das war der Grund. Ich habe immer wieder versucht, gegen meine Gefühle anzukämpfen, aber es war unmöglich«, gestand er.

Bei seinen Worten fiel mir ein Stein vom Herzen, und ich sah ihm tief in die Augen. Plötzlich wurde mir bewusst, dass wir beide allein in meinem Zimmer auf dem Bett lagen. Ich schluckte, als mir der Gedanke kam, dass David womöglich mehr wollte, als mich nur zu küssen. Panik breitete sich in mir aus. Hoffentlich nicht heute Nacht, schoss es mir durch den Kopf. Nicht, dass ich etwas dagegen hätte, mit ihm zu schlafen, aber unsere erste gemeinsame Nacht sollte doch etwas ganz Besonderes sein. Wann hatte ich überhaupt das letzte Mal geduscht? Ich drehte den Kopf unauffällig zur Seite und schnupperte an mir. Die letzte Dusche war definitiv schon einige Zeit her, und an meine Beinbehaarung mochte ich gar nicht denken. David sah mich fragend an.

»Was ist los?«, wollte er wissen.

Ich wurde rot. »Ich ... ich ... also ich ...«, stammelte ich so unbeholfen, dass er laut loslachte.

»Lucy, du musst keine Angst haben, dass ich dir hier und jetzt die Kleider vom Körper reiße und über dich herfalle«, sagte er sanft.

»Nicht?«, entgegnete ich erstaunt.

Er grinste und verursachte mir damit eine wohlige Gänsehaut.

»Wir haben alle Zeit der Welt. Natürlich würde ich nichts lieber tun, als mit dir zu schlafen, aber unser erstes Mal sollte etwas Besonderes sein. Wir sind beide erschöpft, und ein wenig Schlaf würde uns ganz guttun.«

Ich seufzte erleichtert. »Danke«, flüsterte ich beeindruckt.

Er erwiderte nichts, sondern küsste mich erneut.

Kapitel 18

Als ich aufwachte, hatte David die Arme fest um mich geschlungen. Ich spürte seinen ruhigen Herzschlag an meinem Körper und lächelte. Schon lange hatte ich nicht mehr so gut geschlafen. Ich fühlte mich frisch und völlig entspannt.

Irgendwann in der Nacht waren wir eng aneinandergekuschelt eingeschlafen. Kurz nachdem David eingedöst war und leise Grunzgeräusche von sich gegeben hatte, wollte ich aufstehen, um mir meinen Schlafanzug überzuziehen.

Doch als ich mich aus dem Bett schälen wollte, hatte er den Griff um meine Taille verstärkt und ein lautes Brummen von sich gegeben. Diese instinktive und besitzergreifende Geste rührte mich, und so war ich liegen geblieben und auch irgendwann eingeschlafen.

Nun drehte ich den Kopf, bis unsere Gesichter nur noch wenige Zentimeter voneinander entfernt lagen, und prägte mir jeden einzelnen seiner Gesichtszüge ein.

Wenn David schlief, sah er sanft und männlich zugleich aus. Ein zufriedenes Seufzen kam über meine Lippen, als ich ihn da liegen sah.

Schweren Herzens befreite ich mich aus seiner Umarmung und schälte mich vorsichtig aus dem Bett. Jetzt musste ich unbedingt duschen.

Ich roch mittlerweile wie ein Komposthaufen und ekelte mich selbst vor mir.

Ich öffnete meinen Schrank und nahm frische Kleidung heraus. Anschließend schlich ich auf Zehenspitzen aus dem Zimmer. Draußen im Flur traf ich auf die Wächter, die an derselben Stelle standen wie in der Nacht zuvor. Arme Schweine, dachte ich voller Mitgefühl und schmetterte den beiden ein fröhliches »Guten Morgen« entgegen. Ich wollte gerade meinen Weg zum Gemeinschaftsbad fortsetzen, als einer von ihnen sich laut räusperte.

»Darf ich erfahren, wo Sie hingehen?«, erkundigte er sich ernst.

Ich deutete den Gang hinunter. »Duschen.«

»Wir werden Sie begleiten«, eröffnete er mir. Ich riss die Augen auf und sah die beiden Wächter ungläubig an.

»Nein, das werden Sie sicher nicht.« Ich war damit einverstanden, dass die beiden vor meinem Zimmer herumlungerten und mir auch sonst auf Schritt und Tritt folgten, aber das ging jetzt doch zu weit. Ich funkelte die beiden herausfordernd an. Sollten sie ruhig versuchen, mir in die Dusche zu folgen, dann würden sie schon sehen, was sie davon hatten.

Der kleinere der beiden Wächter, der mich immer noch um mehr als einen Kopf überragte, lächelte amüsiert. Dabei zeigte sich ein Grübchen auf seiner Wange, das ihm sofort einen viel freundlicheren Gesichtsausdruck verlieh. Er strich sich durch sein kurzes aschblondes Haar und seufzte.

»Ich glaube, Sie missverstehen uns da ein wenig.

Wir haben nicht vor, neben Ihnen zu stehen, während Sie duschen«, versuchte er, die Situation zu entschärfen. Sein Kollege, dessen rostbraunes Haar zu einem Pferdeschwanz gebunden war, grinste. »Wir möchten Sie lediglich zu den Waschräumen begleiten und uns vorab versichern, dass sich niemand darin befindet. Wie Sie wissen, hat Mrs Jackson jeglichen Kontakt zu anderen Personen untersagt, die mit Ihnen im Haus der Angst waren. Sobald wir den Waschraum inspiziert haben, werden wir auf dem Flur Stellung beziehen, während Sie sich ganz in Ruhe Ihrer Morgenhygiene widmen können.«

Ich musterte die beiden aus zusammengekniffenen Augen, dann nickte ich.

»Okay«, murrte ich, und wir setzten uns in Bewegung. Auf halber Strecke sah ich zu dem blonden Wächter.

»Der Verräter ... ich meine ... die Person, die mir an den Kragen will, wurde noch nicht ausfindig gemacht?« Kurz bevor ich an Davids Seite eingeschlafen war, hatte ich erneut darüber nachgegrübelt, wer dieser Verräter sein könnte.

Mona und Sarah hatte ich ja bereits ausgeschlossen. Tim und Sean traute ich so etwas ebenfalls nicht zu, genauso wenig wie den Zwillingen.

Blieb also nur noch Christian übrig. Er war arrogant, herrisch und unfreundlich, aber war das ein Grund, ihn zu verdächtigen?

»Unsere Kollegen haben sich die ganze Nacht mit Ihren Mitreisenden unterhalten, leider ohne Ergebnis. Die betreffende Person scheint sehr geübt darin zu sein, sich gut zu verstellen«, antwortete der Wächter auf meine Frage.

»Und wie geht es nun weiter?«, erkundigte ich mich interessiert. Wir waren am Waschraum angekommen. Der blonde Wächter nickte dem Rothaarigen kurz zu, der daraufhin im Waschraum verschwand, anschließend wandte er sich wieder zu mir.

»In wenigen Stunden trifft ein Mentalist ein, und dann ist es nur noch eine Frage der Zeit, bis wir den Schuldigen ausfindig gemacht haben«, erklärte er.

»Wow, ein Mentalist«, murmelte ich beeindruckt. Ich hatte von Übernatürlichen mit dieser Gabe gehört, aber nie einen von ihnen kennengelernt. Übernatürliche mit einer mentalen Gabe waren sehr selten. Jeder hatten Angst vor deren Fähigkeiten, was aber auch verständlich war.

Christian hatte eine ähnliche Begabung. Er war ein Illusionist. Er konnte Gedanken manipulieren und anderen etwas vorgaukeln, aber er konnte nicht auf Erinnerungen zugreifen. Ganz im Gegensatz zu einem Mentalisten. War ein solcher Übernatürlicher erst einmal in den Kopf seines Gegenübers eingedrungen, so blieb ihm nichts verborgen. Er konnte sich alles ansehen, was die betreffende Person dachte, sich wünschte oder zu verbergen versuchte. Kein Wunder also, dass der Wächter zuversichtlich war, was die Ergreifung des Schuldigen betraf. Keiner meiner Freunde war auch nur im Ansatz stark genug, um einen Mentalisten abzuwehren.

Die Tür des Waschraums öffnete sich, und der zweite Wächter trat auf den Flur. »Alles in Ordnung.

Keine weitere Person anwesend«, verkündete er seinem Kollegen. Der nickte kurz und drehte den Kopf wieder zu mir.

»Dann können Sie jetzt hineingehen. Wir werden hier warten und Sie danach auf Ihr Zimmer begleiten«, erklärte er.

Ich bedankte mich und verschwand im Waschraum. Dort warf ich meine Kleider auf eine Bank und zog mich anschließend aus. Dann stellte ich mich vor den Spiegel und begutachtete mein Gesicht. Die Strapazen der letzten Tage waren mir noch deutlich anzusehen. Die dunklen Ringe unter meinen Augen waren ein klares Indiz dafür. Mein Blick wanderte zu meinen Brüsten, zwischen denen der Anhänger baumelte. Ich nahm das Schmuckstück in die Finger und betrachtete es etwas genauer. Er war unglaublich filigran gearbeitet. Das Pentagramm bestand ausschließlich aus ineinander verwobenen Knoten, was es sehr edel wirken ließ. Ich war so vertieft in den Anblick, dass ich nicht bemerkte, wie jemand hinter mich trat.

»Lucy!«, hörte ich eine Stimme flüstern. Ich quiekte erschrocken auf und fuhr herum.

»Mona?«, entfuhr es mir erstaunt, als ich meine Freundin erkannte. Stirnrunzelnd wanderte mein Blick zur Tür. Wie in Gottes Namen hatte sie es geschafft, unbemerkt an den Wächtern vorbeizukommen?

»Ich habe gehofft, dich im Waschraum anzutreffen«, sagte sie leise.

»Wie bist du hier hereingekommen? Draußen

stehen ...«, begann ich, doch meine Freundin legte den Zeigefinger auf ihre Lippen, und ich verstummte.

»Nicht so laut«, warnte sie mich und sah prüfend zur Tür. »Ich musste mich nicht an deinen Aufpassern vorbeischleichen, weil ich schon die ganze Zeit hier war«, verriet sie schelmisch grinsend.

Ich zog beide Augenbrauen nach oben. »Das ist unmöglich. Einer der Wächter hat sich hier umgesehen, und soweit ich erkennen kann, gibt es weit und breit nichts, wo du dich hättest verstecken können«, widersprach ich und machte eine ausschweifende Handbewegung.

»Ich musste mich nicht verstecken, weil ich einen Zauber benutzt habe«, erklärte sie stolz.

»Was denn für einen Zauber?«

»Einen, bei dem ich unsichtbar werde«, kicherte sie.

»So etwas kannst du?«, fragte ich erstaunt.

Sie nickte heftig. »Zugegeben, ich habe die ganze Nacht geübt, und es ist mir ehrlich gesagt erst in den frühen Morgenstunden gelungen, aber jetzt beherrsche ich ihn. Anfangs wurden nur Teile von mir unsichtbar, was ziemlich lächerlich ausgesehen hat, wie du dir vorstellen kannst.«

Ich betrachtete meine Freundin und stellte fest, dass auch sie dunkle Augenringe hatte. »Du hast nicht viel geschlafen, oder?«, wollte ich wissen.

Sie seufzte und schüttelte den Kopf. »Um ehrlich zu sein, gar nicht. Erst haben diese finsteren Wächter mich geschlagene zwei Stunden befragt, und dann habe ich den Rest der Nacht damit zugebracht, diesen Unsichtbarkeitszauber zu lernen.«

»Die haben dich anscheinend ganz schön in die Mangel genommen.« Plötzlich tat mir meine Freundin leid. Wieder grinste sie und machte eine wegwerfende Handbewegung.

»Halb so wild. Nachdem ich erfahren habe, dass es einen Verräter unter uns gibt, war ich natürlich sofort bereit, zu helfen. Das Einzige, was mich wirklich fertig macht, ist die Tatsache, dass Mrs Jackson mich in ein anderes Zimmer verlegt hat. Wie kann sie uns denn nur auseinanderreißen?«, sagte sie in anklagendem Tonfall.

Ich biss mir auf die Innenseite meiner Wange, um nicht herauszuplappern, dass ich gegen diese Verlegung eigentlich gar nichts einzuwenden hatte.

Doch sofort meldete sich mein schlechtes Gewissen. Mona war meine beste Freundin. Ich sollte genauso empört über ihre Verlegung sein wie sie. Stattdessen war ich jedoch froh, dass David nun mein Zimmergenosse war und ich rund um die Uhr mit ihm zusammen sein konnte.

»Das wird schon wieder. Spätestens heute Abend ist der Spuk vorbei«, versicherte ich ihr halbherzig. Ich selbst glaubte erst an den Erfolg des Mentalisten, wenn der Verräter entlarvt und eingesperrt war.

Mona sah mich konfus an. »Wie meinst du das?«

Ich beugte mich zu ihr und erklärte mit verschwörerischer Stimme:

»Sie ziehen einen Mentalisten hinzu.«

Meine Freundin riss erschrocken die Augen auf. »Einen Mentalisten?«, wiederholte sie entsetzt, und ihr Gesicht wurde aschfahl.

Ich legte ihr beruhigend eine Hand auf die Schulter. »Sieh es doch mal positiv. Durch seine Fähigkeit werden wir schnell herausfinden, wer etwas zu verbergen hat. Vielleicht bleibst du verschont, weil sich schon vorher herausstellt, wer der Verräter ist.«

Mona nickte, schien aber nicht überzeugt.

Ein Schwall modrigen Geruches stieg mir in die Nase, und ich begriff, dass ich es war, die so seltsam roch.

»Ich springe mal eben unter die Dusche, sonst werde ich noch von meinem eigenen Gestank ohnmächtig«, witzelte ich und stieg in eine der Duschparzellen.

»Ist gut«, murmelte Mona geistesabwesend.

Ich seufzte zufrieden, als das warme Wasser auf meinen Körper niederprasselte und die letzten Spuren unseres Ausflugs hinwegspülte.

Mona hatte sich unterdessen wieder gefangen und stand nun direkt vor meiner Dusche. Sie deutete auf den Anhänger, den ich noch immer um den Hals trug.

»Willst du das Ding nicht wenigstens in der Dusche abnehmen?«

Ich warf einen Blick auf den Anhänger. Unzählige Wassertropfen hatten sich in den Vertiefungen des Pentagramms festgesetzt, sodass es aussah, als würden mir kleine Diamanten entgegenfunkeln. Meine Freundin hatte recht.

Hier war ich in Sicherheit, und dem Schmuckstück würde es sicher nicht guttun, dass ich es auch dann anbehielt, wenn ich mich wusch. Ich zog mir die

Kette über den Kopf und legte sie auf die Ablage neben das Duschgel. Anschließend schäumte ich mich von oben bis unten mit dem wohlriechenden Kokos-Duschgel ein und stellte erleichtert fest, dass der unerträgliche Geruch sich verflüchtigt hatte.

Nachdem ich fertig geduscht hatte, reichte mir Mona ein Handtuch, welches ich dankbar entgegennahm. Doch noch ehe ich die Gelegenheit bekam, es um meinen Körper zu binden, legte sich eine Hand auf meinen Rücken und fremd klingende Worte drangen an mein Ohr. Ich wollte sie fragen, was sie da machte, doch ich brachte kein Wort heraus. Ich stand völlig bewegungsunfähig da und konnte nichts tun. Je länger Mona die seltsamen Worte murmelte, desto schwindeliger wurde mir. Was tat sie da?

Dann gaben meine Knie nach, und ich sackte zu Boden. Bevor mein Körper auf den nassen Fliesen aufschlug, nahm ich den weißen Nebel wahr, der sich um mich legte und mich völlig einhüllte.

Kapitel 19

Als ich zum zweiten Mal an diesem Tag erwachte, war mir bitterkalt. Es dauerte eine ganze Zeit, bis mir klar wurde, dass ich splitternackt auf einer Pritsche lag, lediglich von einer dünnen Wolldecke bedeckt. Ich öffnete blinzelnd die Augen und sah mich um. Zuerst nahm ich alles nur vage und verschwommen war, doch dann klärte sich mein Blick langsam, und ich konnte erkennen, dass ich mich in einer altertümlichen Zelle befand.

Sofort kam mir in den Sinn, dass ich das hier wahrscheinlich gerade träumte und in Wirklichkeit in meinem warmen Bett lag und schlief. Jedenfalls hoffte ich, dass dies nur ein absurder Traum war. Ich zwickte mich selbst fest in den Oberarm und schrie auf, als ich den Schmerz spürte. Erneut sah ich mich um, doch meine Umgebung war immer noch dieselbe. Es war also kein Traum, wie ich feststellen musste.

Ich setzte mich auf und zog die Decke fest um meinen Körper. Die Pritsche, auf der ich aufgewacht war, lehnte an einer feuchten Wand aus grob gehauenen Steinen.

Die restlichen drei Seiten des Raumes bestanden aus Gitterstäben. Ich konnte also direkt auf den Flur und in meine Nachbarzellen blicken.

Als ich in einer der Zellen einen jungen Mann

entdeckte, der mich neugierig musterte, zuckte ich erschrocken zusammen.

»Scheiße«, fluchte ich und überprüfte, ob die Decke auch keinen ungewollten Blick auf irgendwelche Körperstellen bot.

»Na, aufgewacht?«, begrüßte mich der dunkelhaarige Mann heiter, den ich auf höchstens fünfundzwanzig schätzte. Sein kurzes Haar war verstrubbelt und hatte anscheinend schon einige Zeit kein Shampoo mehr gesehen. Seine Augenfarbe konnte ich von meiner Position aus schlecht erkennen, aber sie waren auf jeden Fall dunkel. Er schien sportlich und muskulös zu sein. Er erinnerte mich von der Statur ein wenig an David. Bei dem Gedanken an ihn zog sich mein Brustkorb schmerzhaft zusammen. Erneut wanderte mein Blick zu dem Gefangenen, der recht gutaussehend war, aber sehr verwahrlost wirkte.

»Wo bin ich hier?«, wollte ich wissen. »Und wer bist du?«

»Ich heiße Adam, und das hier ist ein Kerker«, antwortete er und zwinkerte mir zu. Meine Güte, weshalb war der Typ nur so gut gelaunt? Er wurde doch ganz offensichtlich ebenfalls hier gefangengehalten, wie konnte er so fröhlich und unbeschwert sein?

»Du Witzbold. Dass wir uns in einem Kerker befinden, ist nicht zu übersehen. Wem haben wir diese Tatsache zu verdanken?«

»Dieses ganze Gebäude gehört Magnus«, erklärte er so beiläufig, als müsste ich wissen, wer das war.

»Magnus?«, echote ich fragend.

Adam rollte die Augen. »Der Obermacker der dunklen Seite.«

Ich sog scharf die Luft ein. Nun war also genau das eingetreten, wovor Mrs Jackson sich so gefürchtet hatte. Ich war in die Hände der dunklen Seite gefallen. Aber wie hatte das passieren können?

»Wie bin ich hierhergekommen?«

»Woher soll ich das wissen? Heute Nacht haben dich zwei von ihnen hereingetragen. Mehr weiß ich nicht.«

Ich versuchte, mich zu erinnern, was im Waschraum geschehen war, aber ich wusste nur noch, dass ich plötzlich ohnmächtig geworden war. Unweigerlich musste ich an Mona denken, und mein Puls beschleunigte sich.

Sie hatte seltsam klingende Worte gemurmelt und mich dabei berührt. Ich war davon ausgegangen, dass sie die Schutzzauber hatte erneuern wollen, die sie vor unserem Besuch im Haus der Angst, auf mich gelegt hatte. Hoffentlich ging es ihr gut. Hatte man sie womöglich auch hierher gebracht? Wie hatte es die dunkle Seite geschafft, mich zu entführen? Ich war diesbezüglich komplett verwirrt und tappte völlig im Dunkeln.

»Gibt es noch andere Gefangene außer uns beiden?«, fragte ich.

Adam schüttelte den Kopf. »Nope, nur wir zwei.«

Ich atmete erleichtert auf. Wie es schien, war Mona also in Sicherheit. Ich sah zu Adam, und unsere Blicke trafen sich.

»Weshalb bist du hier?«

Er verzog das Gesicht. »Sie wollen, dass ich für sie arbeite«, erklärte er angewidert.

»Was sollst du für sie tun?«, fragte ich neugierig.

Er schwieg einen Moment und schien abzuwägen, was er mir erzählen konnte. »Ich soll den letzten der mächtigen Vier für sie aufspüren«, verriet er.

»Was?«, entgegnete ich entsetzt. »Wieso glaubt die dunkle Seite, dass dir das gelingen könnte?«

»Ich tippe jetzt einfach mal ins Blaue und rate. Womöglich liegt es daran, dass ich ein Scout bin«, gab er amüsiert zurück.

Einen Augenblick war ich sprachlos, dann fingen sämtliche Rädchen in meinem Gehirn an zu rattern. Hatte David nicht erzählt, dass der letzte bekannte Scout vor über dreißig Jahren gestorben sei? Deshalb war nur noch Mr Chiave übrig, den wir aus dem Haus der Angst befreit hatten.

»Aber diese Gabe ist ausgestorben«, bemerkte ich fast ein wenig trotzig.

»Wenn dem so wäre, säße ich wohl kaum hier«, antwortete Adam trocken. Ich wusste nicht recht, ob ich ihm glauben sollte, und beschloss, ihn einfach zu testen.

»Falls du wirklich ein Scout bist, dann dürfte es dir ja nicht schwerfallen, mir zu sagen, welche Fähigkeit ich besitze.« Dabei triefte meine Stimme förmlich vor Sarkasmus.

Adam zuckte gelangweilt die Achseln. »Klar, wenn es dich glücklich macht.« Er musterte mich kurz. »Du bist eine der mächtigen Vier. Was deine Gabe betrifft, so ist deine Frage nicht ganz einfach zu beantworte.

Du blockierst mich.« Er kniff die Augen zusammen und konzentrierte sich stärker auf mich, dann runzelte er die Stirn. »Du vermittelst den Anschein, ein Akkumulator zu sein, aber das bist du eigentlich nicht«, murmelte er gedankenverloren.

Ich sah ihn mit weit offenstehendem Mund an. Der Kerl schien tatsächlich ein Scout zu sein, denn wie sonst hätte er wissen können, dass ich zu den mächtigen Vier gehörte? Andererseits lag er mit meiner Fähigkeit ein wenig daneben, denn ich *war* ein Akkumulator. Und was meinte er mit der Aussage, ich würde ihn blockieren?

»Wie soll ich denn meine Fähigkeit blockieren können, wenn ich sie nicht einmal kontrollieren kann?«

Adam erhob sich, kam zu den Gitterstäben und ergriff diese mit beiden Händen. Dann lehnte er sich nach vorn, sodass sein Gesicht genau zwischen zwei Stäben hing, und sah mich ernst an. »Genau das ist dein Problem. Etwas in dir erkennt die Gabe nicht an, die du erhalten hast. Du wehrst dich dagegen, und deshalb kannst du sie auch nicht kontrollieren. Nur wenn du sie als einen Teil von dir akzeptierst, wird es dir möglich sein, sie gezielt einzusetzen.«

Ich ließ seine Worte auf mich wirken und schüttelte dann vehement den Kopf. »Selbst wenn ich sie akzeptiere, dann weiß ich immer noch nicht, wie ich meine Gabe beherrschen, geschweige denn nutzen kann. Ich habe keine Ahnung, was ich damit bewirken könnte. Zwar kann ich Energie auf andere Übernatürliche übertragen, aber das war es dann auch. Das einzige

Mal, als meine Kraft aus mir herausgebrochen ist und uns gerettet hat, tat sie es völlig selbstständig, ohne dass ich etwas beeinflussen konnte.«

»Ich nehme an, dass du dich in unmittelbarer Gefahr befunden hast, als das passiert ist?«, wollte er wissen.

Ich nickte. »Kann man so sagen.«

»Dann hat dein Unterbewusstsein die Führung übernommen. Dein Wille zu überleben hat deine Gabe gelenkt«, spekulierte er.

»Wahrscheinlich könnte ich meine Fähigkeit leichter akzeptieren, wenn ich sie aktiv nutzen könnte. Wenn sie mir gehorchen würde, und ich sie gezielt einsetzen könnte«, versuchte ich, zu erklären.

Adam runzelte die Stirn. »Aber das kannst du doch! Zuerst einmal musst du sie anerkennen. Diese Kraft muss ein Teil von dir werden. Sieh deine Gabe nicht als Fluch oder Last, die dir aufgebürdet wurde, sondern als Bereicherung. Du bist dadurch etwas Besonderes und kannst mit deiner Fähigkeit viel Gutes tun. Wenn du das verstanden hast, wird sie dir auch gehorchen. Sie wird tun, was du ihr befiehlst.«

Wenn Adam das sagte, hörte es sich so einfach an, doch das war es nicht.

»Das ist alles?«, entgegnete ich deshalb etwas hämisch.

»Das ist alles!«, bestätigte er ernst.

Ich knabberte gedankenverloren auf meiner Unterlippe herum und ließ seine Worte noch einmal Revue passieren. Es hörte sich wirklich kinderleicht an, aber die Realität sah anders aus. Ich griff mir unbewusst an die Stelle, an der ich mein Amulett vermutete und hielt erschrocken inne, als ich es nicht ertasten konnte. Dann fiel mir ein, dass ich es im Waschraum abgenommen hatte. Ich stöhnte auf. Mit einem Mal wurde mir klar, wie es der dunklen Seite gelungen war, mich zu entführen. Hätte ich das Pentagramm nicht abgelegt, wäre ich jetzt wahrscheinlich nicht hier.

»Ich Idiot«, fluchte ich leise und hätte mich am liebsten selbst geohrfeigt.

»Was ist?«, wollte Adam wissen.

Ich schüttelte den Kopf. »Nichts, ich hab nur festgestellt, dass ich der allerdämlichste Mensch auf unserem Planeten bin.« Ich warf einen Blick auf meine Hand und stellte zu meiner Erleichterung fest, dass Davids Ring wenigstens noch an meinem Finger steckte. Sofort überkam mich eine tiefe Sehnsucht nach ihm. Ich spürte, wie mir die Tränen kamen, und kämpfte verbissen dagegen an. Ich durfte mich jetzt nicht gehen lassen, sondern musste einen kühlen Kopf bewahren, sonst würde ich ihn nicht wiedersehen. Als ich mich wieder etwas beruhigt hatte, sah ich zu Adam.

»Was werden die mit mir machen?« Mir lief ein eiskalter Schauer über den Rücken, als ich mir verschiedene Szenarien ausmalte.

»Weiß nicht ... wahrscheinlich werden sie versuchen, deine Gedanken zu manipulieren, damit du dich ihnen anschließt«, mutmaßte er.

Das fehlte mir noch. Die Vorstellung, dass ich gegen meinen Willen ein Teil der dunklen Seite werden würde, ließ mich erschaudern. Ich hatte keinerlei Erfahrung darin, mich gegen die Manipulation von Gedanken zu wehren und war ihnen deshalb hilflos ausgeliefert.

Womöglich war ich bereits in wenigen Stunden eine von ihnen, ohne dass ich dem zugestimmt hatte. Ich musste schleunigst zusehen, dass ich meine Gabe in den Griff bekam. Vielleicht hatte ich noch eine klitzekleine Chance, dem Ganzen hier zu entkommen, wenn ich meine Fähigkeit gegen diesen Magnus einsetzen würde. Doch dazu musste ich erst einmal lernen, sie zu kontrollieren.

»Haben sie auch versucht, dich zu manipulieren?«, fragte ich vorsichtig.

»Natürlich, aber da haben sie die Rechnung ohne den Wirt gemacht«, erklärte er breit grinsend. Als ich ihn nur verständnislos anglotzte, fügte er hinzu: »Von klein auf wurde ich darauf vorbereitet, mich gegen mentale Angriffe zur Wehr zu setzen. Nachdem klar war, dass ich ein Scout bin, haben meine Eltern die besten Magier und Hexen engagiert, um mich zu schützen. Sicher werden sie mich irgendwann brechen, aber das kann Monate dauern«, verriet er stolz.

Ich beneidete ihn um diese Standhaftigkeit und wünschte, ich wäre gegen mentale Angriffe gewappnet. »Dann sollte ich wohl schleunigst anfangen, meine Gabe zu akzeptieren, damit ich sie auch nutzen kann«, entschied ich.

Adam räusperte sich. »Das Erste, was du tun musst, ist dieses Brandmal zu heilen, denn sonst kannst du deine Gabe gegen niemanden einsetzen«, sagte er und deutete auf meine Oberschenkel.

»Welches Brandmal denn?«, wollte ich wissen und zog die Decke etwas nach oben, um meine Schenkel zu untersuchen. Ich keuchte entsetzt auf, als ich das Siegel erblickte, das mir von meinem rechten Oberschenkel entgegenleuchtete.

»Also das geht jetzt aber wirklich zu weit«, rief ich empört und strich vorsichtig mit den Fingern darüber. Ich spürte die Unebenheiten der Haut, dort wo sie noch geschwollen war, doch es tat nicht weh.

»Sie haben dich so weit geheilt, dass der Schmerz vergangen ist«, teilte Adam mir mit.

»Was ist das denn überhaupt für ein Mal?«

»Eine Glyphe, die verhindert, dass du deine Kräfte nutzen kannst. Nur wenn du dich selbst heilst und das Zeichen verschwinden lässt, kannst du deine Fähigkeit gegen deine Gegner einsetzen«, erklärte er. »Dazu musst du jedoch deine ganze Kraft bündeln.«

»Aber wenn meine Gabe durch die Glyphe blockiert ist, wie soll ich mich dann selbst heilen?«, konterte ich und schnaubte.

»Dieses Zeichen ist stark, aber nicht so stark, dass du es nicht zerstören könntest. Normalerweise legen sie wesentlich stärkere Zauber auf ihre Gefangenen. Sie wissen genau, dass du deine Kraft noch nicht beherrschst und somit nicht in der Lage bist, dich selbst zu heilen. Wärst du erfahrener, könntest du das nämlich, auch wenn deine Kräfte nach außen hin blockiert sind.«

»Das heißt also, wenn es mir gelingen sollte, dieses

hässliche Teil verschwinden zu lassen, wäre ich wieder im Vollbesitz meiner Kräfte?«, erkundigte ich mich und fügte in Gedanken ein: *Kräfte, die ich nicht beherrsche*, hinzu

»So sieht es aus«, bestätigte er meine Vermutung.

»Schöner Mist«, murmelte ich und zog die Decke wieder über meine Schenkel.

Während unseres Aufenthaltes im Haus der Angst hatte ich über Tage hinweg versucht, meine Magie zu beherrschen, und es war mir nicht gelungen. Wie sollte ich es also jetzt schaffen, wo mir wahrscheinlich kaum noch Zeit blieb? Plötzlich erklang das Klappen einer Tür, und kurz danach näherten sich Schritte. Fast synchron spurteten Adam und ich zu unseren Pritschen und ließen uns darauf nieder.

Einen Augenblick später tauchten vor meiner Zelle zwei Männer auf. Sie wirkten riesig, und ihre Schädel waren kahl geschoren. Bei genauerem Hinsehen erkannte ich unzählige Glyphen, die ihnen auf die Kopfhaut eintätowiert waren. Die beiden waren schwarz gekleidet wie meine Wächter, die ich jetzt gerade schmerzlich vermisste. Einer der Männer zog einen dicken Schlüsselbund aus seiner Tasche und öffnete meine Zelle.

»Du da, mitkommen«, befahl er schroff und deutete mit einem seiner fleischigen Finger auf mich. Ich rührte mich nicht.

»Soll ich dir Beine machen?«, schnauzte mich jetzt der andere an.

»Wohin bringt ihr mich?« Erst wollte ich wissen, was diese Schlächter mit mir vorhatten, bevor ich auch nur einen Schritt aus meiner Zelle machen würde.

»Das wirst du schon noch früh genug erfahren, und jetzt sieh zu, dass du dich bewegst.« Sein Tonfall ließ keinen Zweifel daran, dass ihm gleich der Geduldsfaden reißen würde. Also stand ich von meiner Pritsche auf und ging ganz langsam auf die beiden Rüpel zu.

»Denk daran, du musst sie akzeptieren«, rief Adam mir zu. Mir war bewusst, dass er damit meine Gabe meinte, und ich nickte kaum merklich.

»Du hältst die Klappe«, fuhr ihn einer der Männer unwirsch an. Der andere packte mich brutal am Arm und zog mich zu sich, während sein kahlköpfiger Kollege die Zellentür schloss. Anschließend zerrten sie mich den Gang entlang bis wir eine Treppe erreichten. Wir stiegen etliche Stufen nach oben. Vor einer massiven Holztür hielten wir schließlich an. Der Typ, der seine Hand wie einen Schraubstock um meinen Oberarm gelegt hatte, hämmerte fest dagegen.

»Herein!«, erklang eine weibliche Stimme, die ich noch nie zuvor gehört hatte. Einer der Männer öffnete die Tür und stieß mich rüde in den Raum. Ich taumelte einige Schritte nach vorn, fing mich aber schnell wieder.

»In einer Stunde soll sie fertig sein«, brummte er, dann schloss sich die Tür hinter mir.

Mein erster Blick fiel auf die Frau, die vor mir stand. Sie hatte schwarzes hüftlanges Haar und war sehr groß. Ihr dunkelblaues enges Kostüm brachte ihre schlanke Figur gut zur Geltung. Sie musterte mich aus leuchtend blauen Augen, die eigentlich recht sympathisch wirkten. Ihre Nase war ein wenig zu lang geraten, aber man konnte die Frau durchaus als hübsch bezeichnen.

»Hallo, Lucy. Es freut mich, dich endlich kennenzulernen. Mein Name ist Violett«, begrüßte sie mich und streckte mir ihre perfekt manikürte Hand entgegen.

Ich blickte sie aus zusammengekniffenen Augen an, erwiderte ihren Gruß nicht und ballte meine Hände zu Fäusten. Schulterzuckend ließ sie die Hand wieder sinken.

»Ich kann verstehen, dass du uns gegenüber misstrauisch bist. Leider habe ich keine Zeit, dir dieses Misstrauen zu nehmen, da wir dich umgehend einkleiden und frisieren müssen«, erklärte sie mit sanfter, melodischer Stimme.

»Einkleiden? Frisieren?«, wiederholte ich fragend. Was sollte das denn jetzt bedeuten?

»Du musst gut aussehen, wenn du in einer Stunde vor Magnus trittst.«

Magnus? War das nicht der Typ, von dem Adam erzählt hatte?

Violett deutete auf einen Stuhl, der vor einer zierlichen Schminkkommode stand. Ich rührte mich nicht und verschränkte trotzig die Arme vor der Brust.

Sie seufzte. »Wenn du so bockig bleibst, muss ich Falk und Norman zu Hilfe rufen, und das möchtest du doch nicht, oder? Die beiden hast du ja eben kennengelernt.«

Ich verzog das Gesicht zu einer Grimasse. Die beiden wiederzusehen stand wirklich nicht an erster Stelle meiner Wunschliste. Also fügte ich mich und nahm auf dem Stuhl Platz.

»Was will dieser Magnus von mir?«, wollte ich wissen, während Violett hoch konzentriert mit den Händen durch mein Haar fuhr. Anscheinend überlegte sie, welche Frisur sie mir verpassen sollte.

»Das wird er dir dann selbst mitteilen, wenn es so weit ist«, antwortete sie knapp. Als sie plötzlich euphorisch in die Hände klatschte, erschrak ich so sehr, dass ich fast seitlich vom Stuhl gekippt wäre. »So, jetzt suchen wir etwas Passendes zum Anziehen für dich aus«, flötete sie und zog einen fahrbaren Kleiderständer zu sich.

Die hat doch nicht mehr alle Tassen im Schrank, dachte ich bei mir, doch ich rührte mich nicht von der Stelle. Ich blieb still sitzen, während ich fieberhaft überlegte, wie ich dieser Situation entkommen konnte.

Kapitel 20

Knapp eine Stunde später schob mich Violett vor einen mannshohen Spiegel.

»Na, wie findest du es?«, trällerte sie aufgeregt.

Fassungslos starrte ich mein Spiegelbild an. Ich sah aus wie die aufgedonnerte Elfe aus einem Low-Budget-Fantasyfilm. Das einzig Annehmbare an mir waren meine Frisur und das dezente Make-up. Violett hatte meine Haare glattgeföhnt, was bei meiner wilden Lockenmähne eigentlich ein Ding der Unmöglichkeit war, aber jetzt fielen sie mir sanft über die Schultern. Auch das natürliche Make-up war durchaus gelungen. Was jedoch den Rest anbelangte, so war ich einfach nur sprachlos. Sie hatte mich in ein schulterfreies Kleid gezwängt, das aussah, als habe man es in aller Eile aus diversen Stoffbahnen zusammengeflickt. Noch dazu waren die meisten Teile transparent, was nicht weiter schlimm war, solange ich mich nicht bewegte. Wie aber würde das aussehen, wenn ich ein paar Schritte machte?

Ich beäugte die rosaroten und orangefarbenen Stoffe, die federleicht um meine Beine schwangen. Die Krönung meines Outfits war ein dicker Gürtel aus zartrosa Seide. Und dann waren da noch diese unglaublich hohen High-Heels. Ich hatte schon im Stehen damit zu kämpfen, mein Gleichgewicht zu halten. Wie sollte ich in den Teilen nur laufen?

»Gefällt es dir?«, erkundigte sich Violett zum zweiten Mal, da ich ihr nicht geantwortet hatte.

Ich seufzte. »Nicht das, was ich normalerweise trage«, antwortete ich resigniert. »Wenn du mir jetzt noch ein paar Flügel anklebst, hält mich jeder für die Zahnfee.«

»Glaub mir, du siehst bezaubernd aus«, versicherte mir Violett und sah auf die Uhr. »Ach herrje, höchste Zeit, dich hinunterzubringen.«

Hinunter? Musste ich etwa wieder zurück in meine Zelle? Adam würde vor Lachen zusammenbrechen, wenn er mich in diesem Aufzug zu sehen bekäme. Violett eilte zur Tür, streckte den Kopf hinaus und rief etwas, was ich nicht verstand. Kurz darauf tauchten die beiden Glatzköpfe auf. Mir blieb aber auch nichts erspart.

»Los, komm, man wartet bereits auf dich«, pflaumte einer von beiden mich an.

Ich stapfte elefantengleich auf die Männer zu und warf ihnen dabei finstere Blicke zu.

»Schon mal was von dem Wörtchen BITTE gehört?«, zischte ich.

Sie antworteten nicht, sondern schoben mich vor sich her. Diesmal nicht ganz so grob, was aber sicher nur an meinem unsicheren Gang lag oder daran, dass sie nicht riskieren wollten, mein Outfit zu beschädigen. Ich lief vor ihnen her und wäre einige Male fast gestolpert, da der Stoff meines Kleides am Boden schleifte und ich mich permanent mit diesen bescheuerten Absätzen darin verhedderte.

Die Glatzköpfe führten mich einige Treppen nach

unten, bis ich mich plötzlich in einer Art Höhle wiederfand, die von unzähligen Fackeln beleuchtet wurde. In der Mitte entdeckte ich einen Kreis, der aus so vielen Glyphen bestand, dass es unmöglich war, sie zu zählen. In genau diesen Kreis brachten mich meine Bewacher. Da stand ich nun und sah mich verwirrt um.

Überall an den Wänden erkannte ich Personen in dunklen Gewändern, deren Gesichter von Kapuzen verdeckt waren.

Direkt vor mir, auf einer kleinen Anhöhe, standen drei weitere Gestalten.

Die Person in der Mitte, ein großer, schlanker Mann, trug eine goldene Robe. Die beiden rechts und links von ihm waren in feuerrote Umhänge gehüllt.

»Herzlich willkommen, Lucy. Ich bin Magnus und freue mich, dass du den Weg zu uns gefunden hast«, begrüßte mich der Mann in der Mitte und schob seine Kapuze zurück. Ich beäugte ihn misstrauisch. Er hatte ein hageres Gesicht und dunkelbraunes, gelocktes Haar.

Mit seinen dunkelgrünen Augen musterte er mich interessiert.

Irgendwie kam er mir bekannt vor, aber ich wusste nicht, wo ich ihn schon einmal gesehen hatte.

Mein Blick huschte zu den beiden Gestalten neben ihm. Ihren Figuren nach musste es sich um einen Mann und eine Frau handeln.

Die Gesichter sah ich nicht, da sie ihre Kapuzen noch immer tief in die Stirn gezogen hatten.

»Wir hatten gehofft, dich schon viel früher hier

begrüßen zu dürfen, aber leider ist es deiner kleinen Freundin erst jetzt gelungen, dich zu uns zu bringen«, fuhr er fort. Dabei deutete er huldvoll zu einer weiteren Person, die rechts an der Wand stand. Ich folgte seiner Bewegung mit den Augen und erstarrte.

»Mona?«, stieß ich verblüfft aus, als ich meine beste Freundin erkannte, die ebenfalls eine dieser seltsamen schwarzen Kutten trug.

»Hallo, Lucy«, begrüßte sie mich mit kühler Stimme.

»Aber … aber was machst du hier, und was soll das?«, wollte ich wissen, doch im selben Augenblick begriff ich und schüttelte ungläubig den Kopf. Nein, das konnte nicht sein. Als ich jedoch in Monas Gesicht blickte, sah ich die ganze Wahrheit und hätte um ein Haar vor lauter Enttäuschung laut aufgeschrien. Meine beste Freundin war eine dieser fanatischen Anhänger von Magnus. Und sie war es die ganze Zeit über gewesen, ohne dass ich etwas bemerkt hatte. Mir wurde schlecht. Mit allem hatte ich gerechnet, aber nicht damit.

»Du gehörst zu diesen Verrückten?«, flüsterte ich bestürzt.

Mona lächelte kühl. »Wenn du erst einmal ein Teil unserer Organisation bist, wirst du sie nicht mehr als verrückt bezeichnen.«

Ich starrte meine ehemals beste Freundin entsetzt an, weil ich noch immer nicht glauben konnte, dass ausgerechnet sie mich so hintergangen haben sollte.

»Du hast mich an diesen Ort gebracht?«, flüsterte ich, doch ich wusste die Antwort bereits. Ich erinnerte mich wieder und jetzt wurde mir auch klar, dass Mona in der Dusche nicht meine Schutzzauber erneuert hatte.

»Und das war ein hartes Stück Arbeit, das kannst du mir glauben. All die Wochen in der Schule hatte ich keine Chance, da die Schutzzauber so stark sind, dass ich sie mit meinen eigenen Kräften nicht brechen konnte. Deshalb habe ich alles daran gesetzt, dass du mit ins Haus der Angst kommst, denn dort wirken die Schutzzauber der Schule nicht. Dummerweise hatte ich nicht bedacht, dass du Mrs Jacksons Amulett tragen würdest, das dich auch im Haus vor meinem Zugriff beschützt hat. Als du von den Werwölfen angegriffen wurdest, hast du sogar meine Barriere durchbrochen, die dich eigentlich an der Flucht hindern sollte.«

»Diese unsichtbare Mauer war dein Werk? Du wolltest mich zerfleischen lassen?« Ich erinnerte mich nur zu gut, wie ich gegen die Mauer angekämpft und sie schließlich durchbrochen hatte. Nicht auszudenken, was geschehen wäre, wenn ich es nicht geschafft hätte.

»Selbstverständlich habe ich die Barriere errichtet. Und keine Sorge, die Werwölfe hätten dir nichts getan, wir hatten einen Deal mit ihnen. Eigentlich hätten sie dich in Gewahrsam nehmen und an einem Ort festhalten sollen, von dem aus ich dich dann hierher hätte bringen können, doch leider ist dieser Plan ja kläglich gescheitert.«

Ich schüttelte fassungslos den Kopf. »Du hast mit diesen Bestien zusammengearbeitet?«

Mona zuckte ungerührt mit den Schultern. »Eine Hand wäscht die andere. Sie sollten dich einfangen und an mich ausliefern. Im Gegenzug hätte ich ihnen unsere restliche Mannschaft zum Fraß vorgeworfen.«

Mir klappte die Kinnlade nach unten. Noch niemals hatte ich Mona so kalt und gefühllos erlebt. Ich erkannte sie gar nicht wieder. Dann runzelte ich die Stirn und sah Mona argwöhnisch an. »Du hast gesagt, deine Kräfte seien nicht stark genug gewesen, um mich mit einem Zauber aus der Schule zu entführen.«

Sie nickte.

»Wenn das stimmt, wie konntest du mich jetzt doch hierherbringen? Der Waschraum ist doch Teil der Schule!«

Mona warf den Kopf in den Nacken und lachte. Nachdem sie sich wieder etwas beruhigt hatte, sah sich mich hämisch an. »Ich sagte auch, dass meine Kräfte vor unserem Besuch im Haus der Angst nicht stark genug waren, um die Schutzzauber der Schule zu durchbrechen. Nach unserem erfolgreichen Abenteuer war es mir dann endlich möglich«, erklärte sie stolz. »Du erinnerst dich sicher, dass jeder, der das Haus wieder unbeschadet verlässt, verstärkte Kräfte erhält.«

Ja, daran erinnerte ich mich. Als dieser Magnus wieder das Wort ergriff, wirbelte ich erschrocken herum.

»Ihr hattet nun genügend Zeit, euch zu unterhalten«, unterbrach er uns und winkte Mona wieder an seine Seite. Sie gehorchte widerspruchslos. »Jetzt aber steht etwas wesentlich Wichtigeres an.

Lucy, du weißt sicher, warum du hier bist, nicht wahr?« Er sah mich erwartungsvoll an.

»Weil ich eine der mächtigen Vier bin, nehme ich an.«

Ein zufriedenes Lächeln umspielte Magnus Lippen. »Ganz recht, mein Kind, das ist der Grund. Wir möchten, dass du dich unserer Organisation anschließt.«

Ich starrte das Oberhaupt der dunklen Seite feindselig an. Die Enttäuschung über Monas Verrat und die daraus resultierende Wut überlagerten meine Angst.

»Und ich möchte ein Candle-Light Dinner mit Brad Pitt, aber man kann nicht alles haben.«, entgegnete ich sarkastisch.

Magnus' Augen verengten sich. »Es wäre wesentlich einfacher, wenn du dich fügen und freiwillig auf unsere Seite wechseln würdest. Sei dir aber gewiss, dass wir Mittel und Wege besitzen, dich von unserer Sache zu überzeugen, falls du dich weigerst.«

Daran zweifelte ich keine Sekunde, und langsam machte sich jetzt doch Panik in mir breit. Wenn ich nicht schnellstens etwas unternahm, würde ich bald auch eine solch unvorteilhafte Robe tragen. Wieder kamen mir Adams Worte in den Sinn. Er hatte gesagt, ich müsse zuerst meine Gabe akzeptieren. Aber wie machte man das? Weshalb gab es für diese dämlichen Fähigkeiten nicht so etwas wie eine Bedienungsanleitung, in der man nachsehen konnte, wenn man Fragen hatte? Oder einen Telefonsupport?

»Nun, wie hast du dich entschieden? Schließt du

dich uns freiwillig an?«, erkundigte sich Magnus ungeduldig.

»Leck mich am Arsch«, fauchte ich ihn an.

Er lachte laut auf und schüttelte amüsiert den Kopf.

»So eigensinnig und engstirnig«, meinte er und kicherte belustigt. »Aber Schmerzen kann ich dir leider nicht ersparen«, fügte er hinzu und gab den beiden rot gekleideten Gestalten neben sich ein Zeichen.

Plötzlich fiel es mir wie Schuppen von den Augen. Diese beiden waren die Abtrünnigen, die Magnus auf die dunkle Seite gezogen hatte. Sie gehörten wie ich zu den mächtigen Vier. Mein Magen krampfte sich unangenehm zusammen, als ich begriff, doch da war es auch schon zu spät.

Sie streckten fast gleichzeitig die Arme nach vorn und begannen mit einem monotonen Singsang. Augenblicklich spürte ich einen noch nie da gewesenen Schmerz in meinem Kopf. Ich fiel auf die Knie, presste die Hände gegen meine Schläfen und schrie wie am Spieß. Meine Güte, was machten diese Verrückten nur mit mir? Es fühlte sich an, als würden unsichtbare Hände in meinen Kopf greifen und in meinem Gehirn herumwühlen.

»Lass es zu, Lucy«, hörte ich Magnus sagen. »Je mehr du dagegen ankämpfst, desto schmerzhafter ist es.« Doch diesen Gefallen würde ich diesem fanatischen Abschaum ganz sicher nicht tun. Ich kämpfte mit aller Kraft gegen das Eindringen in meinen Kopf an. Schweißperlen bildeten sich auf meiner Stirn, doch ich gab nicht auf.

Die Stimmen der beiden Mächtigen wurden nun so laut, dass sie als Echo von den Wänden zurückhallten. Gleichzeitig wurde der Schmerz immer schlimmer, bis ich glaubte, ihn kaum mehr ertragen zu können.

Wieder schrie ich und kauerte mich auf dem kalten Boden zusammen. Ich fühlte genau, wie sie begannen, meine Gedanken zu verändern, doch ich kämpfte weiterhin tapfer dagegen an. Solange ich noch ein Fünkchen Kraft besaß, würde ich mich gegen ihre Attacke wehren. Auch wenn ich ziemlich sicher war, dass ich diese Tortur nicht mehr lange ertragen würde. Den lauten Knall, der ertönte, während ich mich krümmte, weinte und schrie, nahm ich nur am Rande wahr.

»Um Gottes willen, Lucy«, hörte ich eine vertraute und sehr besorgte Stimme. »Hört sofort auf damit!«, brüllte David und zog mich in seine Arme. Der Schmerz ließ nach, und ich öffnete schwer atmend die Augen.

»Du bist hier?«, flüsterte ich ungläubig und zugleich unendlich glücklich.

Er zog mich fest an sich und wiegte mich wie ein kleines Kind in seinem Schoß.

»Es kommt alles wieder in Ordnung. Ich bin bei dir und werde nicht zulassen, dass sie dir wehtun«, versprach er.

Magnus legte den Kopf schief und beobachtete die Szene interessiert, unterbrach uns aber nicht.

»Aber wie ist das möglich?«, krächzte ich.

»Durch deinen Ring. Jason hat mich zu dir

gebracht«, erklärte er und deutete mit dem Kinn auf den blonden, jungen Mann, der neben uns stand und sich unsicher umsah.

»Du musst sofort wieder verschwinden, sonst werden sie dir auch wehtun«, bat ich ihn voller Panik. Ich hatte ja schon am eigenen Leib erfahren, welch unermessliche Kraft die beiden Mächtigen besaßen. David und Jason hätten ihr nichts entgegenzusetzen.

»Ich werde dich auf keinen Fall allein lassen«, erklärte David ernst.

Magnus begann, lauthals zu lachen. »Wie rührend! Glaubst du allen Ernstes, dass du sie vor uns beschützen kannst?«

»Du kannst es ja mal versuchen«, knurrte David zornig, und seine Augen funkelten herausfordernd. Magnus zog erstaunt die Brauen nach oben, dann lachte er erneut.

»Dein Wunsch ist mir Befehl«, gluckste er und machte eine kurze Handbewegung. Sofort reagierten die Mächtigen und richteten ihre Kraft nun gegen David, der laut stöhnend zu Boden ging.

»Tztztz, diese ungestümen Wächter denken, sie wären unbesiegbar«, spottete Magnus. »Tötet ihn!«, befahl er.

»Nein!«, brüllte ich erschrocken und warf mich schützend über David, der mittlerweile nur noch ein leises Röcheln von sich gab. Jason, der uns zu Hilfe kommen wollte, wurde von zwei dunkel gekleideten Gestalten gepackt und zu Boden gerungen.

»Genug!«, verkündete Magnus und hob die Hand. Augenblicklich ließen die Mächtigen die Arme sinken. »Dein Freund ist an der Schwelle des Todes, mein Kind. Du solltest dich rasch entscheiden. Schließ dich uns an, und ich sorge dafür, dass er überlebt. Weigerst du dich, wird er sterben – und letztendlich wirst du doch eine von uns.«

Ich sah zu David, aus dessen Gesicht jegliche Farbe gewichen war. Sein Körper fühlte sich unnatürlich kalt an. Ich zog seinen Kopf an meine Brust. Tränen liefen über meine Wangen. Was für eine Wahl hatte ich denn. Ich konnte ihn doch unmöglich sterben lassen, zumal die dunkle Seite sowieso gewinnen würde.

»Tu es nicht«, flüsterte er so leise, dass ich ihn nur mit Mühe verstand. Ich schloss die Augen, und ein lauter Schluchzer drang aus meiner Kehle.

Etwas in dir erkennt die Gabe nicht an, die du erhalten hast. Du wehrst dich dagegen, und deshalb kannst du sie auch nicht kontrollieren. Nur wenn du sie als einen Teil von dir akzeptierst, wird es dir möglich sein, sie gezielt einzusetzen.

Adams Worte kreisten ununterbrochen in meinem Kopf, und ich fand, es war an der Zeit, dass ich seinen Rat befolgte. In diesem Augenblick der Hilflosigkeit sehnte ich mich nach meiner Fähigkeit, was gleichzeitig auch bedeutete, dass ich sie als einen Teil von mir akzeptierte.

»Viel Zeit zum Nachdenken bleibt dir nicht mehr, denn aus deinem Freund ist fast alles Leben gewichen. Entscheide dich schnell, Lucy. Ich bin zwar mächtig, aber ihn von den Toten zurückzuholen vermag selbst ich nicht«, erklärte Magnus.

Ich achtete nicht auf ihn und schloss die Augen. Erst spürte ich die Wärme nur ganz leicht, tief in meinem Inneren, doch dann breitete sie sich aus, bis sie jede Zelle von mir in Besitz genommen hatte.

Ich öffnete die Augen und sah auf das Brandmal an meinem Oberschenkel, das zwischen zwei Stoffbahnen hervorblitzte.

Heile!, befahl ich der Wunde völlig verzweifelt und sah im nächsten Augenblick erstaunt zu, wie die Glyphe langsam zu verblassen begann. Als es vollkommen verschwunden war, legte ich beide Hände auf Davids Brust. Er war eiskalt und atmete kaum noch.

Heile!, befahl ich stumm. Ich fühlte die Wärme aus meinen Händen weichen und in seinen Körper strömen.

Plötzlich bog er den Rücken durch, stöhnte laut und bäumte sich auf.

Einen Augenblick lang glaubte ich, etwas falsch gemacht zu haben, doch dann schlug David die Augen auf und sah mich erstaunt an.

Ich nahm sein Gesicht in beide Hände und küsste ihn flüchtig. Seine Lippen waren warm und weich.

Beschütze ihn!, befahl ich meiner Gabe im Geiste. Meine Kraft tat umgehend, was ich ihr vorgeschrieben hatte.

Als ich die Hände von ihm nahm, sah ich, wie sich um ihn herum ein Schutzschild bildete.

Ein sanftes Flirren, wie man es auf heißem Asphalt beobachten kann, wenn die Sonne den Boden erhitzt.

Nur mit dem kleinen Unterschied, dass meine Gabe

einen leicht bläulichen Schimmer besaß, der meinen Freund jetzt komplett einhüllte.

»Wie ist das möglich, Meister?«, wandte sich einer der beiden Mächtigen an Magnus.

»Sie ist stärker, als wir angenommen haben«, antwortete dieser, ohne mich aus den Augen zu lassen. »Habt keine Angst, sie kann euch nichts anhaben, denn der Bannkreis, in dem sie gefangen ist, schützt uns vor ihrer Gabe.«

»Das wollen wir erst mal sehen«, murmelte ich.

Ich sah mich suchend um und entdeckte Jason, dem man die Hände auf den Rücken gedreht hatte. Jetzt würde sich gleich zeigen, ob meine Kraft die Barriere überwinden konnte, von der Magnus so sicher war, dass sie standhalten würde.

Hilf ihm, und beschütze auch ihn! Kaum hatte ich den Befehl gedacht, gingen die beiden Männer, die Jason zwischen sich festhielten, zu Boden. Den Bruchteil einer Sekunde später erkannte ich den blauen Schimmer, der sich nun auch um ihn gelegt hatte. Ich lächelte zufrieden.

Lautes Gemurmel erfüllte den Raum. Ich sah zu Magnus, der jetzt sichtlich beunruhigt wirkte. Unsere Blicke trafen sich erneut, und wieder fragte ich mich, weshalb er mir so verdammt bekannt vorkam. Wo hatte ich ihn schon einmal gesehen?

Doch bevor ich noch darüber nachdenken konnte, deutete er mit dem Finger auf mich. Sein Gesicht war zu einer irren Fratze verzerrt, als er rief:

»Vernichtet sie!« Ich sah ihn entgeistert an. Wieso vernichten? Ich war doch eine der mächtigen Vier, und er brauchte mich, um an die Macht zu kommen. Ich beobachtete Magnus, wie er zusammen mit den beiden Mächtigen seine Arme in meine Richtung ausstreckte. Zu spät fiel mir ein, dass ich zwar David und Jason mit einem Schutzschild versehen hatte, mich selbst aber völlig vergessen hatte.

Der Schmerz kam völlig überraschend und zog mir förmlich den Boden unter den Füßen weg. Aus dem Augenwinkel sah ich, wie David sich aufrichtete, um mir zu helfen, doch ich hob rasch die Hand.

»Bleib, wo du bist. Ich weiß nicht, wie stark dein Schutz ist. Ich schaffe das schon«, stöhnte ich und versuchte, den Schmerz zu verdrängen. In Davids Blick erkannte ich Zweifel und Sorge.

»Du bist viel zu schwach«, widersprach er. Ich schüttelte den Kopf. Ich würde nicht zulassen, dass er ein weiteres Mal in Gefahr geriet. Zu sehen, wie er eben fast in meinen Armen gestorben war, hatte mich schier um den Verstand gebracht. Diese Angst trieb mich an und gab mir neue Kraft.

»Vertrau mir einfach«, bat ich ihn und schloss die Augen, um mich ganz auf meine Gabe zu konzentrieren. Ich versuchte weiter, den Schmerz auszublenden, der wie Tausende kleiner Messerstiche auf meinen ganzen Körper traf. Ich biss mir auf die Zunge, um den Schrei zu unterdrücken, der sich den Weg aus meiner Kehle bahnen wollte. Stattdessen richtete ich meine ganze Aufmerksamkeit auf die wohltuende Wärme in mir und befahl ihr, mich vor den Angriffen zu schützen.

Die Schmerzen verebbten langsam, und ich konnte

wieder einen klaren Gedanken fassen. Ich rappelte mich auf und sah direkt in Magnus' schreckgeweitete Augen, als er begriff, dass seine Magie mir nichts mehr anhaben konnte.

Ich wusste, dass ich diese Gelegenheit nutzen und sofort handeln musste. Ich durfte nicht zulassen, dass diese fanatische Organisation weiterhin ihr Unwesen trieb und unschuldige Übernatürliche gegen ihren Willen vereinnahmte, doch war ich stark genug, um sie daran zu hindern? Das würde sich gleich herausstellen.

Mein Blick wanderte zu Mona, die hastig Zeichen vor sich in die Luft malte. Ihre Lippen bewegten sich hektisch, und ihr Blick flackerte immer wieder unsicher zu Magnus. Eine Welle des Bedauerns ergriff mich, als mir klar wurde, dass ich auch sie auslöschen musste. Um den Tränen Einhalt zu gebieten, die schon wieder in mir aufstiegen, schloss ich die Augen. Es war so weit. Ich breitete die Arme aus und wurde eins mit meiner Macht.

»Vernichte sie alle!«

Diesmal dachte ich die Worte nicht nur, sondern sprach sie laut aus. Kaum waren sie mir über die Lippen gekommen, spürte ich, wie der Boden unter mir verschwand und wie ich nach oben schwebte.

»Lucy!«, schrie David entsetzt, doch ich konnte ihm nicht antworten. Ich musste mich völlig auf meine Gabe konzentrieren. Plötzlich zog ein Wind durch die Höhle. Der zarte Stoff meines Kleides schwebte um mich herum, als wäre er ein eigenständiges Wesen.

»Vernichte sie alle!«, wiederholte ich meinen Befehl.

All meine verbliebene Kraft zog sich zu einem Punkt in meiner Brust zurück, um sich dort zu bündeln. Sie wurde so stark, dass sie gegen meine Lungen drückte und ich kaum noch Luft bekam. Hoffentlich würde ich das hier überleben. Als ich es nicht mehr ertragen konnte und glaubte, innerlich zu zerbersten, holte ich ein letztes Mal tief Luft. Mit einem gewaltigen Schrei ließ ich die gebündelte Kraft frei. Wie eine monströser Sturm bahnte sie sich ihren Weg aus meinem Körper, um sich anschließend wellenartig durch die Reihen der dunkelgekleideten Anhänger zu bewegen. Entsetzte Aufschreie folgten, und dann war es plötzlich ganz still. Im dem Augenblick, als ich meine Augen öffnete, fiel ich aus ungefähr zwei Metern wie ein Stein nach unten. David reagierte sofort und versuchte, mich aufzufangen. Unter lautem Gepolter landeten wir auf dem harten Steinboden.

»Ist alles in Ordnung bei dir?«, wollte er wissen und strich mir eine nasse Haarsträhne aus der Stirn.

»Geht so, und was ist mit dir?«, erkundigte ich mich erschöpft.

»Scheint noch alles ganz zu sein«, entgegnete er lächelnd und gab mir einen flüchtigen Kuss. Ich rappelte mich auf und sah mich nach Magnus um. Meine Knie waren weich und ich schwankte, doch David hielt mich fest.

Magnus war verschwunden. Dort, wo die beiden Mächtigen eben noch gestanden hatten, lagen ihre feuerroten Roben.

»Jason, alles okay?«, rief ich meinem Freund zu, der

sich um die eigene Achse drehte und sich ungläubig umsah.

»Alles in Ordnung«, versicherte er mir und sah mich verblüfft an. »Warst du das?«

»Sieht ganz danach aus«, antwortete ich.

»Krass«, entgegnete er grinsend.

Dort, wo eben noch unzählige dunkel gekleidete Anhänger der dunklen Seite gestanden hatten, lag jetzt nur noch eine dünne Ascheschicht am Boden. Ich schluckte, als mir klar wurde, dass ich dafür verantwortlich war.

David trat von hinten an mich heran, schlang die Arme um meine Taille und legte den Kopf auf meine Schulter.

Ich jedoch starrte auf die Stelle, an der vor ein paar Minuten noch Mona gestanden hatte. Meine beste Freundin war tot. Ich wischte mir die Tränen weg, die meine Wange hinunterliefen. Auch wenn sie mich getäuscht und hintergangen hatte, so waren wir doch die letzten Monate unzertrennlich gewesen. Wir hatten miteinander gelacht, gelästert und uns unsere Geheimnisse anvertraut. Jetzt war Mona fort, und sie würde niemals wieder zurückkommen.

Ich holte zittrig Luft und würgte den Kloß hinunter, der in meiner Kehle steckte. David streichelte mir zärtlich über den Rücken, sagte aber kein Wort. Er wusste, was ich gerade dachte, und ließ mir die Zeit, die ich brauchte.

Als ich sicher war, dass meine Stimme mir wieder gehorchen würde, erkundigte ich mich hoffnungsvoll bei Jason: »Ist Magnus tot?«

»Du meinst den Typen, der wie ein menschlicher Goldbarren aussieht?«

»Ja.«

»Als du deinen Freiflug begonnen hast – was übrigens extrem cool war, wenn ich das mal erwähnen darf –, hat er sich aus dem Staub gemacht.«

»Verdammter Mist«, fluchte ich laut.

David drehte mich zu sich um und nahm mein Gesicht in beide Hände. »Das, was du heute gemacht hast, war sehr beeindruckend. Du hast viele seiner Anhänger ausgelöscht, und auch wenn Magnus selbst entkommen konnte, so wird es doch eine ganze Zeit dauern, bis er sich davon erholt hat.«

»Es wäre mir lieber, er würde sich überhaupt nicht mehr erholen«, seufzte ich.

David strich mir sanft über die Wange. »In der ganzen Aufregung konnte ich dir noch gar nicht sagen, wie atemberaubend du aussiehst.«

Ich gab ein abfälliges Grunzen von mir. »Wie die Dekoration auf einer Kindertorte«, schnaubte ich.

Er lachte, und mir wurde ganz warm ums Herz. »Lass uns von hier verschwinden«, schlug er vor.

»Erst müssen wir noch jemanden abholen«, meinte ich.

David runzelte die Stirn. »Wen meinst du?«

»Jemanden, dem ich sehr viel zu verdanken habe«, erklärte ich grinsend.

Kapitel 21

Als David, Jason und ich vor seine Zelle traten, sprang Adam erfreut auf. Dann musterte er mich ausgiebig und ein Lächeln trat auf seine Lippen.

»Hi, Tinker Bell. Wo hast du denn deine Flügel gelassen?«, meinte er kichernd.

Ich schnitt eine Grimasse, ging aber nicht weiter auf die Anspielung ein. Ich wusste selbst, dass ich in diesem Outfit lächerlich aussah.

»Wo finde ich die Schlüssel für deine Zelle?«, wollte ich stattdessen wissen.

Adam deutete auf einen Punkt am Boden hinter mir. Inmitten eines schwarzen Kleiderhaufens funkelte mir ein großer Schlüsselbund entgegen. Ich hob ihn auf und probierte einen Schlüssel nach dem anderen.

»Was ist hier passiert?«, erkundigte ich mich mit einem Kopfnicken hin zum Kleiderbündel.

»Sag du es mir. Ich nehme an, du hast Frieden mit deiner Gabe geschlossen und sie endlich als einen Teil von dir akzeptiert?«

»Ja, dank deiner Hilfe«, erklärte ich grinsend.

»Das dachte ich mir, als diese gigantische Kraftwelle durch die Mauer brach. Als sie den Kerl erreichte ...«, er deutete auf das herrenlose Stoffbündel am Boden, »... hat der Typ sich sprichwörtlich in seine Bestandteile aufgelöst. Ich glaubte wirklich, jetzt hätte mein letztes Stündlein geschlagen, aber zu meinem Erstaunen ist die Energie einfach über mich hinweggeglitten.«

David beäugte Adam argwöhnisch. Auf dem Weg hierher hatte ich ihm und Jason nur verraten, dass wir einen anderen Gefangenen abholen würden. Dass es sich dabei um einen wirklich gut aussehenden Typen handelte, hatte ich nicht erwähnt.

»Wer bist du überhaupt?«, brummte David. Adam tat, als bemerke er die Feindseligkeit in Davids Tonfall nicht und streckte ihm höflich die Hand entgegen.

»Ich bin Adam«, stellte er sich vor.

»David«, entgegnete dieser und legte in einer sehr besitzergreifenden Geste den Arm um mich.

Jason war weniger misstrauisch. Er reichte Adam die Hand und schenkte ihm ein aufrichtiges Lächeln. »Mein Name ist Jason«, erklärte er.

Adam nickte anerkennend. »Ein Jumper! Es ist lange her, dass ich jemanden mit deiner Gabe gesehen habe«, verriet er.

»Woher weißt du, was ich für eine Gabe besitze?«, erkundigte sich Jason verdattert und richtete anschließend das Wort an mich. »Woher weiß der das?« Ich musste kichern.

»Adam ist ein Scout«, klärte ich meine Freunde auf.

»Das ist unmöglich. Außer Mr Chiave gibt es keine Übernatürlichen mehr, die diese Begabung besitzen«, widersprach David.

»Hier ist der Beweis, dass es doch noch einen gibt«, bemerkte ich. »Und wäre Adam nicht gewesen, dann hätte ich meine Fähigkeit nicht gegen diese Verrückten einsetzen können, und wir wären alle nicht hier«, fügte ich hinzu.

David nickte dem Scout knapp zu. Adam erwiderte die Kopfbewegung, und ich seufzte. Männer hatten schon eine seltsame Art, ihre Anerkennung zu zeigen.

»So, jetzt aber nichts wie weg«, sagte ich.

Jason streckte seinen Arm nach vorn. »Dann mal alle andocken«, forderte er uns auf, woraufhin wir unsere Hände auf seinen Arm legten.

»Nimm dir so viel Energie, wie du brauchst«, bot ich ihm an und machte mich darauf gefasst, dass er mir gleich eine Menge Kraft entziehen würde. Da wir jetzt zu viert springen wollten, würde er mehr Energie als sonst benötigen.

»Brauch ich nicht«, erklärte Jason augenzwinkernd.

Ich sah ihn fragend an. Er lachte. »Hast du schon vergessen, dass ich das Haus ebenfalls erfolgreich überstanden habe? Wie bei allen anderen wurden auch meine Fähigkeiten verstärkt. Ich kann also jetzt aus eigener Kraft mit mehreren Personen springen und muss dich nicht mehr anzapfen«, verkündete er stolz und grinste übers ganze Gesicht.

»Stimmt, das hatte ich ja völlig vergessen«, antwortete ich lächelnd, und wir verschwanden mit einem lauten Knall.

Jason hatte uns direkt in Mrs Jacksons Büro teleportiert. Die Rektorin schien kein bisschen überrascht, als wir wie aus dem Nichts vor ihrem Schreibtisch auftauchten.

Nachdem wir ihr haarklein berichtet hatten, was geschehen war, lächelte sie.

»Ich bin froh, dass Sie endlich den Zugang zu Ihrer Gabe gefunden haben, Lucy. Und dies wortwörtlich im letzten Augenblick«, seufzte sie glücklich.

»Leider konnte dieser Magnus entwischen«, verriet ich zerknirscht.

Mrs Jackson machte eine wegwerfende Handbewegung. »Magnus ist zäher als Unkraut, das habe ich schon mehrmals feststellen müssen. Doch irgendwann wird auch er über seine eigene Eitelkeit stolpern und unvorsichtig werden. Wenn es so weit ist, bin ich zur Stelle«, sagte sie entschlossen. Anschließend wurde ihre Stimme sanfter. »Das mit Mona tut mir sehr leid, Lucy. Sie hat uns alle hinters Licht geführt und ihre Rolle außerordentlich gut gespielt.«

Ich nickte, weil ich nicht fähig war, darauf zu antworten. Dass meine ehemals beste Freundin mich hintergangen hatte und letztendlich mit ihrem Leben dafür hatte bezahlen müssen, schmerzte noch zu sehr. Mrs Jackson verstand und ließ mir ein wenig Zeit, mich wieder zu sammeln. Sie wandte sich an Adam.

»Was Sie betrifft, so würde ich mich freuen, wenn Sie einige Tage bei uns bleiben könnten. Der Rat würde sich bestimmt gerne mit Ihnen unterhalten und Ihnen ein Angebot machen, was Ihre Zukunft betrifft.«

»Kein Problem. Ich habe gerade nichts anderes vor«, antwortete Adam.

Die Rektorin nickte zufrieden. »Und nun zu Ihnen, David. Sie haben sehr vorausschauend gedacht, als

Sie Lucy den Ring geschenkt haben. Dadurch war es möglich, sie zu lokalisieren. Außerdem hat der Ring die Energie der Mächtigen geschwächt. Ich muss sagen, ich bin tief beeindruckt.«

»Danke«, antwortete David leise.

»Und genau deshalb möchte ich Ihnen beiden einen Vorschlag machen«, erklärte die Schulleiterin und sah nun abwechselnd von David zu mir.

»Einen Vorschlag?«, wiederholte ich verwirrt.

»Ich würde besser schlafen, wenn ich wüsste, dass Lucy rund um die Uhr jemanden an ihrer Seite hat, der sie beschützt. Da Sie beide nun ja anscheinend auch privat enger befreundet sind, würde ich mich freuen, wenn David ihr ganz persönlicher Bodyguard wird. David wird keine anderen Aufträge erhalten und ist ausschließlich für Lucys Sicherheit zuständig. Vor Ihrem Ausflug ins Haus der Angst hatte David zwar auch den Auftrag, sie im Auge zu behalten, aber dies wäre nun ein Rund-um-die-Uhr-Einsatz. Außerdem werde ich die Schutzzauber an der School of Secrets verstärken, denn ich bin mir sicher, dass Magnus nichts unversucht lassen wird, um doch noch sein Ziel zu erreichen«, erklärte Mrs Jackson.

Ich benötigte einen Augenblick, bis mir die Bedeutung von Mrs Jacksons Worten klar wurde. Als ich schließlich begriff, gab ich ein erfreutes Kieksen von mir und fiel David um den Hals.

»Natürlich geht das nur, wenn Sie beide damit einverstanden sind«, fuhr sie fort und sah uns abwartend an.

» … keine Beziehung zwischen Wächter und seinem

Schutzbefohlenen«, erkundigte ich mich unsicher. Ich glaubte nicht, dass es der Rektorin zwischenzeitlich gelungen war, diese Vorschrift aus der Welt zu schaffen.

»Daran arbeite ich noch«, antwortete sie kurz angebunden. »Halten Sie sich einfach in der Öffentlichkeit zurück, bis ich die Sache geregelt habe, dann sollte es auch keine Schwierigkeiten geben.«

Ich zog die Nase kraus und David brummte etwas Unverständliches. Wie bescheuert war das denn? Da war man frisch verliebt und durfte es niemandem sagen.

»Okay«, stimmten wir beide schließlich unisono zu. Es blieb uns ja gar nichts anderes übrig, als abzuwarten, bis Mrs Jackson den Rat davon überzeugt hatte, dass diese bescheuerte Vorschrift völlig unsinnig war.

»Wunderbar«, flötete Mrs Jackson gut gelaunt. »Und nun sollten Sie sich ein wenig ausruhen und vielleicht etwas anderes anziehen«, schlug sie mit einem knappen Blick auf mein Kleid vor.

»Nichts lieber als das«, seufzte ich, griff Davids Hand und zog ihn aus dem Büro.

Im Flur begegneten wir Sean. Ich erkannte sofort, dass er geweint hatte, denn seine Augen waren gerötet. Er lehnte an einer Wand und starrte nachdenklich zu Boden. Ich näherte mich ihm sehr langsam, um ihn nicht zu erschrecken. Sean sah auf und lächelte gequält.

»Es tut mir leid«, flüsterte ich betreten.

Er nickte, und eine Träne kullerte aus seinem

Augenwinkel. »Wieso hat sie das getan? Warum ist Mona auf die andere Seite gewechselt?«, wollte er wissen. Seine Stimme klang belegt.

»Ich weiß es nicht«, antwortete ich und nahm ihn in den Arm. Den Kopf gegen meine Schulter gelegt, begann er nun, heftiger zu weinen.

Ich warf einen Hilfe suchenden Blick zu David. Er verstand sofort, nickte und kam näher. Vorsichtig legte er eine Hand auf Davids Rücken und schloss konzentriert die Augen. Als er die Hand wieder wegnahm, sah Sean auf und lächelte erleichtert. Er blickte über die Schulter zu David.

»Du hast mir den Schmerz genommen«, stellte er fest.

»Nicht alles, nur ein wenig«, erklärte er.

»Danke«, sagte Sean und richtete den Blick wieder auf mich. Er gab mir einen kurzen, flüchtigen Kuss auf die Wange. »Danke für alles.«

Violetts Fummel hatte ich achtlos in eine Ecke geworfen. Nun stand ich unter der Dusche, hatte die Augen geschlossen und genoss das warme Wasser, das über meinen Körper lief.

Das Amulett hatte noch an derselben Stelle gelegen, an der ich es zurückgelassen hatte. Jetzt hing es wieder um meinen Hals.

Ich konnte noch immer nicht fassen, was ich heute alles erlebt hatte. Ich beherrschte endlich meine Gabe. Glücklich und euphorisch zugleich konzentrierte ich mich auf meine Kraft, doch dann stutzte ich.

Ich spürte rein gar nichts. Ich versuchte es erneut,

doch wieder ohne Erfolg. Vielleicht hatte ich mich in der Höhle derart verausgabt, dass meine Kraft aufgebraucht war und ich erst wieder etwas Zeit benötigte, um mich zu regenerieren. Ich nickte, weil dies die einzig plausible Erklärung war.

Ich verdrängte jegliche Zweifel und dachte an David. Ein Lächeln stahl sich auf meine Lippen. Er würde vom heutigen Tag an mein ganz persönlicher Wächter sein. Bei der Vorstellung, dass ich ab jetzt vierundzwanzig Stunden am Tag mit ihm verbringen würde, lief mir ein wohliger Schauer über den Rücken.

Natürlich hatte ich auch eine Menge Verpflichtungen, denn ich musste noch viel lernen, was meine Fähigkeit betraf, aber dazu hatte ich hier genügend Zeit.

Ich hörte, wie sich eine Tür öffnete. Kurz darauf drehte sich ein Schlüssel im Schloss. Wenig später stand David vor mir. Splitternackt!

»Du bist nackt!«, bemerkte ich erschrocken.

Er grinste. »Du auch«, entgegnete er und kam näher. Ich warf einen verunsicherten Blick zur Tür. »Ich habe sie abgeschlossen«, beruhigte er mich. »Es wird uns also niemand stören«, fügte er mit einem vielsagenden Blick hinzu. Ich lief dunkelrot an und musste laut schlucken.

Als ich mich wieder ein wenig gefangen hatte, musterte ich David von oben bis unten und seufzte entzückt.

Einfach alles an ihm war perfekt. Auch er betrachtete mich genauer, und anscheinend gefiel ihm, was er da sah. Er schlang die Arme um mich und zog mich näher zu sich.

»Du bist wunderschön«, hauchte er mir ins Ohr.

»Du bist auch nicht übel«, antwortete ich und küsste sanft seinen Hals. Er stöhnte auf und zog mich fester an sich, sodass ich spüren konnte, wie erregt er war.

»Was hältst du davon, wenn wir auf unser Zimmer gehen?«, erkundigte ich mich vorsichtig.

Ich fand es hier in der Dusche zwar ungemein prickelnd, aber der Gedanke, dass uns womöglich jemand stören könnte, gefiel mir nicht.

»Gute Idee«, raunte er und knabberte an meinem Ohr. Plötzlich hatten wir es sehr eilig. Ich wickelte mir lediglich ein Badetuch um, ohne mich vorher abzutrocknen. Auch David schien keine Zeit verlieren zu wollen. Er hatte sich ein Handtuch um die Hüften geschlungen und sah mich mit leuchtenden Augen erwartungsvoll an.

Kleine Wasserperlen rannen über seinen durchtrainierten Oberkörper. Bei seinem Anblick wallte in mir ein derart starkes Glücksgefühl auf, dass ich nicht anders konnte, als David die Arme um den Hals zu schlingen und ihn zu küssen.

Erst war unser Kuss zärtlich und behutsam, doch er wurde wilder, als wir beide die Leidenschaft spürten, die uns immer stärker in Besitz nahm. Als David über die nackte Haut meines Rückens strich, durchfuhr mich ein wohliges Kribbeln. Ich knabberte seufzend an seinen Ohrläppchen, und er gab ein zufriedenes Brummen von sich.

Ich spürte, dass sein Herz genauso raste wie mein eigenes. Er atmete schwer. Nur widerwillig löste er sich von mir und sah mich eindringlich an.

»Ich habe mich in dich verliebt, Lucy«, gestand er sanft. »Und ich werde dich immer beschützen, auch wenn es mein eigenes Leben kosten sollte.«

Seine Hände glitten zu meinen Hüften, und er zog mich wieder an sich.

Ich sah zu ihm auf. »Ich mich auch in dich«, entgegnete ich.

Er schloss glücklich die Augen und lächelte. Als er sie wieder öffnete, war aus dem Lächeln ein schelmisches Grinsen geworden.

»Bereit?«, erkundigte er sich mit einem vielsagenden Blick und schloss die Tür auf.

»Ich kann es gar nicht erwarten«, antwortete ich so sexy wie möglich.

David öffnete die Tür, hob mich hoch und rannte mit mir den Gang entlang. Er lief so schnell, als hätte er Angst, ich könnte es mir im letzten Augenblick doch noch anders überlegen. Um ein Haar wären wir geradewegs in Adam gelaufen, der uns mit hochgezogenen Brauen musterte.

»Ich muss wohl nicht fragen, was ihr beide vorhabt«, stellte er grinsend fest, doch dann legte er die Stirn in Falten und sah mich mit ernster Miene an.

»Was ist los?«, wollte ich wissen.

Er kniff die Augen zusammen und musterte mich noch eingehender.

»Das ist unmöglich«, murmelte er, ohne den Blick von mir abzuwenden.

»Was meinst du? Was ist unmöglich?«, fragte ich erneut.

Er sah mir direkt in die Augen. Die Verwirrung und das Entsetzen in seinem Blick machten mir Angst.

»Deine Gabe«, begann er und atmete tief durch.

»Was ist mit Lucys Gabe?«, schaltete sich nun auch David ein.

Adams Blick wanderte zu ihm.

»Sie ist verschwunden.«

Ende Teil 1

Weitere Romane von Petra Röder:

"Kleine Worte" Reihe (Band 1 bis 2)
"Seasons of Love" Reihe (Band 1 bis 4)
Liebe klopft nicht an
"Megan Bakerville" Reihe (Band 1 bis 3)
Mitten ins Herz
Flammenherz-Saga (Band 1 bis 2)
Blutrubin-Trilogie (Band 1 bis 3)
Traumfänger
Saphirmond – Magische Liebe
Und wenn es doch Liebe ist?
Zwei Herzen für immer

Unter dem Pseudonym Alison Montgomery:

Süchtig nach ihm – Süchtig nach ihr (Band 1 & 2)
Herzklopfen – Verrückt nach ihm – Verrückt nach ihr

Alle Infos zu dem Büchern:
www.petra-roeder.com

Printed in Poland
by Amazon Fulfillment
Poland Sp. z o.o., Wrocław